btb
Aus Freude am Lesen

Albanien zu Beginn des letzten Jahrhunderts: Saba entwickelt sich von einem schüchternen Kind, das sie zu Beginn ihrer arrangierten Ehe ist, zu einer unerschrockenen und warmherzigen Frau, die zahlreiche Schicksalsschläge und Wechselfälle der Geschichte überwindet. Um ihr Leben ranken sich die verschiedensten Lebensgeschichten ihrer weiblichen Verwandten, die sich in mal tragischen, mal komischen Episoden zu einem bildreichen und lebendigen Gesamtgemälde zusammenfügen. Sabas Enkelin Dora, deren Kindheits- und Jugenderinnerungen im zweiten Teil in den Mittelpunkt rücken, steht stellvertretend für eine neue Generation von Frauen, die nach Beendigung des Kalten Krieges abenteuerlustig und mutig ihren Weg jenseits der Landesgrenzen suchen. Dem Leser eröffnet sich nicht nur eine einzigartige weibliche Familiengeschichte, sondern auch das facettenreiche Bild eines gesamten Jahrhunderts in einem bisher wenig beachteten europäischen Land und seiner Gesellschaft.

Anilda Ibrahimi, geboren 1972 in Vlona, Albanien, studierte Literatur an der Universität von Tirana und arbeitete danach als Journalistin bei einem Radiosender. 1994 zog sie dann zunächst in die Schweiz, später nach Italien. Für ihren ersten Roman in italienischer Sprache »Rot wie eine Braut«, der einen bittersüßen Einblick in die archaischen Familienstrukturen ihrer Heimat Albanien bietet, erhielt sie zahlreiche Auszeichnungen.

Anilda Ibrahimi

Rot wie eine Braut

Roman

Aus dem Italienischen
von Franziska Kristen

btb

Die italienische Originalausgabe erschien 2008 unter dem Titel »Rosso come una sposa« bei Einaudi, Turin.

FSC
www.fsc.org
MIX
Papier aus verantwortungsvollen Quellen
FSC® C083411

Verlagsgruppe Random House FSC-DEU-0100
Das für dieses Buch verwendete
FSC®-zertifizierte Papier *Munken Pocket*
liefert Arctic Paper Munkedals AB, Schweden.

1. Auflage
Deutsche Erstveröffentlichung März 2010,
btb Verlag in der Verlagsgruppe Random House GmbH, München

Umschlaggestaltung: semper smile, München
Umschlagmotiv: © J. Garcia/photocuisine/Corbis
Satz: Uhl + Massopust, Aalen
Druck und Bindung: CPI – Clausen & Bosse, Leck
SL · Herstellung: SK
Printed in Germany
ISBN 978-3-442-73973-8

www.btb-verlag.de

Für sie, meine Großmutter Salihe,
Brücke zwischen den Lebenden und den Toten

ERSTER TEIL

Eins

Sie kommt an einem Septembermorgen, in einer dürren Jahreszeit, die keinen Regen bringt. Sie ist ganz in Rot gekleidet. Blutrot. Wie ein Menschenopfer an die Götter, um Regen heraufzubeschwören. Wie eine Braut.

Am Haupttor will man ihr vom Pferd helfen. Die Frauen der Familie bekommen sie nicht zu fassen, ihre Hände greifen ins Leere. Saba schwebt in der Luft, sie seufzt, ihr Gesicht gleicht einem zersprungenen Spiegel. Wie auf dem einzigen Foto dieses endlos langen Tages. Der rote Schleier verbirgt ihre feuchten Augen.

Die Schwiegermutter steckt ihr zwei kleine Brote unter die Arme und schiebt sie ins Haus. Die Brote sind ein Symbol für Fruchtbarkeit. Aber die Fruchtbarkeit, die sich die Schwiegermutter erhofft, wird sie nicht mitbringen.

Ihr Mann sieht sie nicht einmal an. Er feiert mit Freunden. Er hat noch ein ganzes Leben Zeit, sie anzusehen.

»Dieser gerupfte Vogel ist das Los meines Sohnes«, sagt die Schwiegermutter.

»Nun, der zweite Stern glüht niemals so hell wie der erste«, antwortet eine Alte.

Es ist Omers zweite Ehe. Der erste Stern ist vor vielen Jahren erloschen. Die verstorbene Frau war Sabas Schwester. Tod im Wochenbett. Es schneite seit Tagen ununterbrochen, und man hatte Mühe, sie zu bestatten: Die Erde wollte sich nicht öffnen, um sie aufzunehmen. Von ihrem frühen Tod bleibt einzig die Erinnerung an die Anstrengung, jenes Loch zu graben.

Omer erinnert sich an gar nichts mehr. Zu viele Jahre, zu viel Grappa. Er hat seine Frau, Sultana, auf seine Weise geliebt. Nachts überhäufte er sie mit seinen armseligen, von der Dunkelheit verborgenen Küssen. Manchmal auch am Tage. Er folgte ihr heimlich auf die Felder, an den Dorfbrunnen.

»Ein echter Mann schmachtet einer Frau nicht auf offener Straße hinterher. Geh ihr nachts an die Wäsche, aber hör auf mit diesen Albernheiten«, sagte ihm die Mutter.

Keine der Frauen aus dem Dorf hatte Sultana jemals mit blauen Flecken im Gesicht gesehen. Ein nicht lange währendes Glück.

Viel Leid hält den Tod fern, lautet ein Sprichwort aus der Gegend. Auf Sultana trifft es nicht zu. Sie stirbt bei der Geburt ihrer Tochter, die ihr folgt. Omer ist verzweifelt, er fängt an zu trinken. Wenn er nachts das Haus verlässt, geht er zum Friedhof, setzt sich neben ihr Grab und raucht still seine Pfeife. Oft nimmt er die Grappaflasche mit, dann ist er wenigstens nicht alleine. Er erzählt ihr nie etwas. Seit sie fort ist, gibt es nichts mehr zu erzählen.

Zehn Jahre später hat Omer den Grund seiner Einsamkeit vergessen.

Eines Morgens erwacht er und findet die Grappaflasche nicht neben dem Bett. Er tritt ins Freie, die Sonne brennt ihm ins Gesicht. Er vergisst den Grappa und sieht sich um: Überall laufen Kinder.

»Mutter, von wem sind all diese Rotznasen?«, fragt er.

»Von deinen Brüdern«, antwortet sie.

»Ich selbst hab noch keine Kinder…«, stellt er etwas unsicher fest.

»Nein«, erwidert die Mutter, »aber wo ist das Problem?«

Sie verliert keine Zeit. Erst bringt sie das Gerücht in Umlauf, dann klopft sie selbst an die Türen der noch unverheirateten Mädchen.

»Wir haben keine Tochter zu vergeben«, antworten ihr die Frauen aus dem Dorf.

»Sollen sie bleiben wo der Pfeffer wächst«, flucht die Mutter am Abend. »Ich werde eine Braut für Omer finden.«

Sie geht zu Omers Schwiegermutter.

»Meliha«, erklärt sie, »ich muss eine Braut für Omer finden.«

»Die Zeit ist gekommen«, erwidert die andere, »aber dazu brauchst du schließlich nicht meine Einwilligung.«

»Ich bitte dich nicht um deine Einwilligung, sondern um eine weitere Tochter.«

Meliha erstarrt. Sie hat all ihre Töchter unter die Haube gebracht.

»Ich habe keine heiratsfähigen Töchter mehr. Die eine, die ich hatte, hab ich dir gegeben.«

»Ja, aber sie ist tot. Omer nicht.«

»Als du sie genommen hast, war sie nicht tot«, sagt Meliha.

»Man gibt den Mädchen ihren Mann, nicht ihr Schicksal. Um das Schicksal kümmert sich Allah«, entgegnet die andere.

Sie trinken schweigend Kaffee. Ein schmales Mädchen tritt ein, um die Tassen abzuräumen. Omers Mutter verfolgt sie mit dem Blick. Als das Mädchen das Zimmer verlässt, sehen sich die beiden Frauen an.

»Vergiss sie, sie ist noch ein Kind«, sagt Meliha.

»Sie wird heranwachsen.«

Heute kommt Saba in ihrem roten Brautkleid. Sie weint unter dem Schleier. Niemand sieht es. Sie ist erst fünfzehn Jahre alt, schmale Hüften, hohe Wangenknochen und ein blasses Gesicht. Sie wirkt abwesend, wie so viele zartgebaute Frauen. Es heißt, sie sei hässlich, in Wahrheit ist sie dem Schönheitsideal nur um einige Jahrzehnte voraus.

Als Omer das eheliche Schlafzimmer betritt, steht Saba dort und wartet auf ihn, in den roten Schleier gehüllt, den er ihr abnehmen muss, so will es die Tradition. Aber Omer, betrunken wie er ist, bemerkt ihre Anwesenheit nicht. Er ist es gewohnt, alleine zu schlafen, mit seiner Flasche und seinen Albträumen. Ohne sich auszuziehen wirft er sich aufs Bett und beginnt nach kurzer Zeit zu schnarchen.

Saba bleibt in der Zimmerecke stehen, sie wagt es nicht, sich zu bewegen. Die Stunden verstreichen, und sie steht dort, während er schläft. Saba weiß, dass sie ihn niemals lieben kann. Ihre Schwester hat ihn geliebt, sie war seine Braut. Sie selbst ist nur ein Ersatz, aber für den Tod gibt es keinen Ersatz. Dennoch hofft sie, dass er erwacht. Vielleicht, um über jene Frau zu sprechen, die beiden so viel bedeutet hat. Die Liebe zu ihr könnte sie einen.

Als ihre Schwester heiratete, war Saba ein kleines Kind, aber sie kann sich erinnern, wie sie sich um sie gekümmert, auf sie aufgepasst hat, wie sie sie streichelte und liebkoste. Die Eltern hatten nicht viel Zeit, ihre Kinder in die Arme zu schließen.

Durch das Fenster sieht sie das trübe Mondlicht, sie folgt seinen Spuren. Ihr kindlicher Geist irrt auf unbekannten Wegen, sie ist sicher, dass es immer so bleiben wird. Ihre Füße in den goldfarbenen Schuhen schmerzen.

Als Omer erwacht, krähen bereits die ersten Hähne. Wie immer streckt er die Hand nach der Grappaflasche aus, aber er kann sie nicht finden. Er richtet sich auf, um nachzusehen, und bemerkt, dass er nicht allein ist. Zuerst begreift er nicht, was diese rote Gestalt in seinem Zimmer zu bedeuten hat. Er denkt an seine Gespenster, seine Toten, die ihn nachts, wenn er vom Alkohol benebelt ist, besuchen kommen.

Verdammt, es dämmert schon! Was soll ich jetzt tun?, fragt er sich.

Die Mutter wird mit den anderen Frauen der Familie kommen und das befleckte Laken suchen, um es auf dem Hof auszubreiten.

Er springt aus dem Bett auf, tritt auf Saba zu und nimmt ihr mit einer schroffen Geste den roten Schleier ab.

Das dumme Ding hat die ganze Nacht gestanden, hätte sich doch wenigstens setzen können, denkt er.

Saba hebt den Blick, um ihrem Schicksal ins Angesicht zu schauen, wer weiß, ob sie sich ein Streicheln über die Wange oder ein zärtlich ins Ohr geflüstertes Wort erhofft. Saba bleibt kaum Zeit zu denken, er packt sie an einer Hand und stößt sie unsanft aufs Bett.

Saba versucht, sich zu wehren, aber ein Schlag trifft sie mitten ins Gesicht. Der Bräutigam hat es wirklich eilig. Sie leistet Widerstand, sie kratzt ihn.

»Begreifst du nicht, dass es in unser beider Interesse ist?«, sagt er.

Ohne das Laken würde es im Dorf heißen, die Braut sei nicht mehr unberührt gewesen, oder dem Bräutigam fehle es an Manneskraft. Böse Zungen würden gleich hinzufügen: Deshalb ist er so lange alleine geblieben, der Kummer hat alles in ihm versiegen lassen!

Omer hat keine Zeit zu verlieren.

Am Morgen liegt das Laken, für alle sichtbar, ausgebreitet

im Hof, mit dem roten Fleck in der Mitte, einer Verletzung gleich.

Saba hat ihre Regel noch nicht und wird die nächsten vier Jahre keine Kinder zur Welt bringen. Die Schwiegermutter schaut sie finster an. Sie lässt keine Gelegenheit aus, ihr in die scheuen Augen zu starren und sie »verschrecktes Huhn« zu nennen.

Zwei

Sabas Familie gehörte zu einem großen Clan, der im Dorf einiges zählte. Sie besaßen viel Land und viel Vieh. Sie besaßen auch gesunden Menschenverstand, der häufig gerade den Leuten fehlt, die mehr Dinge haben als andere. Jene Dinge, die den Unterschied ausmachen. Aber sie fühlten sich kein bisschen anders als der Rest des Dorfes. Während der Ernte arbeiteten sie gemeinsam mit den Tagelöhnern auf den Feldern. Die große Küche stand jedem offen. »Brot, Salz und Herz«, sagte die Hausherrin Meliha mit einem breiten Lächeln, sobald jemand sie bei Tisch beehrte. »Das Rad dreht sich, und diesmal sind wir auf der richtigen Seite.«

Meliha war die Seele dieser Familie. Sie konnte weder lesen noch schreiben, aber ihr Geist war fähig, alles zu überblicken, ohne sich jemals zu trüben. Sie überblickte die Getreideernte und die Weinlese, die Hochzeiten ihrer Söhne, den Umgang zwischen den Schwiegertöchtern, die Verhandlungen zur Eheschließung der Mädchen und die Wendungen des Schicksals, sei es zum Guten oder zum Schlechten.

Meliha hatte Glück: Ihr Mann war ein rechtschaffener Mensch.

Sie hatten sich zum ersten Mal am Hochzeitsabend gesehen, und es war buchstäblich Liebe auf den ersten Blick gewesen. Es ist selten, dass so etwas passiert, ihnen war es widerfahren.

»Ich liebe dich, hier, in diesem Leben. Gemeinsam werden wir die vor uns liegenden Jahre verbringen, aber ich werde dich auch anderswo, in anderen Leben lieben«, sagte er gleich am ersten Morgen.

»Mir reicht es, wenn du mich hier und jetzt liebst«, lachte sie, »in anderen Leben lasse ich dir deine Freiheit.«

Neben seiner Liebe gewann Meliha im Lauf der Zeit auch sein Vertrauen. Das Land warf so viel Gewinn ab, dass es ihr manchmal zur Last wurde.

Sie spürte diese Last in den Augenblicken, in denen sie, von tausend Verpflichtungen und Sorgen erdrückt, Gefahr lief, sich selbst zu verlieren. Meliha hatte oft Gelegenheit, den Geschmack der Macht in allen Nuancen auszukosten. Aber bisweilen schmeckte diese Macht bitter.

Unterdessen war der erste Sohn zur Welt gekommen.

»Jetzt hast du einen Fuß in dieses Haus gesetzt, aber vergiss nicht, dass du mit dem zweiten noch draußen stehst«, sagte ihr die Schwiegermutter.

Dann kam der zweite Sohn, der dritte, der vierte, und dazwischen hin und wieder auch ein Mädchen. Das versetzte niemanden in Aufregung, meistens blieb die Sache unbeachtet. Der Junge, der folgte, löschte die Spuren jener lautlosen Niederkünfte. Er löschte sie durch seine Geburt und durch die Schüsse, mit denen der stolze Hausherr das Dorf verständigte.

Meliha hatte vier Jungen und fünf Mädchen zur Welt gebracht. Aber das letzte Mädchen war unerwartet gekommen, in einer Zeit, in der Meliha nicht mehr ans Kinderkriegen gedacht hatte.

»Mir scheint, jetzt bin ich mit Haut und Haaren angekommen«, hatte sie nach einigen Jahren zur Schwiegermutter gesagt.

»Selbst wenn du nur Mädchen geboren hättest, du wärst von Anfang an ganz hier gewesen«, erwiderte die Schwiegermutter lächelnd.

»Und die Sache mit dem Fuß, der noch draußen steht?«

»Ach so. Nun ja, das sind nur Redeweisen, Worte, die wir Frauen von einer Generation zur nächsten weitergeben. Meine Liebe, ich habe dich vom ersten Tag an in mein Herz geschlossen.«

»Das Herz meines Mannes hätte mir genügt«, antwortete Meliha. »Es hat von Anfang an mir gehört.«

»Allein mit dem Herzen deines Mannes wärst du nicht weit gekommen. Männer sind daheim bloß Gäste.«

»Mag sein«, räumte Meliha wenig überzeugt ein. Die Bedeutung dieser Worte sollte sie erst Jahre später begreifen, als sie selbst Schwiegermutter wurde.

Ihre Töchter hatte Meliha gut erzogen, mit dem richtigen Maß an Zuwendung und Strenge. Sie betrachtete sie oft mit jener Zärtlichkeit, in der ein Hauch von Melancholie mitschwingt. Denn sie war sich darüber im Klaren, dass sie nicht ihr gehörten und schon bald fort in ihr eigenes Zuhause gehen würden, um dort das zu tun, was sie hier tat, seit sie hergekommen war. Aber sie hatte hier die Liebe gefunden, welches Schicksal ihre Töchter erwartete, wusste dagegen niemand.

Saba war das jüngste Kind.

»Sie ist wie die Spreu, die immer unten im Sack zurückbleibt«, zog sie die Schwiegermutter auf, während sie auf Saba deutete. »Das gute Mehl hast du bei Zeiten schon fortgegeben, dann wolltest du den Sack noch ein letztes Mal ausschütteln ...«

»Sie ist die Tochter meiner alten Tage«, entgegnete Meliha lächelnd.

Saba war so zierlich, sie sah wie ein Wachsfigürchen aus. Mit ihren dünnen Ärmchen, mit denen der Wind sein Spiel zu treiben schien, wich sie der Mutter nicht von der Seite. Sie folgte ihr wie ein Schatten, in den Hühnerstall, in die Waschküche, zum Brunnen oder wenn sie Verwandte und Freunde besuchten. Sie trennte sich nur von ihr, um in die Schule zu gehen.

Saba war die einzige Tochter, die zur Schule ging. Ihre Brüder hatten die Volksschule im Dorf besucht, die Mädchen dagegen nicht.

»Sie müssen lernen, den Haushalt richtig zu führen, mehr brauchen sie nicht. Lesen und schreiben zu können, bringt nur Schwierigkeiten«, sagte die Mutter.

»Einen, der studiert hat, kann man in der Familie immer gebrauchen. Aber nur einen, die anderen werden sich schon nicht langweilen, mit all dem Land und Vieh, das wir haben«, meinte Habib, der Vater.

Der älteste Sohn, Emin, wurde nach der Volksschule zum Studieren in die Stadt geschickt, und kam als Lehrer ins Dorf zurück. Er war es, der darauf bestand, Saba in die Schule zu schicken. Die langen Jahre in der Stadt hatten ihn verändert, und über die Frage, ob Mädchen zur Schule gehen sollten oder nicht, dachte er nun anders als die Eltern.

Außerdem musste er mit gutem Beispiel vorangehen. Wie hätte er sonst dagestanden, wenn er bei den Bauern anklopfte, um sie zu überzeugen?

Saba kam mittags zur Schule, um dem Bruder das Essen zu bringen. Im Dorf gab es nur zwei Gemeinschaftsklassen:

Morgens hatten die Größeren Unterricht, am Nachmittag die Kleineren wie sie.

Saba fürchtete sich vor Emin, auch deshalb, weil es ihr nicht gelingen wollte, in ihm den Bruder zu sehen. Als sie geboren wurde, war er bereits fortgegangen um zu studieren. Sie bekam ihn selten zu Gesicht, nur während der Sommermonate, wenn er ins Dorf zurückkehrte. Letztendlich war er für sie wie einer der vielen älteren Cousins, die kamen, um ihren Urlaub auf dem Land zu verbringen. Bei seiner Ankunft reichte er ihr einen Beutel mit roten Bonbons, die er aus der Stadt mitgebracht hatte. Das war alles, mehr gab es nicht in der Beziehung zwischen Bruder und Schwester. Einmal hatte er ihr eine Puppe geschenkt: eine richtige Puppe, mit toupiertem blondem Haar, gelbem Spitzenkleid, weißem Täschchen, ebenso weißen Schuhen und rotgeschminkten Lippen. Den älteren Schwestern blieb vor Staunen der Mund offen und sie bedauerten, nicht mehr so klein zu sein wie sie.

»Was wollt ihr mit Puppen«, sagte die Großmutter. »Bald habt ihr echte Püppchen, die ihr euch an die Brust legen könnt.«

»Aber das wird kein Spaß«, antworteten sie im Chor.

»Ja, ich weiß, aber für den Spaß wird schon euer Mann sorgen«, meinte die Großmutter verschmitzt.

Alle legten Emin gegenüber ein besonderes Verhalten an den Tag. Der Vater behandelte ihn mit Respekt, weil er alles wusste. War dem Ärmsten nicht der Kopf zerplatzt, fragte er sich, nach all den Jahren über den Büchern?

Die Mutter war bekümmert, weil sie mit ihm nicht mehr schwatzen konnte wie mit den anderen. Seit er zurückgekehrt war, zog er es häufig vor, alleine zu essen.

Saba brachte das Mittagessen in einer auffälligen schwarzen Tasche mit aufgestickten roten Mohnblüten. Emin blickte abfällig auf die Blumen: Solches Zeug, dachte er, gefällt den Bauern. Wer weiß, was sie daran finden, sich beim Feuer unter der schwachen Öllampe die Augen zu verderben, um diese grauenhaften roten Blüten zu sticken.

Schweigend öffnete Emin die Tasche.

»Was soll das?«, brüllte er. »Schon wieder Maisbrot, du weißt, dass ich es hasse«, und er schlug ihr mit ganzer Kraft ins Gesicht.

Saba nahm den Schlag wortlos hin, ohne aufzubegehren. Sie dachte, dass es wirklich ungerecht war. Sie hatte weder mit dem Maisbrot noch mit den anderen Lebensmitteln, die ihm die Mutter schickte, irgendetwas zu tun.

»Du weißt, dass es nur sechs Monate im Jahr Weizen gibt, die übrige Zeit muss man sich mit Mais begnügen«, findet sie eines Tages den Mut zu erwidern.

Sofort bekommt sie eine Ohrfeige, sodass sie ihre Antwort bitter bereut. Als sie nach Hause kommt, nimmt sie ihre einzige richtige Puppe, die mit der gelben Spitze und den roten Lippen, zieht sie aus und zerreißt das schöne Kleid. Dann schmeißt sie sie in das Feuer im Ofen. Der Geruch nach Verbranntem lockt die Mutter an. Die Haare der Puppe sind bereits zu Asche zerfallen, der Plastikkörper löst sich langsam auf und verbreitet einen unerträglichen Gestank.

Meliha holt die Puppe aus dem Feuer und wirft sie in einen Eimer mit Wasser, um sie zu löschen. Sie sagt nichts.

Andere Male erging es Saba schlechter. Sie stand wartend vor ihrem Bruder und versuchte, ihm seine Reaktionen aus dem Gesicht abzulesen, während sie spürte, wie ihr der warme Urin die Schenkel hinablief. Emin sah sie angewidert an und schickte sie einen Eimer holen, um aufzuwischen. Schweigend wischte sie auf, schluckte den Geschmack der

Demütigung hinunter. Dann saß sie mit feuchten Kleidern, stundenlang, bis der Unterricht endlich zu Ende war.

Eines Tages, bevor sie ihm das Mittagessen bringt, wirft sie einen verstohlenen Blick auf das Paket in der Tasche. Als habe sie es nicht ohnehin gewusst, liegt dort, einer Verdammung gleich, das ockergelbe Maisbrot. Sie beschließt, nicht in die Schule zu gehen. Sie wirft alles in den Fluss und legt sich in den Heuschober zum Schlafen.

Als es dämmert, wird sie durch das Bimmeln der Glocken geweckt, die die von den Weiden zurückkehrenden Schafe um den Hals tragen. Zu Hause tut sie so, als sei nichts geschehen. Aber es dauert nicht lange, und Emin tritt in die Küche, sieht die Mutter an und sagt:

»Ihr habt also beschlossen, mein Mittagessen einzusparen. Dazu habt ihr kein Recht, schließlich bin ich der Einzige der Familie, der für den Staat arbeitet und echtes Geld nach Hause bringt.«

Im ersten Augenblick begreift die Mutter nicht, doch dann sieht sie Saba an und kann sich denken, wie die Dinge gelaufen sind. Dem Sohn erzählt sie, dass es ihr Fehler war und dass es nie mehr vorkommen wird. Als er nicht aufhört sich zu beklagen, sagt sie ihm:

»Ein Mann heult nicht so wegen einem Stückchen Brot. Ich habe dir gesagt, dass es nicht wieder vorkommt. Raus jetzt, die Küche ist kein Ort für Männer.«

Meliha will Saba jedoch eine Lektion erteilen. Diese Tochter, denkt sie, hat niemals auch nur eine Ohrfeige bekommen. Heute bringt sie ihrem Bruder das Mittagessen nicht, und morgen wird sie sich weigern, für den Ehemann zu kochen. Irgendwo fängt es immer an.

Aber es wird das erste und das letzte Mal sein, dass sie Saba bestraft, die Ehe allerdings nicht mitgezählt, die sie ihr einige Jahre später auferlegt.

Sie ruft nach ihr. Saba folgt ihr mit kleinen Schritten in den Hof. Im Garten Brennnesseln zu pflücken und damit ihre nackten Beine zu peitschen, wie sie es bei den anderen Töchtern macht, widerstrebt ihr. Saba hat so schmale Schenkel und so zarte, weiße Haut, dass sie es nicht über sich bringt. Sie betrachtet den großen Nussbaum, und ihr kommt eine Idee. Sie läuft zum Heuschober und kehrt mit dem Strick für den Esel in der Hand zurück. Nur für ein paar Minuten, denkt sie, nur um ihr Angst einzujagen. Letztlich ist es die Angst, die den Dieb vom Weinberg fernhält, heißt es. Sie bückt sich und bindet ihr die Füße zusammen, wie bei den Hühnern, die sie auf den Markt bringt. Sie hebt sie hoch und hängt sie kopfüber an einen Nussbaumast. Saba lässt alles über sich ergehen, ihre dünnen Arme öffnen sich und verlieren sich in den Zweigen. Sie gleicht einer umgedrehten Vogelscheuche.

Saba weint nicht, sie fleht nicht nach der Mutter. Meliha zerreißt es das Herz, aber sie will bis zum Äußersten gehen. Es ist zu ihrem Wohl, denkt sie, es ist nur zu ihrem Wohl. Diese Strafe wird nur zwei Minuten dauern, nur um sie zu erschrecken …

In dem düsteren Hof hört Meliha aus dem Haus jemanden nach ihr rufen. Sie versteht nicht, was drinnen gesprochen wird und läuft zur Tür. Sie geht hinein, um wer weiß welches Problem zu lösen. In einer so großen Familie wird sie immer gebraucht. An Saba denkt sie nicht mehr.

Zwei Stunden später rennt sie wie eine Irre hinaus. Zitternd nähert sie sich dem Nussbaum. Sie sieht ihre Tochter, die immer noch dort hängt und sanft im Wind schaukelt. Sie greift nach ihr, bindet sie los, hebt sie hinunter. Saba bewegt sich nicht.

Sie ist tot, denkt die Mutter. Sie schreit verzweifelt und drückt sie an die Brust. In diesem Augenblick öffnet Saba die Augen. Sie war in Ohnmacht gefallen, vielleicht wegen der Kälte, vielleicht aus Angst.

Meliha weint und lacht gleichzeitig.

»Was habe ich dir angetan, meine Tochter? Was habe ich dir bloß angetan? Beinahe hätte ich dich umgebracht. Mögen mir die Hände vertrocknen und die Arme dazu ...«

Diese Nacht wird Saba niemals vergessen. Die Mutter bleibt bei ihr bis zum Morgengrauen. Sie küsst ihre Hände, ihre Füße, ihr Gesicht und das helle Haar.

Saba denkt in dieser Nacht, dass es gar nicht schlecht wäre, wenn die Mutter sie ein wenig öfter bestrafen würde. Aber es kommt nie wieder vor.

Drei

Das Dorf lag versteckt zwischen hohen Bergen. Es schien mit niemandem und nichts in Verbindung zu stehen, außer mit der Zeit. Man konnte froh sein, wenn einem das Herz nicht stehen blieb, während man jene Bergschlucht durchquerte, so hieß es zumindest in einem alten Lied. Aber diese Gefahr war gering, denn es geschah selten, dass jemand nach Kaltra kam.

Kaltra: blau. Blau wie das Wasser, das im Dorfzentrum aus dem Erdinneren quoll. Kaltra hieß auch der Fluss, der von den Bergen ins Meer hinabfloss. Er zog sich unter geschwungenen Brücken aus weißem Stein entlang, an den immerwährenden, stolzen Bergen vorbei.

Die Berge ragten wie gut geschärfte Klingen in den Himmel, als wollten sie die Menschen, die hier lebten, von der Welt abschneiden. Viel zu bieten hatte die Welt nicht, nicht einmal die Dinge, die man wirklich benötigte. Dennoch fühlte sich in Kaltra niemand isoliert. Die Leute fühlten sich mächtig wie die Grabsteine, die, ohne es zu wissen, für die Ewigkeit bestimmt sind. Die Vergangenheit war die einzige Gewissheit, sich an sie zu klammern, sicherte das Überleben.

Die Leute in Kaltra lebten von der Schafszucht und von dem, was das bisschen Land hergab, das sich, wie eine schmale Decke auf einem großen Bett, am Fuß der Berge erstreckte. Fruchtbares Land, aber nicht genug für alle.

Man wusste nie genau, zu welchem Verwaltungsbezirk Kaltra gehörte. Die armen Bergbewohner, die, wie schon ihre Großväter und Urgroßväter, in die Stadt hinabgestiegen waren, um die üblichen Angelegenheiten zu regeln, mussten sich eines Tages sagen lassen, dass sie nun zu einem anderen Verwaltungsbezirk gehörten. Für welchen Bezirk auch immer, Kaltra war letztlich nur eine Last.

Die weißen Häuser waren hinter Bäumen und üppiger Vegetation versteckt, aber sie standen, anders als man es in jener verlorenen Gegend vermuten würde, dicht an dicht.

Im Dorfzentrum, auf dem Platz, befand sich die Statue eines großen Kriegers. Groß wurde er nur so genannt, denn die Spuren seiner Identität waren gänzlich verwischt. Man wusste nicht mehr, in welche Epoche und zu welchem Krieg er gehörte. Ursprünglich hatte er ein Schwert in der Hand gehalten, aber nur die ganz Alten konnten sich daran noch erinnern. Dafür hatte sein dichter Schnauzbart die Zeit überdauert. Sie nannten ihn alle »den kleinen Schnauzbart«, und oft setzten sich die jungen Männer, sobald es dunkel wurde, zu seinen Füßen nieder und sangen die mehrstimmigen Lieder der Gegend.

Neben dem kleinen Schnauzbart lag die einzige Dorfkneipe. Nur für Männer. Es gab das Übliche, türkischen Kaffee und Raki. Manchmal reichte der Wirt zum Raki einen Teller, auf dem er Feta, zwei kleine frische Zwiebeln und ein paar kurz angebratene Schafsinnereien anrichtete. An Festtagen briet er dagegen Lämmchen am Spieß.

Die Kneipe hatte keinen Namen, aber alle nannten sie nach ihrem Besitzer: Osman. Der verdiente nicht schlecht. Osman hatte zu jeder Tageszeit geöffnet, bisweilen sogar bis spät in die Nacht, wenn irgendeine zarte Seele die Asche ihres Schmerzes oder Liebeskummers im Rakidunst zu zerstreuen versuchte.

Bei Osman passierte alles Mögliche: Man vereinbarte Hochzeiten, verkaufte Vieh oder Land, man schoss in die Luft, um die Geburt eines Jungen zu verkünden, und man amüsierte sich auch.

Ausgerechnet auf diesem Platz beginnt der Niedergang der Familie Buronja. Die übliche Geschichte des sich drehenden Rades, untergehende Schicksale und andere, die emportauchen, alle in demselben Netz verstrickt. Habib, Melihas Mann, wird in eine absurde Geschichte hineingezogen, die das Leben aller verändert, vor allem das von Saba, die damals noch ein Kind ist.

Es ist ein ruhiger Herbsttag, und Habib befindet sich auf dem Heimweg, nachdem er bei Osman einen kurzen Plausch mit den anderen Männern des Dorfes gehalten hat. Neben dem kleinen Schnauzbart sieht er eine Gruppe Jugendlicher, die schreien und großen Lärm veranstalten. Junge Leute, denkt er, und lächelt. Aber als er näher kommt, bemerkt er, dass zwei von ihnen in dem aufgewirbelten Staub, der von der trockenen Erde aufsteigt, gegeneinander kämpfen. Ein regelrechtes Gefecht, vielleicht wegen einem Mädchen, auf das es beide abgesehen haben. Dann sieht er, dass einer der beiden sein Sohn ist. Er beschließt, einfach weiterzugehen, der Junge wird schon allein zurechtkommen. Er würde ihn zum Gespött machen, wenn er eingreifen würde, sein Sohn wäre der Tölpel ohne Mumm, der sich von seinem Vater retten lassen muss. Er dreht sich noch einmal um und schaut in die aufgerissenen Augen seines Sohnes, in das Gesicht, das blau anläuft, während ihm der andere Junge die Gurgel zudrückt und ohne lockerzulassen brüllt: »Ich bring dich um, hörst du? Ich bring dich eigenhändig um!« Im Blick des Sohnes erkennt er den lautlosen Hilferuf, den Schrei des einsamen Wolfes inmitten von Schnee, der ringsum den Tod wittert. Der andere Junge ist außer sich, er hat seine Wut nicht mehr unter Kontrolle.

Habib dreht um, er schmeißt sich auf sie und versucht, den Sohn aus der wütenden Umklammerung zu befreien. Nichts zu machen, es ist unmöglich. Aber er muss diese Hände vom Hals seines Sohnes lösen, Hände, die durch die Tücke des schon besiegelten Schicksals gebunden sind. Er richtet sich auf, um dem Jungen einen Faustschlag zu versetzten. Der versucht auszuweichen und zieht den Kopf beiseite, aber er ist nicht schnell genug. Die Faust trifft ihn von der Seite, die Umklammerung löst sich, und der Junge fällt schwer vornüber. Habib schiebt ihn beiseite und zieht seinen Sohn hoch, der wieder beginnt, gleichmäßig zu atmen.

Zunächst bemerkt niemand, dass sich der andere Junge nicht mehr rührt. Alle glauben, dass er nur erschöpft ist von dem albernen Kampf, der im Spaß begonnen hatte. Dann versuchen sie ihn aufzurichten, aber er reagiert nicht. Seine Augen sind geweitet, der Mund steht offen. Habib ist besorgt, er schüttelt ihn und ruft ihn beim Namen, vergeblich. Er versucht auf jede erdenkliche Weise, ihn wiederzubeleben, aber es ist nichts mehr zu machen. Tot, auf der Stelle, durch einen Faustschlag hinter das linke Ohr.

Es gibt keine Worte, um Habibs Verzweiflung zu beschreiben. Aber für seinen Kummer scheint sich niemand zu interessieren.

»Er ist ausgegangen, um ein paar Freunde zu treffen, und dann bringen sie ihn mir im *Quefin* zurück«, heult die Mutter des Jungen. »Achtzehn Jahre in ein einfaches weißes Laken geschlagen. Verflucht sei die Hand seines Mörders. Möge seine gesamte Familie sieben Generationen lang keinen Frieden finden, mögen die Frauen die Fetzen ihrer Söhne aufsammeln, um sie zu begraben!«

Nie zuvor hat sich ein Fluch derart schnell bewahrheitet. Nach den Verwünschungen beginnt die Totenklage und die vierzigtägige Trauerzeit. Für die Mutter wird diese Zeit jedoch Jahre dauern.

Ahmed Zogus Gendarmen kommen, um Einzelheiten zu erfragen. Der zukünftige König Zogu I., der versucht, das Land zu modernisieren, lässt keine Gelegenheit aus, um einzugreifen und die Ausübung des *Kanun* zu verhindern.

»Geht ruhig«, sagen die Verwandten des toten Jungen. »Es ist eine Angelegenheit, die euch nicht betrifft, sie betrifft nur unsere Familien.«

Armer Ministerpräsident, der nicht mehr weiß, wie er diesem Volk begreiflich machen soll, dass es Gesetze gibt, um das Land zu regieren. Dieses Volk will einfach nicht begreifen. Es hat so viele Kriege, Regierungen und Gesetze gesehen, aber mit dem *Kanun* schaffen es die Leute, ihr gesamtes Leben zu regeln. Jede Gegend hat ihren eigenen *Kanun,* im Norden ist es der von Lekë Dukagjini, und hier im tiefen Süden ist es der *Kanun* der Labëria.

Man schreibt das Jahr 1923, die Regierung treibt in finsteren Gewässern. Im darauffolgenden Jahr wird ein Priester aus dem Exil in Amerika zurückkehren, um die erste demokratische Umwälzung des Landes zu bewirken. Aber es dauert nicht lange. Jeder weiß, dass sich die Macht mit Gottespredigten nicht halten lässt. Regeln und exemplarische Strafen, das ist es, wonach dieses wilde Land verlangt, ein Land, in dem es leicht ist, an die Macht zu kommen, aber sehr viel schwieriger, dort zu bleiben.

Nach der vierzigtägigen Trauerzeit klopfen zwei Männer aus dem Clan von Habib zusammen mit dem Imam und zwei Mitgliedern aus dem Rat der Weisen des Dorfes an die Tür der Familie des Jungen. Sie wollen Rache vermeiden. In einem so kleinen Dorf, in dem alle durch Ehen und Bündnisse miteinander verschwägert sind, würde Rache das Leben Dutzender Menschen zerstören.

Die Familie des Verstorbenen ist ziemlich arm, aber alles in allem sind es anständige Leute. Die Mutter will das große Zimmer der Männer nicht betreten und die Beileidsbekundungen nicht empfangen, aber ihr Wehgeschrei dringt durch die Wände und lässt alle erschauern. Die Worte der Männer verlieren sich in den heiseren Rufen der Mutter, im trostlosen Klang ihrer Klagen.

Der Imam wagt es nicht, von Vergebung zu sprechen, aber er gibt zu verstehen, wie unbesonnen ein Racheakt gegen die Söhne Habibs wäre. Er spricht von Schuld. Ja, auf Habibs Familie lastet eine große Blutschuld, aus diesem Grund sind die Weisen hier: um die Bedingungen und Regeln zur Begleichung dieser Schuld auszuhandeln.

»Wir haben in unserer Gemeinde einen so frühen Tod zu beklagen, was bringt uns ein weiterer? Lasst uns eine Lösung finden, Männer, wir wollen versuchen das Licht der Vernunft zu gebrauchen. Wir dürfen es nicht zu weiteren Toten kommen lassen, die niemanden zurück zum Leben erwecken würden …«

Während diese Worte gesprochen werden, öffnet sich die Zimmertür, und die Mutter tritt ein. Ganz in Schwarz gekleidet geht sie auf den Imam zu. Ihr Gesicht ist von noch nicht verheilten Kratzern überzogen, sie zieht den langen schwarzen Schleier hinter sich her, der auf die bunten Blumen des *Quilim* fällt. Sie dreht sich nicht einmal um, um ihn aufzuheben. Mitten im Zimmer bleibt sie stehen, zeigt mit dem Finger auf Habib und starrt ihm in die Augen: »Dieser Mann kommt nach Hause und sieht jeden Abend seine Kinder bei Tisch, ich dagegen muss zum Friedhof gehen und einen Haufen Erde umarmen… Raus hier, alle raus…«, aber sie bringt den Satz nicht zu Ende. Zwischen all den Männern fällt sie in Ohnmacht. Die Frauen kommen herein und versuchen, sie wiederzubeleben. Einige mit Veilchenwasser, andere mit der Rakiflasche. Der schwarze Schleier neben ihrem Körper bedeckt die fröhlichen Farben des *Quilim,* bedeckt für immer die Farben ihres Lebens.

Meliha begreift sofort, dass es unmöglich sein wird, von Frieden zwischen den beiden Familien zu reden. Sie weiß, was sie tun muss.

Es ist Freitag, der Wochentag, den man gemeinhin *Xhuma* nennt, an dem die Mutter zum Friedhof geht, um ihren Sohn zu besuchen und zu beweinen. Sie wird von den Frauen der Familie und anderen Dorffrauen begleitet. Ein Zug schwarzer Schleier, die in der Luft flattern. Der Wind trägt die Worte der Totenklagen, die schon vor dem Verlassen der Häuser einsetzen, weit fort.

Am *Xhuma,* der auf die verweigerte Vergebung folgt, mischt sich eine Frau in den Zug, die in diesem Augenblick nicht dort sein dürfte. Sie ist von Kopf bis Fuß mit einem Schleier bedeckt. Sie zittert, sie zittert vor der Rache, die als Drohung über den Köpfen aller männlichen Familienangehörigen schwebt. Sie zittert vor Schmerz über jenen armen Jungen, der auf so verhängnisvolle Weise ums Leben kam, und sie zittert um seine Mutter. Der Kontakt mit der kühlen Erde, auf der sich alle Frauen niedergelassen haben, bewegt auch sie zu einer kraftvollen Totenklage, zu einem Dialog mit dem Toten und vor allem mit dem Tod, der ihn ganz für sich haben wollte.

In Erde schwarz, ruhst du mein Sohn,
Die Nacht bricht an in Kürze schon.
In kalter Erde liegst du nieder.
Oh Tod, oh Tod, gib ihn uns wieder.

Melihas Gegenwart ist sofort spürbar. Nicht viele sind in der Lage, die Reime so aneinanderzureihen wie sie.

Die anderen Frauen verstummen von einem Augenblick auf den anderen und warten ängstlich auf die Reaktion der Mutter des Verstorbenen.

In der Stille vernimmt man Melihas Stimme umso kräftiger:

Sobald es Nacht, der Mutter Herz,
zergeht in unsagbarem Schmerz.
Ohne Lebwohl bist du gegangen,
Geliebter Sohn, dir gilt mein Bangen.

Meliha wischt sich die Tränen ab und lässt niemandem Zeit, sich einzumischen.

»Lasst uns allein«, sagt sie.

Die anderen Frauen entfernen sich eilig. Die beiden bleiben einander gegenüber sitzen, zwischen ihnen der blumenbedeckte Erdhügel. Meliha reicht ihr eine Zigarette und erhebt sich mit einer Geste, die keine Widerrede duldet, um sie ihr anzuzünden. Hier ist es seit jeher nur zwei Arten von Frauen erlaubt zu rauchen: denen, die einen schweren Trauerfall zu beklagen haben, und denen, die schon alt sind. Meistens sind die Alten, die rauchen, als junge Frauen von einem schweren Trauerfall getroffen worden.

»Ich bin gekommen, um den Frieden zwischen den Familien herzustellen«, sagt sie. »Die Hälfte unserer Ländereien gehört euch. Das bringt deinen Sohn nicht ins Leben zurück, aber auch der Tod eines meiner Söhne würde das nicht tun. Diese Geschichte ist hiermit beendet. Mein Beileid. Ich fühle aufrichtig mit dir und würde alles Land und alle Güter hergeben, um nicht an deiner Stelle zu sein … Ich würde es nicht überleben …«

Sie wird sich an diese Worte erinnern, als sie sich, Jahre später, an Stelle der anderen befindet und dennoch überlebt.

Während sie bereits im Begriff ist zu gehen, wendet sie sich noch einmal um und sagt:

»Was ich noch vergessen habe … Sobald die Trauerzeit vorbei ist, wird dein Sohn Omer meine Tochter Sultana heiraten, so werden wir eine Familie, und der Frieden zwischen uns ist von Dauer. Ich will den kommenden Generationen keinerlei Gelegenheit zur Rache geben.«

Eine weise Frau, Meliha. Land besiegelt keinen Frieden, es sind die Ehen, die unzerstörbare Bündnisse zwischen den Familien schaffen.

Habib erfährt, wie seine Frau die Dinge geregelt hat. Er sagt nichts, was soll er auch sagen? Seit dem verhängnisvollen Tag hat er die Sprache verloren.

So finden sie ihn einige Tage später, stumm und leblos inmitten seiner Felder.

Er ist vor Kummer gestorben, heißt es im Dorf. Der Ärmste, all die Ärmsten. Ein Junge, der durch seine Schuld stirbt, die Rache, die seinen Söhnen droht, und dann verliert er auch noch das Land, das seine Vorfahren ihm nach so vielen Opfern hinterlassen haben … Das erträgt keiner.

Sein Tod kennzeichnet den beginnenden Niedergang der Familie. Aufteilung der Ländereien, schlechte Ernten, Kriege, Steuern, Ehen und die Mitgift der Töchter sind Dinge, die dir, sobald du dich auf dem Abstieg befindest, einen kräftigen Stoß versetzen, um dich schnell ganz unten ankommen zu lassen.

Vier

Die Ehe zwischen Sultana und Omer wird ein Jahr nach dem Trauerfall geschlossen. Es ist eine Hochzeit ohne Trommelwirbel mit dem Beigeschmack einer Gedenkfeier. Sie reißt in beiden Familien die Wunden wieder auf, jene Wunden, die auch nach hundert Jahren nicht vernarben.

Am Hochzeitsabend steht der Neumond am Himmel. Welch Glück, sagen einige, die Neuvermählten dürfen den neuen Mond um etwas bitten. Aber um was können zwei wie sie schon bitten? Sie können nur darauf warten, dass ein anderer Mond aufgeht, der alte ist nichts mehr wert. So wenig wert wie die langen Winternächte, die, wie sie glauben, ohne Liebe verstreichen werden. Aber sie irren sich. Ihr kurzes Eheleben erweist sich als alles andere als wertlos.

Sie begegnen sich zufällig, bevor die Feierlichkeiten beginnen. Sie zieht sich in das eheliche Schlafzimmer zurück, um vor dem Abendessen ein paar Minuten auszuruhen: In dem Saal, den man für die Frauen hergerichtet hat, wird sie stundenlange Gespräche ertragen müssen. Sie lehnt sich an das sorgfältig gemachte Bett mit all den bestickten Kissen und umhäkelten Decken, und hebt den roten Schleier, der ihr am Kopf drückt.

Aus demselben Grund flieht er aus dem Garten, wo unter der Weinlaube das Bankett für die Männer aufgebaut ist. Er weiß nicht, wo er hinsoll, alle Zimmer im Haus sind belegt. Gäste, die seit Tagen hier wohnen, Frauen aus dem Dorf, die seit Wochen die Speisen zubereiten. Ihm fällt das eheliche Schlafzimmer ein. Nur ein paar Minuten, dann wird er in die lange, traurige Nacht seiner Hochzeitsfeier zurückkehren. Eine Nacht, die sich endlos hinziehen wird, zwischen Männern, die nach ein paar Gläsern Raki ihre Witze über die Pflichten des Frischvermählten herunterleiern.

Er öffnet leise die Tür. Sie rührt sich zunächst nicht, sie glaubt, dass irgendeine Frau aus der Verwandtschaft gekommen ist, um zu fragen, wie es ihr geht. Er sieht sie, zusammengekauert, die Arme verschränkt, die Knie vor der Brust. Er spürt eine unglaubliche Zärtlichkeit, er verspürt Liebe. Er spürt das Wasser des Flusses Kaltra, das sich mit dem einsetzenden Regen in das ausgetrocknete Flussbett ergießt. Manchmal erwacht die Liebe genau so: ein Bild, das dich anrührt. Omers Liebe erwacht am Ende eines Tages, an dem man traurig seine Hochzeit feiert.

Am folgenden Morgen herrscht immer noch Gedränge im Haus. Die Hochzeit war anders als alle anderen, aber der Ablauf der Dinge ist derselbe. Das Einzige, was fehlt, ist die Freude.

Sultana kommt zeitig am Morgen in die Küche hinunter, in einem grünen Kleid, das zu ihren Augen passt. Dazu ein Paar lange goldene Ohrringe mit roten Steinen. Der Schatten der Steine zieht sich auf ihrem Hals in die Länge und tanzt bei jeder ihrer Bewegungen. Nach ihrem Tod erinnert man sich an diesen Tag, alle sagen: »Wie schön sie war, es war der *Nur* des Todes, der sie so schön machte.«

Sie bietet den Frauen Kaffee an und dazu ein Glas Rosensirup. Sie beginnt bei den Ältesten, sie verneigt sich zum Zeichen der Ehrerbietung, und die Frauen nehmen Tasse und

Glas mit den üblichen Wünschen für die männlichen Nachkommen. Der *Quilim*, der den gesamten Boden des großen Saals bedeckt, erschwert ihr die Aufgabe. Hier und dort wirft er seltsame Falten. Nach all dem Durcheinander am Abend und dem Hin und Her am Morgen hatte niemand Zeit, ihn glatt zu ziehen. Sultana stolpert, sie fällt auf die Knie, und ein Glas zerspringt. Etwas, das bei keiner Hochzeit geschehen darf, ist nun geschehen. Der dicke Wollteppich hat das Glas und somit das Schicksal der Braut nicht retten können.

Die Alten bedecken die Gesichter mit den Händen. Das Unglück dieser beiden Familien scheint nicht enden zu wollen. Zerbrochenes Glas bei einer Hochzeit: der Schrecken aller Bräute und aller heiratsfähigen Mädchen.

»Diese Ehe wird nicht gut gehen«, wagt eine Alte mit einem einzigen Zahn, der ihr aus dem Oberkiefer ragt, zu sagen.

»Das muss nicht sein«, erwidert eine etwas Jüngere. »Gegen jedes schlechte Omen gibt es ein Mittel.«

Zwei Frauen der Familie laufen in die Küche. Sie holen drei Gläser, die genauso aussehen wie das zerbrochene, und versuchen das Schicksal abzuwenden. Sie schmeißen sie unsanft zu Boden, eins nach dem anderen. Genau drei Mal hört man das Geräusch des zerspringenden Glases. Am Ende liegt über allem Schweigen.

Das absichtliche Zerschlagen der drei Gläser bewahrt Sultana nicht vor dem Tod. Mit ihr geht auch ihr Kind, das nicht rechtzeitig genug kam, um jener Welt zu begegnen, die so grausam mit seinen Eltern war. Stattdessen hat es alle Zeit, der Mutter zu begegnen. Das Mädchen wird in ihren Armen bestattet.

Die Schuld ist für immer beglichen, auch wenn die Ehen zwischen beiden Familien noch nicht beendet sind.

Fünf

Omer ist erneut Bräutigam. Nach der Hochzeit hoffte er, zu den alltäglichen Dingen zurückkehren zu können, zu den ihm lieben Gewohnheiten. Aber da sind diese verdammten Rituale, die dich und die Braut auf Trab halten. Familienbesuche, Mittag- und Abendessen, der Dritte, der Vierzehnte, der Vierzigste… Als hätten die Bergbewohner nicht genug Bürden zu tragen, halten sie an diesen jahrhundertealten Traditionen fest. Das Gute an seiner zweiten Ehe ist, dass sich alle bereits kennen. Keine neuen Schwiegereltern, keine neuen Großtanten. Die Braut wechselt, aber die Familie bleibt dieselbe.

Der »Dritte« ist der Besuch, den die junge Braut am dritten Tag nach der Trauung ihrer Verwandtschaft abstattet. Mit Geschenken beladen und in Begleitung des Ehemanns kehrt sie zur Mutter zurück, um ihr zu zeigen, wie glücklich sie in ihrem neuen Leben ist. Es ist ein wahres Fest für alle.

Der Besuch am ersten Tag ist dagegen gefürchtet, der sogenannte »Montagmorgen«, das Schlimmste, was einer Braut passieren kann. Von diesem Besuch kehrt keine zurück. »Die Braut war nicht mehr rein, behaltet sie, und mit ihr die Schande, die euch und eure gesamte Familie bedeckt.« Meistens endet es so, manchmal wird auch Blut vergossen.

Saba kommt am dritten Tag. Das war vorauszusehen, niemand hatte an ihr gezweifelt. Schweigend folgt sie Omer. Ein lebendes Bündel aus farbenfrohen Kleidern und schwerem Gold, das ihr die Brust schmückt. Ein winziges buntes Geschöpf, dessen kleine Schritte sich im Schatten des Ehemanns verlieren.

Omer raucht ruhig seine Pfeife und denkt an ganz andere Dinge. Genau dieselbe Szene hat er zehn Jahre zuvor erlebt, aber es war trotzdem anders. Vollkommen anders. Omer führte seine schöne Sultana am Arm, und er spürte, wie sich über ihren Köpfen die Strahlen der Sonne verfingen, jener Sonne, die das Lächeln der beiden erhellte.

Aber ist es immer dieselbe Sonne? Omer würde sie gern fragen, die Sonne, ob sie das Bild des Glücks mit Sultana bewahrt hat. Er würde gern die Augen schließen und schlafen in diesem neuen, trügerischen Licht. Er läuft durch denselben Sonnenschein, aber verdammt, es ist alles anders: Die Braut ist anders und auch er selbst. Vor allem aber hat sich das verändert, was man nach dem Besuch des Dritten von der Zukunft erwartet. Es sind nicht wir, die sich verändern, wir passen uns nur unseren veränderten Erwartungen an. Jetzt ist ihm alles gleichgültig: Der Dritte, Vierte, Siebte, hundert Jahre, welche Bedeutung haben sie? Für ihn ist die Zukunft nur noch ein Schlammtümpel, ein Sonnenuntergang, den man einsam betrachtet. Aber warum einsam? Der Raki wird ihm bis zum letzten Tag seines Daseins Gesellschaft leisten.

Omer begreift das alles gut, er begreift es mühelos. Er ist neugierig zu erfahren, welche Erwartungen dieses dumme Huhn hegt, das ihm schwer bepackt wie ein Esel folgt, ohne sich zu beklagen.

Anders als Omer denkt, erwartet Saba nicht viel. Außer dass er sich vielleicht dazu herablässt, ihr etwas von der

Last, die sie auf den Schultern trägt, abzunehmen. Aber sie wagt nicht, darum zu bitten, so wie sie ihn für den Rest ihres Lebens niemals um etwas bitten wird, auch dann nicht, als all ihre Ängste verschwunden sind.

Saba weiß, dass sie für ihn nur ein Ersatz ist, und versucht auf ihre Weise, dieses elende Schicksal so leicht wie möglich zu nehmen. Wenn sie schon Omers Liebe nicht haben kann, denkt sie, kann sie zumindest versuchen, nicht seinen Hass auf sich zu ziehen. Aber sie ist nur ein Kind, und niemand hat ihr gesagt, dass sie damit alles noch schlimmer macht. So wird Omer nicht mehr sie, sondern sich selbst verachten, eben weil Saba ihm ständig das Gefühl gibt, überflüssig zu sein. Ihm wäre es lieber, sie würde sich wie ein Kind benehmen, das sie noch ist, würde jammern, weinen und verzweifelt Schutz bei ihm suchen.

Aber die Bitte um Hilfe kommt nie, und nach einiger Zeit gewöhnt sich Omer daran.

Sabas Elternhaus ist aus weißem Stein gebaut, wie alle Häuser im Dorf. Nur das Dach ist anders. Ihre Mutter Meliha wollte ein rotes. Es sind harte Zeiten, und die meisten Leute haben wichtigere Dinge im Kopf als die Farbe der Dachziegel. Aber sie wollte es rot haben, rot wie die Farbe der Bräute. Wer weiß, wo sie ein solches Dach gesehen hat, vielleicht in der Stadt. Ihr Mann legt keinen Wert darauf, es zu erfahren: Seine geliebte Frau möchte ein rotes Dach? Dann soll es rot sein!

Unter diesem roten Dach hat Meliha all ihre Kinder verheiratet. Die Mädchen hat sie nicht so weit fortgegeben, so kann sie sie wenigstens sehen, wenn sie möchte, und falls nötig, behilflich sein. Sie hat anständige Familien ausgesucht, zumindest darüber kann sich niemand beschweren. Und die

Schwiegersöhne? Woher soll sie wissen, ob sie anständig sind oder nicht? Es sind Männer wie alle, was zählt, ist die Familie.

Um die Jüngste tut es ihr ein bisschen leid, aber am Ende wird auch sie sich zufriedengeben. Sie wird Kinder bekommen und keine Zeit mehr haben, die Jahre zu zählen, die sie von ihrem Ehemann trennen. Sei's drum. Natürlich wird er früher altern, aber ist es nicht letztlich das Fleisch, das altert? Ein Ehemann ist schließlich kein Schlachtvieh, und was bringt es schon, jung zu sein … Immerhin wird er reifer sein …

Aber an dieser Stelle enden Melihas Überlegungen, sie ist nicht ganz überzeugt. Ach ja, die Mädchen kommen bereits mit einer großen Bürde zur Welt. Eines hätte genügt, aber fünf? Zum Glück ist sie jetzt frei.

Meliha umarmt ihre Tochter, die durch das Holztor tritt. Sie gibt dem Schwiegersohn die Hand, dann führt sie alle in das große Zimmer für die Gäste. Dort sitzen ihre Söhne, Gott möge sie beschützen, mit dem Rücken zur Wand auf den *Minder* und warten. Ihr Ehemann Habib, der Arme, hat so früh die Augen geschlossen, aber er hat ein volles Haus zurückgelassen.

Saba geht mit den Schwestern, Schwägerinnen und Kindern in das Zimmer für die Frauen. Nur die Mutter isst gemeinsam mit den Männern zu Abend. Der Dritte ist fast wie eine Hochzeitsfeier, er ist das Siegel dieser Feier. Es ist gutgegangen, denken alle, die Braut war, wie sie sein sollte. Der Bräutigam ist immer so, wie er sein sollte, sagen sie. Er wäscht sich mit einem Krug Wasser und ist wieder rein, aber für die Braut würden alle Flüsse der Welt nicht genügen.

»Wie findest du die Ehe? Hat es dir gefallen?«, wird Saba von ihrer Schwester Bedena gefragt.

Alle schauen die Braut an und fangen an zu lachen. Sie errötet.

»Geduld, Geduld, das ist nur der Anfang«, sagt Esma, eine andere Schwester. »Die Würze kommt später … je weiter die Jahre voranschreiten, desto besser wird es dir schmecken …«

Eine Schwester fehlt, Afrodita, aber ihr wird die Abwesenheit bei dem Familientreffen verziehen. Sie ist ganz anders als sie alle. Afrodita wohnt schon seit Langem in der Hauptstadt, und diese Anlässe haben für sie keine Bedeutung mehr.

Das Abendessen verläuft fröhlich, wie immer, wenn die Frauen unter sich sind.

Heute Abend schläft die Braut bei der Mutter. Zu Hause teilt sie das Bett mit dem Ehemann, wird es ihr ganzes Leben lang mit ihm teilen. Unter dem Dach des Elternhauses kann sie auf seine Umarmung verzichten. Wenn es nach ihr ginge, würde Saba für immer darauf verzichten.

Die Mutter betritt das Zimmer und sieht sie auf der Bettkante sitzen. Sie ist klein, diese Tochter, sie ist noch so klein. Sie setzt sich ebenfalls und schweigt. Was könnte sie fragen, was sie nicht ohnehin schon weiß?

Saba zieht sich langsam die bunten Kleider aus und legt alles auf die Truhe zu Füßen des Bettes. Es ist die Truhe, die Sultana gehörte. Sieben Tage nach ihrem Tod hat Omers Familie die Aussteuer zurückgebracht. Alles verschlossen in dieser Truhe. Die Kleider, die Sultana zu den Festen, den Geburten der Kinder und den Beerdigungen der Alten getragen hätte. Alles in einer Truhe: Der Anblick und die Farben, die das Leben haben sollte, sind dort drin verschlossen.

Meliha erhebt sich und schiebt die Kleider beiseite. Dann öffnet sie langsam die Truhe. Der Geruch von Quitten durchdringt den Raum. Diese Früchte riechen nicht nur gut, sie sind auch unglaublich lange haltbar, bis zur nächsten Saison. Die Zeit, um die alten durch neue zu ersetzen. Die Zeit, die niemals reicht, um Träume zu ersetzen.

Meliha bückt sich und sucht nach etwas. Als sie sich wieder aufrichtet, hält sie ein Paar glänzende Ohrringe in der Hand. Zwei rote Steine, die in ein Goldfiligran eingearbeitet sind. Lang und funkelnd hängen sie herab, so wie der Schatten von Sultanas kurzem Leben über allem hängt.

»Nimm sie, meine Tochter, sie mochte sie besonders gern.«

»Warum gibst du sie ausgerechnet mir? Wir sind vier Schwestern«, erwidert Saba.

»Weil du diejenige bist, die ihren Platz eingenommen hat, dein Schicksal ist ihr Schicksal«, sagt die Mutter.

»Zwei Schwestern können nicht dasselbe Schicksal haben«, antwortet Saba. »Kein Gott würde zweimal dieselbe Seite schreiben. Ich nehme nur die Reste ihres Schicksals.«

Dann schmiegt sie sich sanft an Meliha. Die Mutter legt ihrer Tochter den Arm um die Schultern und umschließt sie in einer Umarmung. Sie betrachtet das blasse Gesicht, die kleinen Brüste, die Kinderhände, auf denen noch die Hennaspuren vom Hochzeitstag zu sehen sind.

Dieses Mädchen ist kein Kind mehr, sie ist eine Frau, die selbst Kinder zur Welt bringen, die bei Morgengrauen aufstehen wird, um die weißen Rosen in ihrem Garten zu gießen, die das Unkraut auf den frischen Feldern jäten und Fremde beherbergen wird, die vom Weg abgekommen sind … Eines Tages wird sie sterben, wir alle sind dazu verdammt. Bevor sie stirbt, wird sie mit einem anderen Blick an ihre Mutter zurückdenken. Der Blick, der das eigene Leben verwoben mit tausend anderen Leben sieht. Sie wird begreifen, dass auch das Schicksal war. Aber dazu braucht es Zeit. Jetzt kann sie sie nur an sich drücken und immer wieder an sich drücken.

Sie hat Zeit bis zum Morgen, dann wird alles sein wie zuvor, zurückbleiben wird nur das sanfte Wiegen ihrer Umarmung, das sich im Dunkel dieser Nacht verliert.

»Schlaf, mein Kind, schlaf.«

Keine Frau der Welt nimmt gerne die Reste des Lebens einer anderen, schon gar nicht, wenn das, was übrig bleibt, die Gestalt eines verzweifelten Ehemanns hat. Das ist Melihas letzter Gedanke, bevor sie die Lampe löscht und auf das Licht der Morgendämmerung wartet.

Sechs

Nach vier Jahren wird das verschreckte Huhn endlich schwanger und bringt eine Tochter zur Welt. Sie ähnelt Saba, und laut der Schwiegermutter sieht sie aus »wie ein dummes Küken im Regen, ganz die Mutter«. Musste dieses blonde Ding, das so dünn ist wie eine »Klobürste«, ausgerechnet ihrem Sohn unterkommen? Es ist geradezu ein Fluch.

Für Omer endet das Unglück nie: Schon bald hat er drei Töchter, so dumm wie die Mutter, die eine nach der anderen zur Welt bringt. Die Mädchen folgen ihr überallhin, wie Schatten. Es scheint, als habe sie sie aus einem früheren Leben mitgebracht, als gehörten sie schon immer zu ihr, nur zu ihr. Außerhalb des Hauses erkennen die Mädchen das Gesicht des Vaters nicht, und er merkt sich nicht einmal ihre Namen.

Die offizielle Geburtsanzeige ist keine leichte Sache. Die Ämter befinden sich in der Stadt, man braucht einen Tag hin und einen zurück. Manchmal lohnt es sich gar nicht, es gleich zu erledigen. Oft schaffen die Kinder nicht einmal das erste Lebensjahr, und dann muss man wieder hin, um den Tod anzuzeigen. Besser, man wartet ein paar Jahre, dann sind es schon mehrere Kinder, und man unternimmt die Reise nur einmal.

Als sich Omer in die Stadt begibt, um seine drei Töchter eintragen zu lassen, wird er von einem Cousin ersten Grades beherbergt. Die Frau des Cousins hat ein herrschaftliches Abendessen zubereitet. Die Rakiflasche steht mitten auf dem Tisch, ohne dass jemand die Gläser zählt. Man sieht, denkt Omer, dass der Cousin ein echter Mann ist. Seine Frau wagt es nicht, die Flasche wegzunehmen, bevor sie nicht vollständig geleert ist. Und auch nur, um sie durch eine neue zu ersetzen. Er selbst muss dagegen um jedes Glas kämpfen, und es endet meistens damit, dass er in den Keller steigt und sich direkt unter das Fass legt.

Nach dem Essen führen sie ihn ins eheliche Schlafzimmer. Dem Gast soll es an nichts fehlen, man kann ihn schließlich nicht in der Küche oder bei den Kindern schlafen lassen. Während die Frau des Cousins die Decken holt, um ihrem Mann in der Küche ein Lager zu bereiten, hört Omer sie zur Tochter sagen:

»Das hat mir gerade noch gefehlt, mein Bett einem Säufer zu überlassen.«

Omers letzter Gedanke vor dem Einschlafen ist, dass solche Worte niemals über die Lippen seiner Saba kommen würden.

Am nächsten Morgen begleitet ihn der Cousin aufs Amt. Als Omer den Namen seines Dorfes nennt, fängt der Beamte an zu lachen:

»Euch Bergbewohner erreicht alles mit Verspätung, selbst die Nachricht, dass ihr nicht mehr zu diesem Verwaltungsbezirk gehört, und das schon seit über zwei Jahren.«

Es wiederholt sich dieselbe Szene, die schon andere, ältere Landsleute erlebt haben.

Omer kehrt nach Kaltra zurück, als sich über alles bereits die Dunkelheit senkt. Der Mutter und der Ehefrau erzählt er nichts. Er ist müde, schweigend nimmt er sein Abendessen zu sich und geht sofort ins Bett: »Muss ich also noch mal auf Reisen gehen, das heißt es, Vater zu sein«, denkt er, kurz bevor er in den Schlaf fällt.

Das zweite Mal läuft es besser. Er kommt in die andere Stadt, die ausgelassen und voller Raki ist. Ein Beamter füllt die Formulare aus: so viele Daten, an die man sich erinnern muss. Omer fängt an, zufällige Zahlen aufzutischen. Und die Namen? Wer kennt schon die Namen dieser dummen Mädchen bei ihm zu Hause? Er hat sie nie beim Namen genannt. Wenn er etwas will, sagt er: »He du, bring mir Wasser.« Erklär das mal dem Herrn mit dem Stift in der Hand, der ungeduldig auf deine Antwort wartet.

Der Beamte ist kein bisschen entrüstet, sondern offenbar an solche Szenen gewöhnt. Er zählt einige Namen auf, um ihm zu helfen. Omer verneint zunächst, aber dann stimmt er überzeugt zu: »Ja, genau, ja, ich erinnere mich, so heißt sie, danke.« Einmal liegt er aus purem Zufall richtig, die anderen Male leider nicht. Zwei der Töchter entdecken, als sie in die Schule kommen, dass sie anders heißen. Zu ihrer Freude. Der Beamte hat guten Geschmack bewiesen und schöne Namen ausgesucht. In der Stadt, auf der Mittelschule danken die beiden »glücklichen« Mädchen mit den für Landbewohner ungewöhnlichen Namen – Sofija und Lola – im Stillen jenem Mann, der sie vor der Wahl der Verwandten bewahrt hat.

»Was hat es schon für eine Bedeutung?«, verteidigt sich Omer vor der Mutter und der Ehefrau. »Im Grunde ist es nur ein Name, ein dummer Name, mit dem die anderen dich rufen.«

Er begreift einfach nicht, warum sich die Leute über etwas aufregen, das sie nicht sehen, nicht anfassen und nicht spüren können. Etwas, das ihnen weder Geld noch Glück bringt. Warum also wird in seiner Familie so viel Gewicht auf so eine Belanglosigkeit gelegt? Vielleicht weil in seinem Haus so viele Frauen leben. Man weiß ja, wer sich gern um Belangloses kümmert.

Die Jahre vergehen mit den Geburten dummer Mädchen und Getreideernten: Hartweizen, Weichweizen, Mais … aber es ist nie genug.

Dann gibt es noch die andere, die große Ernte: die der Trauben, aus denen die durchsichtige Flüssigkeit destilliert wird, die Omer das Leben versüßt. Eine Traubenlese, die niemals ausreicht, ein Leben gänzlich zu versüßen.

In diesen Jahren, zwischen all den Geburten, zwischen einer Ernte und der nächsten, hat Saba manchmal blaue Flecken im Gesicht. Sie beklagt sich nie.

Eines Tages, etwa ein Jahr nach der Hochzeit, nimmt die Schwiegermutter sie beiseite und sagt:

»Dein Mann schlägt dich, dein Mann ehrt dich. Kümmere dich nicht um die Frauen aus dem Dorf. Meinst du, wenn du von hier fortgehst, öffnet dir jemand die Tür, um dich bei sich aufzunehmen?«

Saba versteht die Botschaft.

Nach drei Mädchen, als sie bereits die Hoffnung aufgegeben haben, kommt endlich ein Junge. Das Schicksal hat es so entschieden, Saba wird alles wieder wettmachen, bei der Schwiegermutter und bei allen Schwägerinnen. Ihr Sohn Luan ist blond und blauäugig, wie die drei kleinen Hühner, die vor ihm auf die Welt gekommen sind. In Kaltra sind die Blonden nicht gern gesehen. Aber die Schwiegermutter lässt keine Bemerkungen mehr fallen, weder über die Haar- noch über die Augenfarbe. Diesmal ist es ein Junge, auch wenn er blond ist. Sieben Nächte und sieben Tage wird Luan gefeiert, und Saba ist nicht länger das blasse Dummerchen, das über den Hof trippelt. Dieser Junge verändert ihre Stellung. Das Gewehr in Omers Haus bleibt nicht an der Wand hängen.

Sieben

Die Deutschen rückten näher. Bisher hatte man in Kaltra den Krieg nicht allzu sehr zu spüren bekommen.

Es war ein Tag, so heiß, dass die Steine zu bersten drohten. Die Esel, die unter den Bäumen dösten, hatten nicht einmal mehr die Kraft, ihre Schwänze zu bewegen, um die umherschwirrenden Fliegen zu vertreiben. Das Wasser im Fluss stand so niedrig, dass man ihn zu Fuß durchqueren konnte. Saba arbeitete mit den Schwägerinnen auf den Feldern, die Wiegen mit den Säuglingen hatten sie im Schatten zurückgelassen.

Plötzlich hört man vom Fluss her Lärm und Gelächter. Die Frauen eilen herbei, sie haben Angst um ihre Kinder. Es sind Kriegszeiten. Aber was sie sehen, hat nichts mit dem Krieg zu tun. Sie sehen drei junge Burschen, die im Fluss baden. Statt richtig zu schwimmen, plantschen sie nur im flachen Wasser herum. Sie bespritzen sich gegenseitig und lachen wie verrückt.

»Ach ja, auch sie sind nur Söhne von armen Müttern, die aus der Tür spähen und auf sie warten«, sagt Saba bewegt.

Die italienischen Soldaten drehen sich um und sehen die Frauen an. Dann steigen sie aus dem Wasser, ziehen sich an und nähern sich, noch immer klitschnass. Sie lächeln den Kindern zu und streicheln ihnen übers Gesicht. Einer von ihnen deutet auf eins der Babys und versucht, sich mit Gesten verständlich zu machen.

»Zwei, zwei so«, er zeigt mit den Fingern, »zwei zu Hause Apulien.«

Aber die Frauen verstehen nicht. Sie lassen sich von dem Wort »Apulien«, dem italienischen »Puglia« irreführen, das so ähnlich wie *Pula* klingt und auf Albanisch Hühnchen heißt.

»Oh, die Armen«, sagt eine der Schwägerinnen, »sie wollen zwei *Pula*, sie haben Hunger.«

Sie bückt sich, um nach ihrer Tasche unter der Wiege zu greifen, und zieht zwei Maisbrote hervor.

»Soldat«, sagt sie und betont dabei jede Silbe, »wir haben keine *Pula*, noch nicht einmal für unsere eigenen Kinder. Aber wenn ihr hungrig seid, könnt ihr das nehmen.«

Der Soldat versteht nicht ganz, aber er bedankt sich und lehnt ab. Nein, das ist nicht nötig.

»Wer isst schon Maisbrot«, mischt sich eine andere ein. »Sie werden an Weizen gewöhnt sein.«

»Wen kümmert's«, antwortet die Erste. »Haben sie den Krieg gewollt oder nicht?«

»Hört auf damit, der arme Kerl hat schließlich nicht den Krieg beschlossen. Ich würde den noch nicht mal losschicken, meine *Pula* zu hüten«, sagt Saba, und die anderen brechen in Gelächter aus.

Die Frau legt das trockene Brot zurück in die Tasche, und alle machen sich bereit, um auf die Felder zurückzukehren. Auch die Soldaten entfernen sich, aber einer von ihnen kommt zurück. Während die beiden anderen dastehen und lachen, fasst er Mut und sagt zu den Frauen jene Worte, die Saba auch nach vierzig Jahren noch nicht versteht.

»Feige, Feige für Geld!«

Saba stemmt die Hände in die Hüften und antwortet belustigt:

»Ihr braucht kein Geld zu geben. In diesem Dorf sind die Feigen umsonst, die Esel fressen sie.«

Da sie nicht verstehen, was sie sagt, zeigt sie auf die Bäume.

Als die Deutschen kommen, werden die italienischen Soldaten erbarmungslos niedergeschossen. Viele Familien nehmen sie auf und verstecken sie in ihren Häusern. Mit den Deutschen ist nicht zu scherzen. Wenn Saba später von ihrer Ankunft in Kaltra erzählt, spürt sie noch immer das Grauen jenes Augenblicks.

Sie wird erzählen, dass sie immer aufrecht und mit ausgestrecktem Gewehr marschiert sind, dass sie vollkommen lautlos kamen, aber dass man in der Luft eine Veränderung spürte, und dass einem ein kalter Schauer den Rücken hinablief, wenn man ihnen ins Gesicht sah.

Omer nimmt zwei Italiener bei sich auf, ein wenig, um ihnen zu helfen, ein wenig, um sich helfen zu lassen, vor allem auf den Feldern. Er ist immer mit dem Grappa beschäftigt. Auf diese Weise hat Saba plötzlich zwei »Peppini« im Haus. So werden in Kaltra die Italiener genannt. Ein Peppino heißt Antonio, oder, wie er in seinem Heimatdialekt genannt wird, Toniò, der andere Oreste.

Toniò und Oreste gehen jeden Morgen auf die Felder, sie sind so dankbar, dass man sie nicht den Deutschen ausgeliefert hat, dass sie den ganzen Tag und oft noch am Abend arbeiten. Sie versuchen, die nicht vorhandenen Straßen zu reparieren, zuerst um Sabas Haus herum, später auch im Dorf. Toniò und Oreste sind die Pioniere der »Infrastruktur« dieses abgelegenen Ortes, in den der Krieg sie verschlagen hat. Saba tun sie sehr leid, und hin und wieder lässt sie sich mit dem Tablett in der Hand und den mit weißer *Dhallë* gefüllten Gläsern sehen.

»Toniò! *Dhaaa-llë, Dhaaa-llë*«, hört man sie von Weitem rufen.

Saba schreit wie alle Leute, die mit jemandem sprechen, der ihre Sprache nicht kennt, als ob eine erhobene Stimme die magische Kraft hätte, den Inhalt zu klären.

Toniò und Oreste bleiben bis 1945 und essen Maisbrot mit *Dhallë*, dann endlich kehren sie in ihr Land zurück.

»Grüßt mir eure Mütter«, sagt Saba zu den Peppini, die zur Abreise bereit sind, »und sagt ihnen, dass wir gut zu euch waren. Sie sollen nicht denken, dass wir Wilde sind, im Grunde sind wir Nachbarn.« Sie sagt alles auf Albanisch, Toniò und Oreste sprechen es mittlerweile einigermaßen.

»Ja, Frau«, antwortet Toniò. »Wenn ihr eines Tages in unsere Gegend kommt, ist unser Haus auch euer Haus. So wie ihr es mit uns getan, uns eures geöffnet habt.«

»Toniò, Toniò, ich werde euch niemals besuchen kommen. Bis heute bin ich nur zweimal in der Stadt gewesen. Aber sei's drum. Jeder Stein wiegt schwer auf seinem Platz, und ich will mein Gewicht auf dieser Erde spüren. Vergesst uns nicht«, sagt sie, dann fängt sie an zu weinen.

Während sie den Soldaten hinterhersieht, trocknet sich Saba mit ihrem schwarzen Kopftuch die Tränen.

Unterdessen ist Saba erneut schwanger. Wieder ein Mädchen. Es hat nicht die blonden Haare der Mutter und der anderen Geschwister. Und auch keine blauen Augen. Sabas Schwiegermutter dreht und wendet das Neugeborene in alle Richtungen, als suche sie nach einem Zeichen, das nur sie zu entschlüsseln vermag.

»Saba«, fragt sie, »was hast du dazu zu sagen? Jahrelang bringst du nur blonde Trinen mit wässrigen Augen zur Welt, und kaum kommen die Peppini, bekommst du eine Brünette, und noch dazu schön kräftig wie diese beiden armen Kerle. Ist das ein Zufall?«

»Ich glaube nicht an Zufälle«, erwidert Saba verärgert. »Aber ich glaube an das, was meine Augen sehen. Mein Mann ist dunkelhaarig, und meine Schwiegermutter ebenfalls. Eure gesamte Familie ist so. Meine Tochter geht leider nach euch.«

Die Schwiegermutter wagt es nicht, weiter nachzuhaken.

Das neugeborene Mädchen bekommt, allem zum Trotz, den Namen Bianca. Saba nimmt die Bemerkungen der Schwiegermutter nicht allzu ernst. Im Lauf der Jahre hat sich ihre Stellung verbessert. Mittlerweile ist sie die Stütze des Hauses und nicht mehr das verschreckte Huhn, ob es der Schwiegermutter gefällt oder nicht. Saba ist nun eine gestandene Frau und nie um eine Antwort verlegen. Oft sagt sie: »Ach wäre ich noch einmal Braut …«

Jahre später schenkt Saba einer weiteren Tochter das Leben, ebenfalls brünett, aber zart und mit blauen Augen. Diesmal ist Toniò weit weg.

Acht

In jenen Jahren lebte Saba in einem riesigen Haus zusammen mit zwei von Omers Brüdern, deren Frauen und Kindern sowie der allmächtigen Schwiegermutter. Das Haus hatte drei Flügel, einen für jede Familie, einen Hof, in dem sich der Ofen, der Brunnen und ein Gemeinschaftsbad befanden und auf dem die drei Schwägerinnen, unter dem Kommando der Schwiegermutter, die alltäglichen Arbeiten verrichteten.

Im Lauf der Zeit hatte sich zwischen den Schwägerinnen ein derart enges Verhältnis entwickelt, dass jede von ihnen die Kinder der anderen auch als die eigenen betrachtete. Wenn es einer von ihnen schlecht ging, deckten die anderen sie vor der Schwiegermutter und übernahmen auch ihre Arbeit. Wenn diese einer der Schwiegertöchter verbot, die Mutter zu besuchen, fanden die anderen eine Ausrede, um sie aus dem Haus gehen zu lassen.

Um der Macht willen, die den Schwiegermüttern zukam, verbrachten viele Frauen ihr Leben in freudiger Erwartung auf das Alter.

Es ist Winter, und Saba bittet die Schwiegermutter, bei ihrer Familie vorbeischauen zu dürfen. Sie hat erfahren, dass das Partisanen-Bataillon ihrer Brüder in der Gegend ist, vielleicht sind sie zu Hause zu Besuch. Saba ist noch Wöchnerin, ihr einziger Sohn kam erst vor Kurzem zur Welt.

»Meine Liebe«, antwortet ihr die Schwiegermutter, »hältst du es für angebracht, aus dem Haus zu gehen? Wo die Deutschen jeden Augenblick kommen können? Aufregung tut dir nicht gut, die Milch kann ausbleiben, und außerdem, wer kümmert sich um Luan?«

Saba widerspricht nicht. Im Grunde hat die Schwiegermutter recht. Aber das Verlangen, ihre Brüder wiederzusehen oder wenigstens zu wissen, wie es ihnen geht, ist groß.

Über die Deutschen werden schreckliche Dinge erzählt. Kein Vergleich zu den Türken oder Griechen, ganz zu schweigen von den immer gut gelaunten Peppini. Am Tag zuvor hat sie am Dorfbrunnen eine grauenhafte Geschichte gehört. Die Schwester einer ihrer Nachbarinnen, die in Bushat lebte, war alleine zu Hause, ihr Mann und die anderen waren zur Beerdigung eines Verwandten gegangen. An jenem Morgen waren die Deutschen am Haus der armen Frau vorbeimarschiert. Der Hund hatte laut gebellt und ihre Aufmerksamkeit auf sich gezogen. Sie hatten sich schlagartig umgedreht und das räudige Tier betrachtet, das aus seinem Napf fraß. Genauer gesagt aus seinem Helm, denn als Fressnapf diente ein deutscher Stahlhelm. Zwei von ihnen hatten das Gesicht verzogen und waren näher getreten. Als die Frau die Geräusche hörte, war sie mit dem Kind im Arm die Treppe hinabgeeilt. Sie wollte sich im Keller verstecken und dort auf die Angehörigen warten. Die beiden Deutschen hatten einen Schatten gesehen und begannen zu schießen. Dann rannten sie ihren Kameraden hinterher, die ihren Marsch nicht unterbrochen hatten.

Am Abend, als die Familie nach Hause kam, fanden sie die junge Frau auf der Treppe sitzend, das Kinn gesenkt und das kleine Bündel an sich gedrückt. Das Baby nuckelte noch immer an der Brust der Mutter, die zu schlafen schien. Sie hatte ein Loch in der Stirn. Ihre Lippen waren bereits blau.

Während Saba sich mit den anderen an die Arbeit begibt, denkt sie an diese Geschichte und weint leise.

»Saba«, schlagen ihr die Schwägerinnen vor, »wir können dich decken. Um Luan kümmern wir uns und um den Rest auch. Aber komm zurück, bevor es dunkel wird.«

Saba nimmt den kürzesten Weg, der steil bergab führt. Das Haus ihres Mannes liegt am höchsten Punkt des Dorfes, und sie muss sich beeilen. Es schneit. Ringsum ist alles weiß, so blendend weiß, dass man die Dinge kaum unterscheiden kann. Während sie hinabsteigt, sieht sie das Tal vor sich, vollkommen ruhig, vollkommen eben. Nirgends eine Menschenseele, es ist ein Hundewetter.

Als sie das Elternhaus erreicht, ist sie nassgeschwitzt und bekommt kaum noch Luft. Sie ist gerannt wie eine Verrückte. Leise klopft sie an, aber niemand antwortet. Von drinnen hört man nicht das geringste Geräusch, nicht einmal das Schreien eines Kindes. Sie klopft erneut.

»Mama, ich bin es, Saba. Rubie, Rubie«, ruft sie nach ihrer Schwägerin.

An einem Fenster wird ein weißer Vorhang beiseitegeschoben, dann hört man Schritte. Die Tür öffnet sich, und der Kopf der Mutter erscheint.

»Was machst du hier bei diesem Wetter?« Melihas Stimme klingt vorwurfsvoll. »Hat dir deine Schwiegermutter bei diesem Schneetreiben die Erlaubnis gegeben, aus dem Haus zu gehen?« Ohne zu antworten tritt Saba ein.

Im Kaminzimmer erkennt sie die Umrisse ihrer Brüder. Sie sind zu dritt. Die Nichten und Neffen klammern sich an ihre Väter, die Schwägerinnen sitzen auf dem *Quilim*, niemand spricht. Saba beeilt sich, ihre Brüder zu umarmen und flüstert schluchzend:

»Ich wusste, dass ich euch treffen würde, ich hab es gespürt. Ich wusste…«

Einer der Brüder fehlt, der jüngste, Myrto. Sie erzählen ihr, dass er einen Auftrag in einer anderen Gegend zu erfüllen hat. Saba seufzt erleichtert. Zum Glück geht es allen gut, allen geht es gut…

»Sobald es dunkel wird, brechen wir auf«, sagen sie zu ihr. »Wir müssen zu unseren Kameraden.«

Ihre Schwägerin Behije stellt einen Kaffee neben sie und setzt sich zu ihrem Mann. Behije wartet, sie ist im letzten Monat. Ihr Mann Isan hat sie vor knapp neun Monaten das letzte Mal besucht… Er wusste nicht, dass er wieder Vater wird. Er ist außer sich vor Freude.

Saba nippt an ihrem Kaffee, aber sie hat noch nicht ausgetrunken, da hört man einen Schuss im Hof und Tritte an die Tür.

»Aufmachen, ihr seid umzingelt. Los, aufmachen!«

Sie bringen alle in den Hof. Der oberste Offizier sagt zu den Männern, dass sie mit heiler Haut davonkommen können, wenn sie reden.

»Zeitverschwendung«, antwortet Emin.

»Die Frauen, die Frauen haben nichts damit zu tun«, ruft Isan. »Lasst sie ins Haus zurückgehen.«

»Das entscheide ich«, sagt der Offizier. »Aber mal sehen, welche deine Frau ist…«

»Wenn du ihr auch nur ein Haar krümmst, wirst du es bereuen.«

»Ach, willst du mich umbringen? Lass sehen, welche ist deine Frau?«

Die Männer in Zivil, die sie begleiten, zeigen auf die Frau mit dem dicken Bauch.

»Ich seh schon, sie hat keine Zeit verloren, während du weg warst. Erzähl mir nicht, dass du dich auf die Geburt eines Bastards freust.«

Der Offizier tritt auf Behije zu, um ihr an den Bauch zu fassen, aber Isan stellt sich schützend zwischen sie.

»Verfluchter Hund, leg dich mit mir an, wenn du Mumm hast.«

Schimpfworte wechseln über den Dolmetscher von einer Seite auf die andere. Aber merkwürdigerweise kommen die Antworten, bevor der Dolmetscher seine Arbeit getan hat: Die Sprache der Gewalt bedarf keiner Übersetzung.

Der deutsche Offizier richtet die Pistole auf Isans Stirn.

»Mir reicht's jetzt mit euch. Entweder ihr packt aus, oder ich blas euch das Hirn weg. Woll'n mal sehen, ob du nicht als Erster redest.«

Er legt die Pistole beiseite und nimmt ein Gewehr. Er klappt das Bajonett aus und legt es an Behijes Bauch.

»Rückst du raus mit der Sprache, oder nicht? Am Ende tu ich dir noch einen Gefallen und befreie dich von einem Bastard, dem du deinen Namen geben musst.«

Noch bevor er den Satz beendet hat, spürt er die Spucke im Gesicht. Ohne sie abzuwischen, drückt der Deutsche kräftig gegen den Bauch. Behije hat keine Zeit zurückzuweichen. Sie fällt zu Boden, die Eingeweide, das Kind quellen ihr aus dem Leib. Sie legt schützend die Hände darüber. Es ist ihre letzte Bewegung. Ein Schusshagel geht auf ihre Stirn, ihren Körper und das Baby nieder, ebenso wie auf die drei Brüder.

Die übrigen Frauen werden verschont.

Saba, ihre Mutter und die Schwägerinnen heben Behijes Körper auf und durchtrennen die Nabelschnur. Sie waschen das Baby und wickeln es in die schneeweißen Tücher, die seine Mutter schon bereitgelegt hatte. Dann nähen sie den aufgeschlitzten Leib zu, mit Nadel und Faden. Behije, gekämmt und in ihrem schönsten Kleid. So werden sie zusammen begraben, eng nebeneinander.

Das Einzige, was Saba wissen möchte, ist, wer sie an die Soldaten verraten hat. Jahre später wird sie es erfahren, zu einer Zeit, da sie begreift, dass es keinen großen Unterschied macht, es zu wissen. Sie wird weder Hass noch den Wunsch nach Vergeltung verspüren. Der Verräter ist ein Mitglied der Nationalen Front, der vorübergehend mit den Deutschen verbündeten Alternative zur Kommunistischen Partei. Er ist es, der Saba kurz vor seinem Tod alles gesteht, zwar ohne auf Vergebung zu hoffen, aber zumindest ihres Schweigens gewiss. Seine Angehörigen könnte dieses Geständnis noch teuer zu stehen kommen. Aber Saba wird mit niemandem darüber sprechen.

»Es hat keine Bedeutung mehr«, sagt sie sich. »Der Krieg war schuld. Er hat uns alle zu Bestien werden lassen.«

An jenem Tag, an dem sich Saba verspätet, benachrichtigen die Schwägerinnen die Schwiegermutter. Man hat ein paar Schüsse gehört, aber niemand hat weiter darauf geachtet. Schließlich wird es dunkel, und die Frauen begeben sich auf die Suche.

Als sie näher kommen und die herzzerreißenden Schreie aus dem Hof zu ihnen dringen, begreifen sie alles. Sie sehen den roten Schnee, der im Dämmerlicht changiert. Saba, ihre Mutter und die beiden Schwägerinnen schreien und werfen sich über die Körper. Ihre Gesichter sind blutig gekratzt. Die drei toten Brüder liegen noch immer im Schnee. Der Abendwind weht nicht mehr kalt.

Von diesem Tag an wird sich Saba für immer schwarz kleiden. Auch das Kopftuch ist schwarz. Sie wird es niemandem mehr erlauben, auf einer Familienhochzeit zu singen, außer auf der ihres Sohnes.

Doch dann holt dich das Leben wieder ein, mit seinen kleinen alltäglichen Dingen und dem Geschrei der Kinder. Saba kannte ihr Schicksal genau. Oft, wenn sie zwischen den Grabsteinen ihrer Liebsten umherstreifte, sprach sie mit sich selbst. Sie sagte, dass der Tod viele unbekannte Wege gehe, und dass es sein Recht sei, so wie wir die Pflicht hätten zu versuchen, den Toten Stille und Frieden zu gewähren. Aber in dieser Stille würde sie bis zu ihrem Tod täglich nach dem Weg suchen, der sie zu ihnen führte. Sie hatte alle Zeit, sich darauf vorzubereiten.

Das Nachkriegsleben hatte begonnen. Man baute die zerstörten Häuser wieder auf und kümmerte sich um die Marmorgrabsteine für die Gefallenen. Diesmal war es anders als bei den anderen Kriegen. Saba wurde klar, dass sie auf der richtigen Seite gestanden hatte. Die Nachbarn, die sich nicht hatten einmischen wollen, weil »die Kriege kommen und gehen, und es besser ist, du kümmerst dich um deine eigenen Angelegenheiten«, galten nunmehr als Feinde. Saba hegte diesbezüglich Zweifel: Was für Feinde? Sie kannte sie, seit ihrer Geburt… Immer wieder dachte sie darüber nach, und eine Sache begriff sie: Diesmal würde die Nachkriegszeit für immer dauern.

Der Krieg kommt, dachte sie, und du bist, ohne es zu wollen, mittendrin. Hinterher stehen manche auf der einen, manche auf der anderen Seite. Vielleicht wegen bloß zufällig getroffener Entscheidungen, oder aus Gründen, die nur in jenem Augenblick von Bedeutung waren. Aber nach vollendeten Tatsachen brauchst du nichts mehr hinzuzufügen, es ist belanglos, ob du dich auf eine Seite geschlagen hast, um dem großen Bruder oder deinem Lieblingscousin zu folgen.

Saba hatte nie *Das Kapital* gelesen und wusste auch nicht, was Kommunismus ist. Dennoch war sie Kommunistin. Aber das Wort war ihr egal.

»Kommunisten« waren diejenigen, die im Krieg gegen die Nationalsozialisten gekämpft oder Angehörige verloren hatten, so wurde es ihr erklärt. Punkt.

Auch ohne es zu verstehen, fand sie aus anderen, banaleren Gründen nach und nach Gefallen an der Sache.

In den Fünfzigerjahren hatte Saba bereits die dreißig überschritten. Ihrem Mann hatte man eine Arbeit in der Gemeindeverwaltung gegeben. Obwohl der Grappa noch immer sein ständiger Begleiter war, brachte er ein festes Gehalt nach Hause.

»Morgen werde ich ein paar Worte mit dem Parteisekretär wechseln«, verkündete Saba, und ihr Mann wurde zum Lämmchen. Heute würde man es Erpressung nennen. Aber was das anbelangt, hatten ihn die Frauen aus dem Dorf schon immer erpresst.

In jenen Jahren fand auch Saba eine Arbeit außer Haus, als Schneiderin in einer Genossenschaft. Auch sie brachte nun Einkünfte nach Hause. Nie zuvor hatte man in dieser Gegend erlebt, dass eine Frau Geld in die Hände nahm. Saba und ihre Freundinnen nahmen es nicht nur in die Hände, sondern konnten es auch ausgeben. Im Dorf waren zahlreiche Geschäfte eröffnet worden. Man war nicht mehr darauf angewiesen, dass die Schwiegermutter in die Stadt reiste, um für Schwiegertöchter und Enkel einzukaufen. Und niemand mehr durfte die Frau ohne ihre Kinder zum Vater zurückschicken, weil sie ihrem Mann nicht gehorcht hatte. Jetzt lief der Mann Gefahr, ein schlimmes Ende zu nehmen, wenn er versuchte, sie zu verjagen.

»Patriarch«, schrien die Frauen ihre Männer an, »rückständiges Individuum, unwürdig, die neue Gesellschaft mitzugestalten.«

Letztlich spielte es keine große Rolle, wie die Ehemänner und Hausherren genannt wurden, wichtig war, dass die Kinder den Frauen gehörten und sich keine mehr bedroht fühlte.

Saba besuchte mit ihren Freundinnen die Abendschule. Oft nahm sie sogar ihre Kleinen mit, die sich an sie kauerten und schliefen, während sie vorlas, was an der Tafel stand: »Die Frau: Motor der Revolution.«

Zwischen einem Slogan und dem nächsten beendete sie die Mittelschule, aber für sie waren es längst nicht mehr bloße Slogans.

Nach der Geburt ihrer fünften Tochter, mit siebenunddreißig Jahren, schläft Saba nicht länger mit ihrem Mann. Nachts legt sie sich zu ihren Töchtern. Zwei von ihnen sind bereits verheiratet, ihre letzte Schwangerschaft fällt mit der ersten Schwangerschaft ihrer ältesten Tochter zusammen.

Saba erlebte die schönsten Jahre ihres Lebens. Ihre Kindheit hatte sie in einer großen Familie mit zu vielen Frauen verbracht. Kaum war eine unter der Haube, kam bereits die nächste ins heiratsfähige Alter. Man weiß ja, je eher sie gehen, umso besser. Mädchen sind wie Glas, wenn es zerbricht, ist es sinnlos, die Scherben zusammenzukleben. Bevor sie also zerbrachen und damit vor allem die Familienehre zerbrach, suchte man ihnen, sobald sie heranwuchsen, einen Mann. Manche traf es besser, manche schlechter. Das ist meistens eine Frage des Glücks. Aber ist es das nicht letztlich auch bei einer Liebeshochzeit?

Jetzt, nach so vielen Mühen, war Saba an einen Punkt gekommen, wo die Dinge einfach so waren, wie sie sein sollten. Sie ging arbeiten, die Kinder besuchten die Schule, sie hatte ihr eigenes Haus ohne die ganze Sippschaft ihres Mannes. Sie hatte viele Freundinnen, die in ihre Schneiderwerkstatt kamen und mit den von ihr genähten neuen Kleidern wieder gingen. Was sie erreicht hatte, lässt sich in wenigen Worten zusammenfassen: Sie war endlich Herrin über ihr eigenes Leben.

Neun

Eines Tages, während einer Genossenschaftsversammlung, spricht der Parteisekretär von der Eröffnung einer großen Kaufhalle im Dorfzentrum. Gemeinsam müssen sie eine Verkäuferin wählen. Nach einigen Vorschlägen, die wieder verworfen werden, hebt Saba die Hand und sagt:

»Lisa, ich schlage Lisa vor. Sie ist gebildet und kann gut rechnen, sie ist zuvorkommend und freundlich …«

Der Parteisekretär sieht Saba verblüfft an. Wo hat sie ihren Verstand gelassen? Eine zur Umerziehung internierte Fremde soll in der Kaufhalle arbeiten? Und wenn sie stiehlt? Wenn sie während der Arbeit bei den Bauern Propaganda macht?

»Falls sie versucht zu stehlen, werden wir sie sofort erwischen«, sagt Saba. »Wohin soll sie hier in den Bergen fliehen? Und was die Geschichte mit der Propaganda betrifft, so hat sich die Ärmste nur von der Liebe in die Irre führen lassen. Meiner Meinung nach versteht sie überhaupt nicht, worum es geht.«

Der Parteisekretär lässt sich überzeugen, und am Ende hat Lisa den Posten als Verkäuferin.

Lisa ist Italienerin und ihr Mann Wilfred Österreicher. Man hat sie an einem Frühlingsnachmittag aus der Hauptstadt geholt. Alle waren bei ihrer Ankunft auf dem Dorfplatz dabei. Solche Dinge waren für niemanden mehr etwas Neues.

Man wies ihnen eine verlassene Ruine in der Nähe von Sabas Haus zu.

Saba war auch die Erste aus der Nachbarschaft, die sie besuchen kam. Sie hatte eine Süßspeise zubereitet, eine *Revania,* und eines Nachmittags klopfte sie, mit der Schüssel unterm Arm, an ihre Tür.

»Ich komme euch besuchen, ich weiß, dass ihr noch niemanden kennt …«

Ihnen blieb vor Staunen der Mund offen. Dann baten sie sie hinein. Als sich Saba erhob, um nach Hause zu gehen, war es bereits dunkel.

Lisa war in den Dreißigerjahren nach Albanien gekommen, mit ihrem ersten Mann, einem italienischen Ingenieur. Dann starb er bei einem Verkehrsunfall, und das, wo er hergekommen war, um Straßen zu bauen. Lisa, die nun Witwe war, beschloss, dennoch mit ihren kleinen Töchtern in Albanien zu bleiben. Es waren noch die goldenen Zeiten, in denen man rief: »Es lebe Viktor Emanuel, König von Italien und Albanien.« Während des Krieges verliebte sie sich hoffnungslos in Wilfred, einen Österreicher, der unmittelbar nach dem Einmarsch in Polen im September 1939 nach Albanien gekommen war. Vielleicht war er ein Emigrant aus dem Dritten Reich, der, um über die Grenze zu gelangen, seine politischen Beweggründe verschleiern musste, und sich so auch in den Augen der Gegenseite verdächtig machte. Sie hatten geheiratet und den Krieg überstanden.

1945, vor der Zeit des Eisernen Vorhangs, hatten die Behörden Lisa angeboten, das Land zu verlassen und nach Italien zurückzukehren. Sie wollte, aber nur zusammen mit ihrem neuen Mann. Nein, sie könne mit den Töchtern nach Italien gehen, sagte man ihr, aber er dürfe Albanien nicht verlassen.

Lisa klapperte alle Abteilungen des Außenministeriums und später des Zentralkomitees der Partei ab, vergeblich. Wilfred musste bleiben, warum auch immer. Es wurde viel erzählt: Dass er ein angloamerikanischer Geheimagent gewesen sei oder gar ein deutscher Spion, der in Albanien nach Juden gesucht hatte. Aber die Wahrheit kam nie heraus. Ohne ihren geliebten Wilfred wollte Lisa Albanien jedoch nicht verlassen. Allerdings war sie nicht vollkommen naiv, nahm Kontakt mit ihrer Familie auf und schickte die Töchter nach Italien. Sie dachte: Man weiß nie, und wenn sie das Land nun für immer dichtmachen?, auch wenn sie nicht an eine vollständige Schließung der Grenzen glaubte. Letztlich, so sagte sie sich, wird man Wilfred ein Visum ausstellen, und dann gehen wir zusammen. Wie kann man ein Land abriegeln? Es ist schließlich kein Laden. Die gute, die sanfte, die traurige Lisa wusste nicht, dass sich auch ein Land schließen lässt, ebenso wie ein Laden. So wie die Kinder des Ladenbesitzers nach dessen Tod, wenn sie noch nicht wissen, was sie damit anfangen sollen, erst mal die Rollläden herunterlassen. Dann werden sie sich nicht einig, und die Rollläden bleiben für immer unten. Für immer, oder beinahe für immer. Auf diese Weise zerstören sie die Dinge, die dem verstorbenen Vater am teuersten waren. Am Ende bleibt nur noch Schimmelgeruch und der herbe Duft der Erinnerungen zurück, die bloß von ein paar in die Falle getappten Mäusen belebt werden. Für sie gibt es kein Entkommen.

Wilfred bekommt sein Ausreisevisum 1992, zusammen mit Lisa. Aber es sind Visa mit unterschiedlichen Reisezielen: Für ihn ist es Österreich, für sie Italien. Lisa will nach nunmehr siebenundvierzig Jahren endlich ihre Töchter wiedersehen, und Wilfred hat nicht die Kraft, erneut in ein fremdes Land zu gehen. Er möchte nur noch in der Heimat sterben.

Bis zu diesem Zeitpunkt werden Lisa und Wilfred in Sabas Dorf bleiben, in jener halb verfallenen Ruine, die den Namen »Feindhaus« bekommt.

Ein Haus, das dazu bestimmt war, zwei weitere Familien aus der Hauptstadt aufzunehmen. Die eine bestehend aus der Mutter und ihren beiden wunderschönen Töchtern. Interniert wegen Prostitution, was auch immer man unter Prostitution verstehen mag. Jedenfalls fanden die beiden Mädchen genügend Gelegenheit, sich auch in diesem Dorf voller Steine – und voller Männer – zu amüsieren.

Die andere Familie zählte dagegen ziemlich viele Mitglieder. Den Großvater, die Großmutter, Vater, Mutter und zwei Kinder. Alle aus der Hauptstadt. Der Alte war Parteimitglied gewesen, in der Regierung, aber dann war er, wie Saba sagte, »aus dem Sattel gekippt«. Er hatte da oben irgendein großes Ding gedreht, und sie hatten ihn zur Umerziehung in das »sozialistische Dorf« geschickt. Er musste auf den Feldern arbeiten, während die Kinder zur Schule gingen, all das also, was Saba und die übrigen Dorfbewohner auch taten, ohne interniert zu sein. Allerdings war Saba unter diesen Bedingungen aufgewachsen, die aus der Hauptstadt dagegen nicht.

Die Freundschaft zwischen Lisa und Saba hielt über vierzig Jahre. Sie tauschten Rezepte aus, fertigten am Webstuhl Teppiche, und oft nahm Saba sie mit zu ihren Schwestern, damit sie ihr aus dem Kaffeesatz lasen.

»Schau hin, schau genau hin«, sagte sie zu ihrer Schwester Esma. »Gibt es eine Öffnung nach außen? Die Ärmste ist wegen einem Mann angeschmiert worden, sie hat ihre Töchter seit Jahren nicht gesehen …«

Wenn jemand Saba darauf hinwies, dass die Öffnung, die sie im Kaffeesatz suchte, den Parteigrundsätzen zuwiderlief, antwortete sie: »Ich verstehe nichts von Politik, aber diese Frau hat niemandem etwas zuleide getan. Wessen Feindin könnte Lisa sein, wo sie es nicht mal fertigbringt, ein Huhn zu schlachten. Sie will zu ihren Töchtern, das ist alles.«

Saba wurde klar, dass Leute wie Lisa zu Unrecht zahlen mussten. Sie dachte, dass letztlich jedes System seine Schwachpunkte hat. Lisa war der Beweis, aber, wie es auf dem Land heißt, das brennende Stroh verzehrt auch das frische Gras. Die frische Lisa verzehrte ihre besten Jahre fernab von den Töchtern und ihrer wohlhabenden Familie, indem sie den Bauern minderwertige Stoffe und Schädlingsbekämpfungsmittel verkaufte.

Zehn

Mit verlorenem Blick steht Saba auf dem Platz, nimmt die im Hof getrocknete Wäsche und legt ein Teil nach dem anderen zusammen. So wie ein endloser Tag nach dem anderen vergeht, sich im Nebel des nahen Waldes verliert, und in den immer gleichen Dingen.

Heute kommen ihre Schwestern. Eine liebe Gewohnheit: Sie kann es kaum erwarten.

Jene süßen, von den Worten aus Kindheitstagen trunkenen Nachmittage rühren die Herzen aller.

Sie setzen sich vor dem Kamin auf den *Quilim* und eröffnen ihre Versammlung.

Die vier Schwestern bei ihren Treffen beisammen zu sehen ist ein Vergnügen. Eine ist verrückter als die andere. Ihre Verdrehtheit und, um es deutlich zu sagen, ihre exaltierte Art springen sofort ins Auge. Afrodita kommt mit dem Bus, der auf dem Platz im Zentrum von Kaltra hält. Das ganze Dorf schaut zu. Wie sollte es auch anders sein, bei all den feinen Kleidern und Frisuren von Afrodita und den sonderbaren Schirmen, die Esma durch die Luft schwenkt?

Bedena versucht dagegen, sich möglichst unauffällig zu der Verabredung zu begeben. Sie ist nicht darauf versessen, aber sie darf nicht fehlen, zumindest nicht in den Augen des Dorfes – und das heißt: in ihren eigenen Augen.

Bedena nimmt alles ernst: Sie hat nicht vergessen, dass Saba sie gebissen hat, als sie die ersten Zähnchen bekam, und stellt immer noch Ansprüche auf irgendwelche Stoffe, die man statt ihr der armen Esma zur Aussteuer gab.

»Freunde sucht man sich aus, Verwandte nicht. Was willst du machen?«, sagt Saba zu ihren Freundinnen.

»Seht ihr«, sagt dagegen Bedena zu den wenigen Frauen, die manchmal zum Kaffee bei ihr vorbeikommen, »bei meiner Schwester geht jedes Lumpenpack ein und aus, aber ich werde nie eingeladen.«

Als man Saba von Bedenas Worten berichtet, lächelt sie.

»Wer will, kann zu mir kommen. Mein Haus steht allen offen. Aber ich mache vor niemandem einen Buckel. Früher, vor langer Zeit, als ich noch eine andere Saba war, verbrachte ich meine Tage, indem ich vor der Schwiegermutter, den Schwägerinnen und meinem Mann buckelte. Diese Zeiten sind vorbei, diese Saba gibt es nicht mehr.« Damit beendet sie das Gespräch.

Esma und Afrodita sind schon seit einer Weile da. Aber Bedena lässt sich heute nicht blicken. Als die beiden nach ihr fragen, zuckt Saba mit den Schultern: »Scheinbar ist der Frieden in dieser Familie nur ein Traum.«

Keine erwidert etwas. Im Übrigen kennen alle Bedenas merkwürdiges Verhalten.

Aber nach einiger Zeit kommt Bedena doch. Wie ein trügerischer Regen, der mitten im Juli an die Fenster prasselt. Sie öffnet die Tür, und bevor sie die auf dem *Quilim* sitzenden Schwestern begrüßt, sagt sie zu Saba:

»Gut gemacht, Schwester, gut gemacht. Es wird Zeit, dass alle hier erfahren, bei wem sie an dir sind.«

»Die da«, fährt sie an Esma und Afrodita gewandt fort,

»hat Lisa, Lisa der Peppina, in der Kaufhalle von Kaltra eine Stelle verschafft. Die Ärmste kann schließlich nicht mit uns auf den Feldern arbeiten ... Lisa mit ihrer zarten Haut ist nicht wie wir Bauersleute. Jetzt ist sie auf der sicheren Seite, dank meiner Schwester. Was soll's, manche setzen sich ins gemachte Nest, andere werden im Leben eben stiefmütterlich behandelt, so wie ich, ihre Schwester. Möge die Milch, die wir beide getrunken haben, dir zu *Haram* gerinnen!«

Die beiden anderen Schwestern verstehen nicht ganz. Afrodita will schon seit Jahren nicht mehr verstehen, und Esma, flatterhaft wie sie ist, hört Bedena nicht einmal zu.

»Komm«, sagt Saba versöhnlich, ohne die üble Verwünschung zu beachten, »sei nicht verärgert. Ich konnte ja schlecht dich vorschlagen, du bist schließlich meine Schwester. Wie hätten wir vor den anderen dagestanden? Und außerdem bist du nicht mal zur Schule gegangen ...«

»Du hättest wenigstens deinen Mund halten können, verstanden? Deinen Mund hättest du halten können. Wie bist du überhaupt auf Lisa gekommen? Kein normaler Mensch würde auf die Idee kommen, die Peppina in unserem Laden verkaufen zu lassen. Bin ich der Schulpflicht etwa schlechter nachgekommen als die anderen? Wir haben alle dieselben Abendkurse besucht, alle, außer die Peppina ... und du, natürlich. Aber lassen wir deine Schulbildung aus dem Spiel. Letztlich bist du da nur hingegangen, um unserem Bruder das Mittagessen zu bringen, wer hätte dich sonst zur Schule geschickt ...«

Esma schminkt sich sorgfältig die Lippen nach und schaut dabei in den silbernen Spiegel, den sie aus ihrer schwarzen Ledertasche gezogen hat. Das macht sie immer so. Sie kommt vor den anderen, mit ihrem Sonnen- oder Regenschirm, je nachdem welche Jahreszeit gerade ist. Kaum sitzt sie, öffnet sie die Handtasche, holt den Silberspiegel und den dazu passenden Lippenstift heraus. Dann ist es Zeit für den Kaffee, und Esma, die wie keine Zweite im Kaffeesatz lesen kann, muss sich mit den Schicksalen ihrer Schwestern abplagen. Sie wirft einen Blick auf den Grund der Tasse und sagt dir alles, wirklich alles: Die Zukunft steht dort geschrieben, und es gibt nichts, was ihren wachsamen Augen entgeht. Hochzeiten, Schwangerschaften, Tod, jede Freude und jeder Schmerz, sie kann sogar genau den Zeitpunkt sehen, zu dem die Dinge geschehen werden. Sie kann allen die Zukunft voraussagen, außer sich selbst. Aber jetzt ist es noch nicht Zeit für den Kaffee. Esma steckt den Lippenstift zurück in die Tasche und fragt Bedena:

»Hab ich irgendwas nicht mitbekommen? Warum stehst du hier rum? Nimmst du heute nicht an unserem Treffen teil?«

»Noch so eine. Hat meine Mutter denn alle Schwachköpfe dieser Welt geboren? Statt deinen roten Mund im Dorf zur Schau zu stellen«, sagt Bedena zu Esma, »solltest du lieber deiner Schwiegermutter und deinen Schwägerinnen zur Hand gehen …«

»Jetzt bin ich dran«, sagt Afrodita herausfordernd. »Alle haben ihr Fett abbekommen. Fehl also nur noch ich, oder?«

»Für dich ist mir meine Zeit zu schade. Was weißt du schon von unseren Angelegenheiten? Mir reicht's, ich gehe. Viel Spaß noch, liebe Schwestern, viel Spaß noch ohne mich. Verwandte sind schlimmer als die schlimmsten Feinde.«

Bedena verschwindet so schnell, wie sie gekommen ist. Heute findet die Zusammenkunft ohne sie statt.

Nach kurzer Zeit verlieren sich Esma, Afrodita und Saba ganz in ihren Plaudereien und haben Bedena und all den Unfrieden, den sie immer und überall stiftet, vergessen.

»Was bist du alt geworden, liebe Saba. Die Kinder bereiten einem viel Freude, das stimmt, aber sie befördern einen auch schneller ins Jenseits, als man denkt«, beginnt Afrodita wie immer. Ja, wie immer: Denn sie ist die älteste Schwester und hat keine Kinder.

Sie hat mit dem Schicksal gespielt, denkt Saba, und jetzt fühlt sie sich einsam wie ein verlassener Grabstein.

Afrodita hatte früh geheiratet und das Dorfleben beizeiten hinter sich gelassen. Ihr Mann war Militärarzt, er hatte in Italien studiert. Später bekam er eine Stelle im Militärkrankenhaus der Hauptstadt. Afrodita war ihm gefolgt und hatte sich sofort ans Stadtleben gewöhnt. Schlagartig hatte sie ihre Kindheit in den Maisfeldern und die Schafe vergessen, die sie und ihre Schwestern allabendlich melken mussten. Diesen Geruch hatte sie für immer abgelegt, ebenso wie ihr bäuerliches Aussehen. Als sie die langen Zöpfe abschnitt, um, wie es damals Mode war, einen Pagenkopf zu tragen, schnitt sie auch die letzte Verbindung zu dem Mädchen vom Lande ab.

»Die Frau unterscheidet sich vom Mann auch durch ihre Haarlänge«, hatte Saba gesagt, als sie sie mit kurzem Haar sah.

Saba war nur ein einziges Mal zu Besuch zu ihr in die Stadt gekommen, es hatte ihr genügt. Afrodita hatte sie stundenlang nicht hinausgelassen und auf die Dunkelheit gewartet, bevor sie ihr die Tür öffnete. Die Nachbarn sollten nicht sehen, dass diese schwarzgekleidete Bäuerin mit Kopftuch ihre Schwester war.

Afrodita arbeitete als Kostümbildnerin an der Oper. Sie war immer modisch gekleidet. Saba und sie stammten aus demselben Schoß, aber ihre Schicksale waren verschieden. Saba verspürte jedoch niemals Groll.

»Es ist ihr Leben«, sagt sie mit einem Lächeln. »Letztendlich lebt man unter seinesgleichen und häufig auch für seinesgleichen.«

Das Einzige, was Saba ihr nicht verzieh, war die Sache mit den Kindern.

Afrodita behauptete, dass ihr Mann in den ersten Ehejahren keine Kinder haben wollte. Er wollte sie ganz für sich haben.

»Afrodita, für Kinder ist später noch Zeit, lass uns das Leben genießen«, sagte er.

Für Saba war dieser merkwürdige Schwager ein Vertreter der französischen Art, denn wenn er nach der türkischen Art gekommen wäre, hätte er sofort Kinder gezeugt. Wozu sollte man sonst heiraten? Die Frau holt man sich ins Haus, um sie zu schwängern. Für Saba bedeutete »nach der türkischen Art«, so wie es die Tradition vorschrieb, so wie man es schon immer gemacht hatte. Nach der französischen Art war dagegen alles Neumodische: andere Lebensweisen als die ihre und von daher unbegreiflich – aber deshalb nicht verdammenswert. Sie verstand es nur nicht, das war alles.

»Welches Glück sucht eine Frau beim Mann, wenn nicht die Kinder?« So war es für sie und für viele andere im Dorf. »Eine Frau ohne Kinder«, befand sie, »ist wie ein dürrer Stamm ohne Äste.«

Dieser Schwager, der gleichzeitig Arzt war, hatte seiner Frau neumodische, bis dahin unbekannte Medikamente gegeben, um keine Kinder zu zeugen. Mysteriöse Gebräue, die deinen Leib nicht anschwellen lassen. So ging das jahrelang: Ihr Mann stieg auf sie drauf, wie und wann immer er wollte, aber der Leib schwoll nie an.

Nach ein paar Jahren hatte Afrodita schließlich genug von den Liebeskapriolen. Das Haus war still, nur das Stöhnen ihres Mannes war zu hören, aber es genügte nicht, um die Leere für immer auszufüllen. Hatten sie sich nicht genug amüsiert? Sie wollte endlich schwanger werden, wie all ihre Schwestern und die Freundinnen. Außerdem hatte sie keine Lust mehr auf das ständige Bohren der Nachbarn und Bekannten, die mit bedauernder Stimme fragten: Wieder nichts?

So hatte sie mit diesen verfluchten Gebräuen aufgehört, aber zu dem Zeitpunkt war bereits das Unvermeidliche geschehen. Ihr Mann stieg immer noch auf sie drauf, aber der Leib wollte nicht anschwellen. Sie hatten sich Untersuchungen und Behandlungen unterzogen, ohne Ergebnis. Saba sagte immer, dass ihr das Zeug »alle Eier verdorrt« habe, absolut alle! So konnte sich dieser Mörder weiterhin amüsieren, ohne sich Gedanken zu machen. Alles in allem trug Saba an dem Kreuz der Kinderlosigkeit schwerer als Afrodita.

Außerdem fehlte Afrodita, wenn man es genau betrachtete, jene besondere mütterliche Aura. Das hat nichts mit den Kindern zu tun, viele Frauen haben sie auch ohne jemals entbunden zu haben, aber ihr fehlte sie. Afrodita war glücklich, im Grunde gefiel es ihr vielleicht sogar, wer weiß, ob es nicht das Leben war, das sie sich immer gewünscht hatte.

»Es ist das einzige Leben, das wir haben, liebe Afrodita, wir haben das Recht, es so zu leben, wie wir es wollen«, sagte Saba.

Sie versetzte alle in Staunen, wenn sie so redete. Sie hatte ihr Leben geopfert, um das zu tun, was die anderen von ihr erwarteten. Aber vielleicht war auch ihr eigenes Leben letztlich so, wie sie es leben wollte, und ihre Wahl war auf Grund der Umstände mit den vorgegebenen Traditionen zusammengefallen. Vielleicht hatte sie auch nur Glück gehabt und sich dadurch gerettet, dass sie ihr Leben nicht als Verdammung sah.

Nach Sabas Vorstellung verlief ihr Leben genau auf dem Weg, den Allah für sie bestimmt hatte. Sie brachte Allah häufig ins Spiel, aber mehr aus Gewohnheit als aus Frömmigkeit. Sie hatte ihre Theorien, die sich zum Teil auf historische Wahrheiten gründeten, zum Teil hier und da aufgeschnappt waren, die sie vermengte und auf einem Tablett servierte. Sie hatten alle einen seltsamen Beigeschmack, der ständig die Frage nach den Zutaten aufwarf, und dennoch schluckte man sie ohne weitere Erklärungen.

Saba sagte, dass uns Allah am dritten Tag nach der Geburt das Schicksal auf den Nacken schreibt: das, was wir tun werden, das, was aus uns wird, und vor allem das, was nicht aus uns wird.

»So steht es geschrieben«, mit dieser Formel beendete sie oft ihre Rede. Leider kann jedoch nur Er lesen, was geschrieben steht.

»Wenn nur Er es lesen kann, wieso schreibt Er es dann überhaupt?«, fragte Afrodita beiläufig.

»Um unsere Schicksale nicht zu vertauschen«, antwortete Saba. »Um genau den Zeitpunkt zu kennen, an dem ein jeder zu der großen Reise aufbricht, jener Reise ohne Rückkehr.«

»Aber wenn Er's sich anders überlegt? Die Schrift lässt sich schließlich nicht mehr wegradieren, und dann ist Allah durch seine eigenen Worte gefangen. Er schickt dich also auf die Reise, weil es keine Möglichkeit gibt, die Fahrkarte umzutauschen. Selbst Allah würde bald einsehen, dass das System, das er sich da ausgedacht hat, seine Mängel hat«, fährt Afrodita fort, um sie zu reizen.

»Ich habe dir schon gesagt, dass er verschiedene Schriftarten benutzt. Bei dir hat er vielleicht nur Tag und Monat festgelegt, das Jahr der Reise beschließt er dann von einem Augenblick zum anderen. Aber wenn du weiter so stichelst, wird er dir bestimmt den nächsten freien Platz besorgen«, beendet Saba unwirsch das Gespräch.

»Was bist du alt geworden, liebe Saba. Die Kinder bereiten einem viel Freude, das stimmt, aber sie befördern einen auch schneller ins Jenseits, als man denkt«, sagt Afrodita, nachdem Bedena gegangen ist und die Tür hinter sich zugeschmissen hat.

»Es ist das einzige Leben, das wir haben, liebe Afrodita, wir haben das Recht, es so zu leben, wie wir es wollen«, antwortet Saba, und fügt kurz darauf hinzu: »So steht es geschrieben.«

Elf

Ein Sonntag im Winter. Der Schnee bedeckt alles. Schatten liegen auf den weißen Wänden des vom Feuer erhellten Zimmers, ein paar Worte am Kamin, sonst nichts. Omer muss zusehen, wie er zu seinem Raki kommt. Meistens trinkt er heimlich, aber wenn er jetzt hinausgeht, um in den Keller zu steigen, merken es gleich alle. Verdammte Scheiße, denkt er, in seinem Alter muss er noch heimlich trinken. Saba wirft etwas Holz nach, dann steht sie auf und geht in die Küche. Sie holt das Mehl, um Brotteig zu machen. Die Katze schläft unterm Tisch.

»Geh nicht zu dicht ans Feuer«, sagt sie leise zu ihr.

Die Katze bewegt sich nicht. Saba bückt sich, um sie aufzuheben. Sie ist starr. Die Katze ist tot, vielleicht wegen der Kälte, vielleicht weil sie schon alt war.

»All die Jahre hast du mir Gesellschaft geleistet«, seufzt Saba.

Sie geht zurück ins Kaminzimmer und wendet sich an den Ehemann:

»Ich geh die Katze begraben, sie ist tot.«

»Es schneit, leg sie vor die Tür, kümmere dich morgen darum.«

»Morgen schneit es auch«, entgegnet sie. »Außerdem haben alle Toten ein Recht darauf, begraben zu werden.«

»Dann grab ein Loch im Vorgarten«, sagt Omer.

»Nie im Leben«, erwidert sie. »Ich könnte dort keinen Schritt mehr machen, wenn ich wüsste, dass sie unten drunterliegt.«

»Irgendwo musst du sie schließlich begraben«, beharrt Omer. »Vielleicht im Gemüsegarten.«

»Damit die Erde fruchtbarer wird und meine Kartoffeln nach ihr schmecken. Das ist doch völlig verrückt.«

Saba wickelt die Katze in eines der bestickten Handtücher ihrer Aussteuer. Sie weist die Töchter an, das Brot zu backen. Dann geht sie hinaus, nimmt die Schaufel und läuft zum Wald.

Sie beginnt, den Schnee beiseitezuschieben. Sie stemmt die Schaufel in die harte Erde. Ihre Hände sind eisig. Ihr Mann hätte sie ruhig begleiten können, denkt sie, anstatt ihr vorzuschreiben, was sie zu tun hat.

Sie gräbt weiter. Plötzlich spürt sie, dass die Schaufel auf etwas Hartes stößt. Es wird ein Stein sein, so hört es sich zumindest an. Sie bückt sich und tastet mit den Händen. Ihre Arme greifen in das Loch, aber was sie herauszieht, ist kein Stein: Es ist ein Schädel. Sie legt ihn neben die Katze und beginnt erneut zu graben. Sie sucht nach dem Rest, aber es gibt kein Skelett. Es ist sinnlos zu fragen, zu wem der Schädel gehört. Auch wenn man ihn identifizieren könnte, würde das an seinem Schicksal nichts ändern.

Anstelle des Schädels legt sie die Katze ins Loch. So gibt sie diesem Stück Erde einen anderen Tod zurück, einen vollständigen diesmal. Dann nimmt sie den Schädel und geht nach Hause. Sie versteckt ihn sorgfältig im Stall. Sie wird in Ruhe darüber nachdenken, was sie damit anfangen soll.

Nach ein paar Tagen hört es auf zu schneien. Das Leben

kehrt in seinen gewohnten Rhythmus zurück und ebenso Saba. Sie macht sich Gedanken, was sie tun soll. Wenn sie ihn zu den Behörden bringt, wird dieser arme Schädel niemals Frieden finden. Vielleicht war es nicht richtig, ihn von dort fortzunehmen. Die Vorstellung, zur Polizei zu gehen, gefällt ihr nicht, sie würden ihn in irgendeiner Amtsstube in ein Regal stellen und über die Jahre vergessen. Sie könnte jemanden um Rat fragen. Aber nicht die Freundinnen, nach ein paar Stunden wüsste es bereits das ganze Dorf. Und erst recht nicht die Töchter. Der Gedanke, dass die Mutter in unmittelbarer Nähe des Hauses mit einem Schädel zu schaffen hat, würde ihnen den Schlaf rauben.

»Ich geh zum Imam. Er wird mir weiterhelfen«, denkt sie. Mit dem Schädel in der Einkaufstasche macht sie sich auf den Weg zu ihm. Eigentlich ist er ein Ex-Imam, der jetzt in der Landwirtschaftsgenossenschaft arbeitet. Sie sind beinahe verwandt. In erster Ehe hat der Imam Omers Schwester Adile geheiratet. Dann fing der übliche Schlamassel an, in den Männer geraten, die ihren Hosenstall nicht zuhalten können, und ehe er sich's versah, hatte er eine zweite Frau im Haus. Genauso fruchtbar wie die erste, aber weniger robust als sie: Die sechste Geburt hat sie dahingerafft und Adile an dem Platz zurückgelassen, den sie schon immer innehatte, mit sechs weiteren Kindern, die sie großziehen musste.

Der Imam steht rauchend am Kamin.

»Tritt ein, Saba, tritt ein, liebe Schwägerin. Was führt dich zu mir bei dieser Kälte?«, fragt er.

»Ich wollt nur vorbeischauen«, antwortet Saba.

»Da hast du nie bei mir vorbeigeschaut, solange ich noch mit Allah und seinen Angelegenheiten beschäftigt war, und jetzt, wo ich mich nur noch um die eigenen kümmere, schneist du herein. Schieß los, Saba, was hast du auf dem Herzen?«

»Imam Ali, ich interessiere mich nicht für deine Angelegenheiten, und auch nicht für die von Allah. Aber du weißt alles, was man wissen muss, weil du die Welt gesehen oder es in Büchern gelesen hast oder weil der da oben es dir eingegeben hat.«

Saba öffnet die Tasche und zieht den Schädel heraus. Imam Ali sieht sie an, ohne sich zu rühren.

»Was sagst du dazu?«, fragt Saba. »Er war im Wald neben unserem Haus begraben. Ohne den Rest. Ich weiß nicht, warum ich ihn mitgenommen habe, Imam Ali. Es war nicht richtig. Aber was soll ich jetzt tun? Soll ich ihn zu Trifon, dem Polizisten, bringen oder nicht?«

»Genügen dir nicht die Lebenden, Saba, musst du auch noch die Toten stören?«, erwidert er. »Du hättest ihn da lassen sollen, wo du ihn gefunden hast. Wenn er dort gelegen hat, muss es irgendeinen Grund dafür geben.«

»Vielleicht lag er nur dort, damit ich ihn finde«, sagt Saba.

»Unzählige Kriege wurden geführt, unzählige Hungersnöte haben wir erlebt, und unzählige Menschen sind spurlos verschwunden. Niemand wird je erfahren, wo sie geblieben sind, nur Allah weiß es. Lass ihn mir da. Sobald das Wetter besser ist, werde ich ihn begraben. So kann ich für ihn die Suren singen«, erklärt Imam Ali.

Dann nimmt er den Schädel, betrachtet ihn eingehend und sagt: »Armer Mann, so viel hast du erduldet, und so viel wirst du noch erdulden. Wer weiß, was dir unter den Lebenden widerfahren ist, dass du selbst unter den Toten keinen Frieden findest. Du wirst ewig zwischen den Welten schweben, nicht einmal die Hölle hat dich gewollt.« Er kann gut prophezeien, der Imam. Er legt den Schädel in die Truhe, in der auch der Koran liegt.

Saba kehrt nach Hause zurück, ohne viel von seinen Worten verstanden zu haben. Aber jetzt braucht sie sich wenigstens um nichts mehr zu kümmern, jetzt kann sie endlich in Ruhe um ihre Katze trauern.

Zwölf

Esma war mit einem rechtschaffenen Mann verheiratet, der in den Reihen der nationalen Befreiungsarmee gekämpft hatte. Nach dem Krieg war er in der Hauptstadt geblieben und sie in Kaltra, wo sie darauf wartete, ihm zu folgen. Sie hatten zwei kleine Töchter.

Esma war blond, mager und wirkte zerbrechlich wie alle Buronja-Schwestern, in der Sprache der Dorfbewohner bezeichnete man das als »kränklich«. Sie gab sich auch keine sonderliche Mühe, der Schwiegermutter und deren Familie zu gefallen. Ihr genügte die Liebe ihres Mannes. Sie war glücklich so.

Esma war faul. Sie stand spät auf, und während sich ihre Schwiegermutter und die Schwägerinnen abrackerten, um die Hausarbeiten zu erledigen, bevor die Männer kamen, verbrachte sie ihre Zeit damit, den Töchtern lange Zöpfe zu flechten und sich im Sonnenschein das blonde Haar zu kämmen.

Zum Mittagessen kam sie aus ihrem Zimmer, mit Kleidern, die man nie zuvor im Dorf gesehen hatte, einem feuerroten Mund und ebenso lackierten Fingernägeln. Lächelnd setzte sie sich an den Tisch und begann zu plaudern. Sie wunderte sich über die abweisenden Antworten.

»Was glaubt sie, wer sie ist?«, sagten die Schwägerinnen.

»Wegen den paar Kröten, die ihr Mann schickt, meint sie, wir seien ihre Dienerinnen?«

Esma dachte überhaupt nicht an das Geld, das ihr Mann der Familie schickte, sie hätte sich genauso verhalten, wenn es die »paar Kröten« nicht gegeben hätte. Das Einzige, was sie im Grunde interessierte, war die Ankunft ihres Mannes am Ende jeden Monats. So verstrichen Esmas Tage: Sie kümmerte sich um ihr Äußeres, und am Nachmittag ging sie ihre Mutter besuchen. In ihren neuen Kleidern aus feinen Stoffen, die aus der Hauptstadt kamen, lief sie durchs Dorfzentrum, einen aufgespannten Schirm in der Hand. Im Sommer hätte die sengende Sonne, die selbst die Steine zum Schmelzen brachte, ihre helle Haut verbrannt, und im Winter regnete oder schneite es. Solche Schirme nach der französischen Art hatte man im Dorf noch nie zuvor gesehen. So wie man auch noch nie zuvor einen Mann gesehen hatte, der seiner Frau derart viele Geschenke macht. War es nicht Aufgabe der Schwiegermütter, die nötigen Dinge für die Schwiegertöchter zu besorgen? Esma gab nicht viel auf solches Gerede, sondern ging unbeirrt ihren Weg.

Wenn sich das Monatsende näherte, schien sie noch höher über den Wolken zu schweben. Zwei Tage vorher begann sie, sich auf das Ereignis vorzubereiten. Sie nahm frische Eier aus dem Hühnerstall und fertigte aus dem Eiweiß eine Art Salbe, mit der sie den gesamten Körper einrieb.

War ihr Körper von jedem noch so kleinen unliebsamen Makel befreit, bereitete sie sich aus roten Trauben, frischer Sahne und einem Löffel Blütenhonig eine Maske. Sie verteilte sie auf dem ganzen Gesicht und ließ sie eine Weile lang einziehen. Das Haar rieb sie zunächst mit Olivenöl ein, um es weicher werden zu lassen, dann spülte sie es mit Kamille, um ihm Glanz zu verleihen. Sie badete die Töchter, die ihre schönen Sonntagskleider anlegten, flocht ihnen zwei Zöpfe, die sie ihnen hochsteckte wie Prinzessinnen, und ging dann hinaus, um auf den Bus zu warten.

Esma, Esma lässt sich sehen,
lässt die Toten auferstehen,
und die Lebenden vor Schreck vergehen.

So riefen ihr die Männer aus dem Dorf mit vom Raki geröteten Augen hinterher.

Aber Esma lief einfach an ihnen vorbei. Schließlich hatte sich, wenn sie ihre Brüder auf dem Friedhof besuchen ging, bisher noch nie ein Toter aus dem Grab erhoben, um sie anzuschauen. Es war der Raki, der den armen Kerlen diese Worte in den Mund legte.

Wenn der Bus kam und sie ihren Mann aussteigen sah, schmiss sie sich ihm an den Hals wie eine rollige Katze, ohne sich darum zu kümmern, was man über sie reden würde. Arm in Arm, die beiden Töchter neben sich, gingen sie nach Hause. Während des gesamten Abendessens dachte sie an das, was danach kam. Man sah nur ihre glänzenden Augen, man sah nur ihre Glückseligkeit. Die Schwägerinnen konnten sie nicht verstehen. Für sie war es die Hölle, sich mit dem Ehemann im Zimmer einzuschließen und gewisse Dinge zu erledigen. Esma war dagegen ein bisschen wie die Männer: Es machte ihr Spaß. Was für eine seltsame Frau.

Am nächsten Morgen stand Esma nicht wie sonst spät auf, sondern erhob sich noch vor ihrem Mann und eilte in die Küche, um ihm eigenhändig das Frühstück zu richten. Den Teig für die *Petulle* bereitete sie nicht mit Hefe zu, wie die anderen Frauen, sondern mit Joghurt und frischen Eiern. Wie hätten diese Krapfen, die aus nichts weiter als Wasser und Mehl bestanden, sonst geschmeckt?

Es machte ihr Spaß, ihm das Frühstück ans Bett zu bringen, und danach schloss sie erneut die Tür ab. Sie war eine schamlose Person, die vor nichts zurückschreckte, sagten die Schwägerinnen, nicht einmal die verächtlichen Blicke der Schwiegermutter interessierten sie. Die Schwiegermutter sagte, dass Esma mit ihrer ganzen Schminke und all ihren Tricks ihren Sohn verhext, ihn »zum Esel« gemacht habe. Als Oberst gab ihr Sohn einem ganzen Bataillon Befehle, aber wenn die Schwiegertochter die Beine breit machte, verschlug's ihm die Sprache. Hatte sie etwa Gold zwischen den Beinen?

Eines schönen Tages, als der Oberst im Begriff ist, auf einen kurzen Schwatz unter Männern bei Osman vorbeizuschauen, ist Esmas glückliches Leben ebenfalls im Begriff, zu Ende zu gehen. Esma weiß es noch nicht, und sie hat es auch nicht im Kaffeesatz gelesen.

Der Oberst verlässt das Haus und bemerkt zunächst nichts Besonderes. Der Weg zur Kneipe ist mit Zetteln übersät, aber das ist ganz normal. Während des Krieges haben die Partisanen auf diese Weise Nachrichten unters Volk gebracht, und danach behielt man diese Form der Kommunikation bei. Er denkt, dass man irgendeine Reform beschlossen hat, und bückt sich nicht einmal, um einen aufzuheben. Ihm fällt auf, dass ihn alle im Dorf auf sonderbare Art grüßen, aber er achtet nicht weiter drauf. Es wird daran liegen, dass er aus der Hauptstadt kommt, denkt er.

Als er die Kneipe erreicht, empfangen ihn dieselben Blicke der Anwesenden, bedauernde, fast mitleidige Blicke.

Was die Leute heute Morgen alle haben?, denkt er.

Er bestellt einen Kaffee und einen Raki, dann fragt er die anderen nach Neuigkeiten im Dorf. Einer seiner Kindheitsfreunde erhebt sich und reicht ihm wortlos eines jener Briefchen, die den Weg zur Kneipe pflastern.

Lieber Oberst,

zwar ist der Ehemann der Letzte, der es erfährt, aber als anständige und rechtschaffene Leute fühlen wir uns verpflichtet, Euch mitzuteilen, dass sich Eure Frau nicht so verhält, wie es sich für eine ehrbare Frau gehört. Oberst, Ihr habt im Krieg für uns alle gekämpft, und nun steht Ihr dort oben, an der Spitze, und arbeitet Tag und Nacht für die Zukunft unseres Landes. Euch darüber in Kenntnis zu setzen, dass Eure Frau Euch hintergeht, ist das Mindeste, was unser Dorf tun kann. Ihr verdient es nicht, Oberst, dass man Euch Hörner aufsetzt. Ganz zu schweigen von Euren armen Töchtern. Was soll aus ihnen werden mit einer solchen Mutter?

Der Oberst begreift den Inhalt dieses absurden Briefes nicht, er ist schockiert. Was? Seine wunderschöne Esma setzt ihm Hörner auf? Sie, in Angelegenheiten der *Kurvëria* verwickelt? Er kann sich alles Mögliche vorstellen, aber nicht, dass sie ihn hintergeht. Ausgeschlossen.

Unter den Blicken des Dorfes geht er nach Hause. Alle haben den Brief gelesen und warten nun darauf, die Schüsse knallen zu hören. Natürlich wird er sie umbringen, sagen sie, dazu hat der Oberst genug Mumm.

Zu Hause angekommen findet er Esma im Hof, wo sie sich vollkommen ahnungslos das lange blonde Haar kämmt. Er spürt einen Stich im Herzen. Was soll er tun, was soll er ihr sagen? Der Punkt ist, dass er nicht glaubt, was in dem Brief steht. Aber er weiß auch, dass es egal ist, was er glaubt. Die Sache ist an der Öffentlichkeit, und man erwartet eine heftige Reaktion von ihm.

Merkwürdigerweise haben die Schwägerinnen strahlende Gesichter. Geradezu freudig erledigen sie ihre immer gleichen Arbeiten. Die Mutter trinkt die dritte Tasse Kaffee ohne Zucker. Was gibt es Bittereres, als das Schicksal ihres Sohnes?

Der Oberst nimmt Esma bei der Hand und führt sie in ihr Zimmer. Ganz sanft, ganz anders, als es die Schwägerinnen erwartet haben. Er bleibt immer ein Gentleman, im Guten wie im Schlechten. Als sie im Zimmer sind, hält er ihr den Brief unter die Nase. Sie lächelt, ein sanftes, zärtliches Lächeln, ein Lächeln, das er für immer in sich bewahren wird.

»Du weißt, dass ich nicht lesen kann«, hört er Esmas vibrierende Stimme. »Aber ich verspreche dir, dass ich es lernen werde, sobald wir in der Hauptstadt sind, ich werde die Alphabetisierungskurse besuchen …«

Arme Esma, sie ahnt nicht, was in dem Brief steht.

Es ist müßig, sie wegen der Vorwürfe zur Rede zu stellen. Aus ihrem Gesicht, aus ihrem Lächeln, aus jeder ihrer Bewegungen spricht die bedingungslose Liebe zu ihrem Mann.

Dann schließt sich der Oberst mit seiner Mutter im Zimmer ein. Als er herauskommt, ist sein Gesicht aschfahl. Auch wenn sie immer über den Wolken schwebt, hat Esma diesmal alles begriffen. Begriffen und gebilligt: So groß ist ihre Liebe zu ihm. Sie sagt kein Wort, aber wenn das, was geschieht, die Ehre ihres Liebsten rettet, ist sie bereit, sich zu opfern.

»Soll sie hingehen, wo der Pfeffer wächst«, murmelt eine der Schwägerinnen, als Esma mit dem gepackten Koffer aus dem Zimmer tritt.

Bei Einbruch der Dunkelheit sieht das Dorf beide gemeinsam zum Haus von Esmas Mutter Meliha hinuntergehen. Er läuft vorweg, mit dem Koffer in der Hand, sie folgt ihm mit gesenktem Kopf, so wie sie ihm auch in die Hölle folgen würde.

Vor dem Tor hält er inne. Er stellt den Koffer ab und zündet sich eine Zigarette an.

»Esma«, sagt er mit einer Stimme, die der Wüstenwind herüberweht, »der Mensch ist schwach, so schwach wie das Gras unter unseren Füßen. Und unser Geist ist ein Wald, ein Wald voll von Toten. Meine süße Esma, manch einer geht, manch einer bleibt, und manch einer kehrt zurück. Aber was soll ich tun, Esma, was soll ich bloß ohne dich tun?«

Er fängt an zu weinen, wie ein Kind. Hemmungslos. Sie lässt ihn sich ausweinen, dann reicht sie ihm ein besticktes Taschentuch. Im engelsgleichen Licht der Dämmerung umarmen sie sich, sie kostet zum letzten Mal den Geschmack seiner salzigen Tränen, und schon kurz darauf eilt er fort, um seine Trauer im Rakidunst zu ertränken.

Dreizehn

Omers Schwester Adile musste sich irgendwann alles, was sie besaß, mit der Rivalin teilen, vor allem den Ehemann.

Zuerst wollte sie fortgehen, die Kinder nehmen und flüchten. Flüchten, um das Gesicht dieses treulosen Kerls nicht mehr sehen zu müssen. Kaum zu glauben, dass die Frauen aus dem Dorf sie am Anfang um ihre Ehe beneidet hatten.

»Adile, du kannst froh sein, dass du so einen Mann gefunden hast. Er begreift, was mit uns gemeinen Sterblichen geschieht, und er begreift auch die Dinge über uns.«

Ja, er begriff alles. Wirklich alles, außer dass ein verheirateter Mann nicht mit untröstlichen Witwen herumhurt. Aber wer hätte das ahnen sollen? Er, der allen mit Worten und Vernunft begegnete, selbst den zweijährigen Knirpsen, hatte wohl kaum an die Vernunft appelliert, als er sich die Hosen aufknöpfte. Diese Dinge nagten in Adile, während sie die Hausarbeiten erledigte.

Sie hatte viel zu tun, Adile: viele Kinder, viel Arbeit. Sieben hatte sie selbst zur Welt gebracht, aber am Ende musste sie sich um dreizehn kümmern. Die sechs anderen stammten von Imam Alis zweiter Frau, die vor ein paar Jahren gestorben war. Als sie noch lebte, hatten sie sich wie zwei Schwestern verstanden. Sie hatten eine stillschweigende Übereinkunft getroffen: sich gemeinsam um die Kinder zu kümmern, egal aus welchem Schoß sie gekrochen waren; und Imam Ali im Auge zu behalten, um nicht am Ende noch eine dritte Frau im Haus zu haben. Obwohl Polygamie per Gesetz verboten war, hätte er es wie mit der zweiten Frau machen können, die nirgendwo amtlich registriert war. Ihre Kinder ließ Imam Ali unter dem Namen der ersten Frau eintragen. Ganz einfach.

Er hatte nie an eine zweite Frau im eigentlichen Sinne gedacht. Zwar amüsierte er sich gern mit dieser oder jener, aber sie waren immer schon verheiratet, eine Jungfrau konnte er sich nicht leisten. Genau auf diese Weise hatte er seine zweite Frau kennengelernt: Weil er eine Geschichte mit der Mutter hatte. Ein bloßer Zufall. Als sie Witwe wurde, hatte er ihrem Mann die letzte Ehre erwiesen.

An jenem Tag sitzt Imam Ali am Kamin. Die Witwe tritt schluchzend ein. Sie nimmt ihm gegenüber Platz und beginnt mit der Totenklage. Sie bringt das gesamte Leben und alle Vorzüge ihres Mannes in Verse. Wenn man sie hört, könnte man glauben, sie habe den besten Ehemann der Welt gehabt. Aber die Totenklagen sind immer so. Nie wird über den Verstorbenen gesagt, dass er Frau und Kinder geschlagen hat oder sich mit Grappa betrank.

Während die Witwe die Vorzüge ihres Mannes aufzählt, senkt Imam Ali zustimmend den Kopf und sieht. Was sieht er? Etwas, das ihn verwirrt. In der Eile hat die Witwe vergessen, sich die Unterhosen anzuziehen.

Inzwischen ist die Witwe bei den körperlichen Vorzügen des Ehemanns angelangt:

Roter Mund von Bart umrahmt,
ohne dich mein Leben verarmt.

Als der Imam die letzten Worte hört, sagt er, ohne weiter darüber nachzudenken:

»Ich sehe, ich sehe es mit meinen eigenen Augen. Und was für ein Mund, so rot wie eine Rose.«

Die Witwe setzt ihre Totenklage ungestört fort, aber als sie schließlich allein ist, fallen ihr die Worte von Imam Ali wieder ein.

Nach der vierzigtägigen Trauerzeit kommt er sie besuchen. Sie plaudern ein wenig, aber man merkt, dass sie sich unwohl fühlt.

»In den letzten Wochen habe ich so oft an deinen roten Mund gedacht«, sagt er.

»Du hast schlecht daran getan«, antwortet sie.

»Wir werden sehen«, beendet Imam Ali das Gespräch.

Ein paar Tage später sind sie bereits ein Liebespaar.

Er kommt am Abend, wenn sie die Kinder zu Bett bringt. Er nimmt sie auf dem Heuboden im Stall und im Sommer zwischen den noch jungen Maispflanzen. Manchmal sogar am Tag, auf den sonnenbeschienenen Felsen am Fluss oder unter den Bäumen, die im Wind rauschen.

Ihre Leidenschaft dauert bis zu dem Tag, an dem die Verwandten des verstorbenen Ehemanns kommen.

»Im Dorf wird geredet«, sagen sie. »Vielleicht ist es besser, wir nehmen deine Kinder, dann kannst du in Ruhe die *Kurva* spielen.«

»Meinen Kindern fehlt es an nichts«, antwortet sie, »sie bleiben bei mir.«

»Ob du sie freiwillig rausrückst oder nicht, wir werden sie mitnehmen«, bekräftigen sie. »Bei einer Mutter, die sich mit dem Imam einlässt, kaum dass der Ehemann unter der Erde liegt, wird niemand um die Hand der Töchter anhalten.«

Die Schwager setzen sich, sie haben nicht vor, ohne die Neffen und Nichten zu gehen.

»Böse Zungen«, verteidigt sie sich. »Nichts davon ist wahr.«

»Stimmt es etwa nicht, dass der Imam dich zu jeder Tages- und Nachtzeit besuchen kommt?«

»Er kommt nicht wegen mir«, sagt sie.

»Ja, ja, es ist wegen der guten Seele unseres Bruders. Er vögelt die Frau, damit der Ärmste im Jenseits seine Ruhe hat«, maßt sich einer an zu sagen.

»Er singt ihm die Suren vor der Möse der Witwe«, setzt ein anderer eins drauf.

Sie errötet. Die meinen es ernst. Sie merkt es an ihrer ordinären Ausdrucksweise. Sonst würden sie sich nicht erlauben, ihr gegenüber solche Worte zu verwenden. Vor der Mutter ihrer Nichten und Neffen.

Sie muss einen Weg finden, um die Kinder zu retten.

»Er ist in Neda verliebt. Auf sie hat er's abgesehen«, sagt sie.

»Gut«, antworten sie. »Am Freitag wird Hochzeit gefeiert. Sag deinem Imam, dass mit uns nicht zu spaßen ist.«

Die Männer gehen. Sie weint. »Verzeih mir, meine Tochter, verzeih mir. Was habe ich dir angetan? Die zweite Frau eines verheirateten Mannes, ich habe dein Leben zerstört.«

Sie weint und weint. Dann erhebt sie sich, wäscht sich und macht sich zurecht. Am helllichten Tag klopft sie beim Imam an die Tür. Er sitzt mit Frau und Kindern bei Tisch.

»Ich muss mit euch sprechen«, sagt sie.

»Sprich«, antwortet die Frau, die seit Monaten das Gerede im Dorf hört. »Reichen euch die Gespräche nicht, die ihr im Gebüsch führt?«

»Nicht vor ihnen«, erwidert die Witwe.

Der Imam gibt den Kindern ein Zeichen mit dem Kopf, die

murrend den Raum verlassen. Sie setzt sich, sieht ihm in die Augen und verkündet vor seiner Frau:

»Am Freitag wirst du meine Tochter Neda heiraten. Die Verwandten meines Mannes können dich umbringen. Die Familienehre muss wiederhergestellt werden.«

»Ich bin schon verheiratet«, sagt er.

»Daran hättest du denken müssen, bevor du gewisse Dinge tatest«, erwidert sie, ohne ihn anzusehen. »Außerdem bist du nicht der Erste und wirst nicht der Letzte sein, der zwei Frauen im Haus hat.«

»Und ich werde gar nicht gefragt?«, mischt sich Adile ein.

»Hat dich dein Mann etwa gefragt, als er loszog, um in meinem Haus die Hosen runterzulassen?«, antwortet die Witwe im Gehen.

Adile verschlägt es die Sprache. Sie hat gewusst, dass sich ihr Mann hier und da vergnügt, aber doch nicht mit einem so jungen Mädchen. Sie denkt ebenso wie die Witwe, dass sie keinerlei Gefahr für sie darstellen wird. Im Gegenteil, sie wird ihr das Leben erleichtern, sie von gewissen Pflichten befreien. Stattdessen gerät sie nur umso mehr in Schwierigkeiten.

Am Freitag wird, wie beschlossen, die Hochzeit gefeiert. Das Mädchen erregt sofort Adiles Mitleid. Sie ist verloren, die Ärmste, und sie scheint nicht gerade vor Leidenschaft zu brennen.

Am nächsten Morgen betritt die nunmehr erste Ehefrau das Schlafzimmer der frisch Vermählten und sieht die zweite Frau das Laken wechseln. Es ist blutbefleckt.

Sie wird diesem Mädchen eine Mutter sein, beschließt Adile. Vielleicht weil sie spürt, dass sie ein gemeinsames

Schicksal verbindet: die eine von ihrem Mann verraten, die andere von der Mutter. Und sie denkt, dass der zweite Verrat sehr viel schlimmer ist.

Nie ein böses Wort zwischen den beiden Frauen, aber die erste duldet es nicht, dass die Mutter der zweiten zu Besuch kommt.

»Dein Herz trügt dich«, sagt Adile.

»Sie ist die einzige Mutter, die ich habe«, antwortet Neda.

Die zweite Frau stirbt bei der sechsten Geburt. Ihre Mutter folgt ihr wenige Wochen später. Das Kleine überlebt, und die erste Frau liebt es wie ihr eigenes. Sie wird Mutter von dreizehn Kindern. Ihr Name steht auf allen Geburtsurkunden.

»Warum kommst du so spät?«, fragt Adile ihren Mann eines Tages.

»Ich habe Suren gesungen.«

»Schon früher wollte niemand deine Suren hören. Erzähl mir also nicht, dass sich jetzt, wo die Religion verboten ist, jemand dafür interessiert«, sagt sie.

»Ich war auf dem Friedhof«, antwortet er, »um meine Frau zu besuchen.«

»Und wahrscheinlich auch die Schwiegermutter«, spottet sie.

Aber ihm ist es egal, was sie sagt. Er ist es gewohnt. Die Geschichte mit den Suren für die verstorbene Frau ist allerdings wahr. Er geht oft auf den Friedhof. Er fühlt sich schuldig gegenüber diesem Mädchen, das seine Frau wurde, um den Schaden der Mutter zu begleichen.

An dem Tag, an dem sie zufällig den Schädel entdeckt, sagt Adile nichts. Es interessiert sie nicht.

Aber eines Nachmittags sieht sie ihren Mann mit dem Schädel in der Hand auf der Truhe sitzen.

»Es ist wohl dein Schicksal, keinen Frieden zu finden, was?«, sagt Imam Ali. »Vielleicht warst du glücklich im Leben und musst nun dafür bezahlen. Das Glück ist teuer, sehr teuer, und nur wer Mut hat, ist bereit, das in Kauf zu nehmen. Deshalb gibt es in der Welt so viele unglückliche Menschen, so müssen sie später nicht dafür bezahlen.«

Adile rührt sich nicht. Er spricht mit dem Schädel. Entweder er ist verrückt, oder der Schädel gehört jemandem, den er kennt. Einer ihm lieben Person. Der ersten Frau! Nein, er spricht von Mut, natürlich ... es ist die Schwiegermutter. Wenn die nicht mutig war ... Sie hat sich sogar ihrer Tochter entledigt, um die eigene Haut zu retten. Auch wenn sie immer behauptete, es wegen der anderen Kinder getan zu haben, damit sie nicht zu Waisen werden. Diese *Kurva* lässt ihren Mann selbst als Tote noch nicht in Frieden.

Am nächsten Tag, kaum dass er aus dem Haus ist, öffnet Adile die Truhe und findet den Schädel. Sie heizt den Ofen an und wirft ihn ohne zu zögern hinein.

»Das hätte ich gern mit dir gemacht, solange du noch am Leben warst, *Kurva*«, sagt sie. »Leider verspürst du keine Schmerzen mehr, aber es ist auch so gut. Dein Körper wird sich für immer im Grab umdrehen und nach dem fehlenden Schädel suchen. Du wirst niemals zur Ruhe kommen!«

Dann nimmt sie ihr gewohntes Leben wieder auf, ohne weiter daran zu denken.

Einige Zeit später öffnet ihr Mann die Truhe. Da er den Schädel nicht findet, fragt er seine Frau.

»Deine *Kurva* hab ich verbrannt«, sagt sie mit einem Lächeln. »Ich hätte sie lebendig verbrennen sollen, aber ich hatte keinen Mut dazu. Jetzt bin ich glücklich.«

»Armer Schädel«, erwidert er. »Ich hatte gesagt, dass es noch nicht vorbei ist. Er musste noch zahlen.«

»Schon bezahlt«, lacht sie, ohne zu wissen, dass sich die Worte des Ehemanns auf etwas anderes beziehen. Er erklärt es ihr nicht. Dieses eine Mal will er ihr Glück nicht zerstören.

Vierzehn

Um die Mittagszeit bringt Omer seiner Frau einen jener Zettel, die im Dorf verteilt wurden. Saba hatte nie geglaubt, dass diese Geschichte so ausgehen könnte. Sie liest den Text und beginnt zu lächeln:

»Esma«, sagt sie, »meine Schwester Esma soll für die Saufköpfe bei Osman die *Kurva* spielen? Arme Teufel, nach all dem Raki, den sie runterkippen, sehen sie nicht mal mehr den Weg nach Hause, geschweige denn die Reize meiner Schwester!«

»Gewisse Dinge sieht man mit Raki klarer«, sagt Omer.

Er muss es ja schließlich wissen.

»Mag sein, dass man sie klarer sieht«, erwidert Saba, »aber nicht bei einer wie meiner Schwester. Jedes Kind weiß, wie verliebt sie in ihren Oberst ist. Außerdem hat unsere Familie nichts mit der *Kurvëria* zu schaffen. In unserer Familie gab es viele Frauen, die nicht in ihre Männer verliebt waren, trotzdem ist keine von ihnen losgezogen, um sich mit den Säufern bei Osman zu amüsieren. Aber was erzähl ich dir. Das weißt du schließlich selbst nur zu genau …«

Am Abend, als sie wie immer das große Holztor zur Straße schließt, sieht Saba jene zierliche Gestalt, die sie so gut kennt. Sie sieht auch den hochgewachsenen Mann mit dem Koffer in der Hand neben ihr, und sie begreift alles. Ihr erster Gedanke gilt Meliha: »Arme Mama, für dich scheint der Kummer niemals enden zu wollen.« Aber gleich darauf denkt sie an das zerstörte Leben ihrer Schwester.

Sie legt die Schürze ab, die sie über dem schwarzen Rock trägt, und begibt sich eilig auf den Weg zu Esmas Haus.

Das Tor steht noch offen. Ohne zu rufen tritt sie ein. Vom Hof her hört sie Stimmen, leise Stimmen, die von Schluchzen und Klagen unterbrochen werden.

Auf den drei Stufen zur Waschküche sieht sie die Zöpfchen der Nichten. Bubi hat den Kopf in Delfinas Schoß gelegt. Delfina streichelt ihr übers Haar und sagt: »Mama kommt zurück, du wirst sehen, Mama kommt zurück. Mama hat uns zu lieb, als dass sie uns hier allein lässt. Du wirst sehen, morgen kommt sie zurück. Mama nimmt uns mit.«

Aber ihre Mutter kommt nicht zurück. Weil sie sie lieb hat, so lieb, dass sie sie nicht mit sich nimmt.

Am Morgen nachdem Esma verstoßen wurde, eilt Bedena zu Sabas Haus. Man sieht, dass sie in Sorge ist. Während Saba Kaffee kocht, fragt die Schwester sie, ob sie von dem Unglück gehört hat, das über ihre Mutter hereingebrochen ist.

»Solange sie die Augen nicht endgültig schließt, wird sie keinen Frieden finden«, sagt Bedena.

»Was willst du machen?«, antwortet Saba kurz angebunden. »Jeder hat sein Päckchen zu tragen.«

»Ja, ich weiß, aber schöne Reden helfen hier nicht weiter«, entgegnet Bedena. »Bist du dir darüber im Klaren, wie sehr unsere Mutter unter dieser Tragödie zu leiden hat? Hier geht es schließlich nicht um jemanden, der stürzt und sich die Knochen bricht, oder stirbt, weil Allah es so entschieden hat. Hier geht es um die Ehre. Der gute Name unserer Familie gehört für immer der Vergangenheit an. Ach, dass ich das erleben muss, meine armen Töchter …«

»Esmas arme Töchter. Deine werden schon nicht darunter zu leiden haben, dass die Tante von ihrem Mann verstoßen wurde.«

»In welcher Welt lebst du? Natürlich werden sie darunter leiden. Jeder, der ein Auge auf sie wirft, wird es sich zweimal überlegen, ob er eine von ihnen zur Frau nimmt. Nein, werden die Mütter sagen, wir sind doch nicht verrückt und holen uns Mädchen ins Haus, deren Familie in Angelegenheiten der *Kurvëria* verwickelt ist. Die Schwester von der da, die ihre Tage damit verbrachte, sich auf dem Hof zu kämmen, und sich nachts wer weiß wo herumtrieb, soll die Schwiegermutter meines Sohnes werden? Die Nichte dieser verstoßenen *Kurva* soll die Mutter meiner Enkel werden? So sieht's aus, meine Töchter werden für immer Jungfern bleiben, für immer!«

Saba hat keine Kraft, diesem Redeschwall etwas entgegenzusetzen. Wie immer glaubt Bedena, im Mittelpunkt des Universums zu stehen. Wenn sie bedenkt, dass sie demselben Schoß entsprungen sind, dieselbe Milch getrunken haben. Es stimmt schon, dass jede Rose auch Dornen hervorbringt. Ihre Schwester wird sich nie verändern. Die Geschichte mit Tana, Bedenas Nachbarin, ist erst wenige Tage her.

In Bedenas Nachbarschaft wohnt ein *Kulak*. Sie sagt es verächtlich, als wenn das Wort *Kulak* eine unheilbare, widerwärtige Krankheit bezeichnen würde. Wenn sie es ausspricht, schließt sie die Augen, ihr Mund verzieht sich wie bei jemandem, der vor etwas Ekel oder Abscheu verspürt.

Armer Nachbar, er hat all seinen Besitz verloren. Aber wie heißt es so schön: Manch einer gräbt sich selbst sein Grab.

Eines Tages führt die Frau von diesem Kulaken den Esel

auf die Weide. Sie zerrt an seinem Strick, aber der Esel rührt sich nicht. Sie flucht, doch das Tier bleibt störrisch.

Bedena, die die Verwünschungen gehört hat, eilt hinaus, um zu sehen, was vor sich geht.

Als sie nach dem Strick greift, um Tana zu helfen, erbleicht sie. Um den rötlich braunen Hals des Esels hängen lauter Orden, die Tanas Mann, ein ehemaliger Partisan, unmittelbar nach dem Krieg, bevor er zum Kulaken wurde, von der Partei bekommen hat. Andere Orden wurden den Söhnen für ihre freiwillige Arbeit verliehen, mit der sie dazu beitrugen, »die Berge und Wälder in fruchtbares, den Tälern gleiches Land zu verwandeln«, wie der erste Vorsitzende des Zentralkomitees der Partei, Enver Hoxha, sagte.

Vielleicht durch Bedenas wütende Blicke aufgeschreckt setzt sich der geschmückte Esel in Bewegung.

»Bist du vollkommen verrückt? Parteiorden am Esel?«, fährt Bedena die Nachbarin an.

»Er verdient sie alle, der arme Kerl, er schuftet wie ein Esel.« Tana lacht über ihren eigenen Scherz. »Wenn er weiter so arbeitet, kann er bald darum ersuchen, Kommunist zu werden. Das hat in unserer Familie bisher noch keiner geschafft, haha.« Dann verschwindet sie.

Ganz klar, denkt Bedena, Tana macht sich einen Spaß daraus, den Esel so herauszuputzen und dann im Dorf spazieren zu führen.

Nach ein paar Tagen scheint der Vorfall vergessen. Der Parteisekretär hat nichts gesagt, obwohl er alles erfahren hat. Meistens misst er diesen Dingen keine Bedeutung bei, er ist ein schweigsamer Mensch, der die Leute lieber nach ihren Leistungen beurteilt und nicht viel auf Gerede gibt. Vielleicht fand er Tanas Scherz sogar selber lustig.

Bedena wartet ein paar Tage, dann bricht es während einer Versammlung aus ihr heraus. Parteiversammlungen sind Massenveranstaltungen, manchmal hat die Partei eben keine Geheimnisse. Aber nur manchmal.

Nachdem der Parteisekretär seine Eröffnungsrede gehalten hat, erhebt sich Bedena und meldet einen schweren Vorfall im Dorf, einen Vorfall, der die Feinde der Revolution, Imperialisten, Kapitalisten und so weiter erfreuen würde. Wie es scheint, gerieten all diese Gruppen, die Bedena aufzählt und die überall in der Welt verstreut sind, kaum dass sie erfuhren, dass Tana, die Frau eines Kulaken, ihrem Esel in einem verlassenen Gebirge die Auszeichnungen der Partei um den Hals gehängt hat, aus dem Häuschen. Denn es scheint klar, dass die ersten Anzeichen dafür, dass der Kommunismus in diesem Land in Gefahr ist, von Tana und ihrem Esel ausgehen …

So trägt es Bedena vor. Sie fordert harte Maßnahmen, damit sich derartige Angriffe auf die Partei, auf das Land und das gesamte sozialistische Gebiet nicht wiederholen.

Tana wird bestraft. Saba nimmt an der Versammlung teil, dann geht sie mit gesenktem Kopf hinaus. Sie schämt sich für Bedena. Sie hat in ihrem Leben schon viel durchgemacht, aber noch nie hat sie sich so für jemanden geschämt. Wenn ihr etwas widerfährt, nimmt sie es hin und denkt sich, dass es das Schicksal oder Allah oder wer zum Teufel auch immer ist, der alles entscheidet. Aber Bedenas Geschichten haben oft nichts mit dem Schicksal zu tun. Und schon gar nicht mit Allah.

Fünfzehn

Meliha hatte seit Tagen, seit Esma von ihrem Mann verstoßen wurde, nichts mehr von Saba gehört. Saba war vorbeigekommen, um nach der Schwester zu sehen. Sie hatte lange mit ihr gesprochen. Über die Liebe, die man nicht so von einem Tag auf den anderen verliert, über die Töchter, die sie noch brauchten, und sei es nur, um sich morgens von ihr die Zöpfe hochstecken zu lassen, über das Schicksal, das ohne Vorwarnung gibt und nimmt, und vor allem über das Glück, das sie gehabt hatte. Konnte sie sich nicht glücklich schätzen, wahre Liebe erlebt zu haben? Manch eine wartet ihr gesamtes Leben vergeblich darauf. Bei der Verteilung gibt es bekanntermaßen keine klaren Regeln. Sie hatte ihren Teil bekommen, auch damit konnte sie überleben.

Danach hatte sich Saba nicht mehr blicken lassen. Jeder hatte das Recht, seinem Schmerz bis ins Innerste nachzuspüren. Sie würde die Schwester in aller Ruhe wieder besuchen kommen.

Es war jedoch kaum eine Woche vergangen, als die Mutter sie zu sich rufen ließ. Nicht um die arme Schwester zu trösten. Esma bemerkte Sabas Anwesenheit nicht einmal: Vor ihr lag noch ein langer Weg des Leidens, ohne die Hoffnung, jemals eine andere Richtung einschlagen zu können.

Meliha wartete in ihrem Sessel auf Saba. Die Weinrebe über

ihrem Kopf, die der Jahreszeit entsprechend ihre Blätter verloren hatte, passte zu ihrem eingefallenen Gesicht. Ihr Blick war wie immer in die Ferne gerichtet. Zum Tal hin. Dort unten lag alles, was das Leben gab und der Tod bewahrte.

Meliha beginnt zu sprechen. Kein Wort über Esma. Was gibt es darüber noch zu sagen? Beide sind mit dem Schmerz in gewisser Weise vertraut, sie wissen, dass Worte nichts nutzen.

»Ich werde langsam müde«, sagt Meliha.

»Das liegt an der Jahreszeit, das alte Blut wartet darauf, durch neues ersetzt zu werden. Aber dazu muss erst der Frühling kommen«, antwortet Saba.

»Ich hab keine Zeit, der Frühling kommt zu spät für mich. Ich hab dich zu mir gerufen, weil es Dinge gibt, die ich nicht mehr selbst erledigen kann. Ich bin nicht mehr die Alte von früher. Du musst mir helfen.«

Saba hört ihr schweigend zu. Der Ton der Mutter lässt erkennen, dass es sich um etwas sehr Wichtiges handelt. Wenn sie jemanden bräuchte, der ihr den Garten umgräbt, Obst erntet oder Wasser vom Brunnen holt, würde sie nicht solche Worte wählen.

Meliha seufzt und deutet in Richtung Friedhof. »Die dort unten hören den Regen, der die Erde tränkt, und auch den Wind in den Zypressen, aber mehr vermutlich nicht. Schon solange sie noch auf der Erde sind, fällt es den Männern schwer, Frauenangelegenheiten und Gefühle zu verstehen, ganz zu schweigen von der Zeit, da sie unter der Erde liegen.«

Stille. Kurz darauf fährt Meliha fort:

»In all den Jahren bin ich jedes Mal, sobald es Neuigkeiten gab, hinabgestiegen, um zu erzählen. Sie haben ein Recht zu erfahren und wir die Pflicht zu sagen, was passiert. So bleiben wir verbunden, und eines Tages, wenn wir uns alle wiedertreffen, wird es sein, als ob wir uns erst gestern getrennt hätten. So wird der Tod begreifen, dass das, was er sich genommen hat, weil er es für sich beanspruchte, ihm niemals ganz gehören wird.«

Saba hört zu. Sie weiß bereits, worauf die Mutter hinauswill.

»Saba, meine Tochter, nun bist du an der Reihe. Frag mich nicht, warum gerade du. Lächle nur. Du wirst sagen: Und was soll ich erzählen?«

Saba schweigt noch immer. Sie fragt nicht, wie sie es machen soll. Das sind Dinge, nach denen man nicht fragt. Sie geschehen einfach.

Mutter und Tochter trinken Kaffee. Sie drehen die Tassen nicht herum, um im Kaffeesatz zu lesen. Heute interessiert sich keine von beiden für die Zukunft.

Schweigend sehen sie ins Tal hinab. Bis die Dunkelheit alles umhüllt, die Lebenden und die Toten.

Von ihrem Sessel aus sieht Meliha Saba am nächsten Morgen den Pfad hinab zum Friedhof gehen. Dann gibt sie sich ganz der Empfindung von etwas hin, das niemals vergehen wird. Etwas, das auch ohne sie fortbesteht.

Saba hat dagegen ganz andere Empfindungen. Die Toten über alle Familienangelegenheiten zu unterrichten, war immer Aufgabe ihrer Mutter gewesen. Der Wechsel beunruhigt sie. Derartige Veränderungen sind immer beunruhigend.

Zuerst reinigt sie die Gräber von dem trockenen Laub, das der Wind hergeweht hat. Nichts ahnend glänzt der Marmor im Herbstlicht.

Saba weiß nicht, wo sie sich hinsetzen soll. Sie liegen alle in einer Reihe: Sultana, der Vater, die Brüder und die Schwägerin. Sie setzt sich in die Mitte, an eine Stelle, von der aus sie alle gut sieht. Die Augen auf den Fotografien folgen ihr. Sie darf nicht ihr Lächeln sehen, es würde sie verwirren. Ihr Lächeln ist nichts als eine Herausforderung. Die Herausforderung jener, die gegangen sind und nun ruhig auf die Ankunft der anderen warten. Als Teil des einzig möglichen Schicksals.

Aber sie ist aus einem anderen Grund hier. Ihre Schwester Esma ist von ihrem Mann verstoßen worden. Solche Dinge müssen vor der Familie zur Sprache kommen. Sie lassen sich nicht lange verheimlichen. Früher oder später kommen sie ohnehin ans Licht.

Saba ist sich nicht ganz sicher. Muss sie nur von der Verstoßung erzählen oder auch Einzelheiten zur Sprache bringen? Etwa die Sache mit dem Brief, in dem behauptet wird, dass Esma in Angelegenheiten der *Kurvëria* verwickelt sei. Obwohl sie genau weiß, dass es nicht stimmt, bereitet ihr allein das Wort Unbehagen. Und wenn es ihr schon als Frau, noch dazu als lebender, Unbehagen bereitet, wie wird es dann erst auf den Vater und die toten Brüder wirken. Eine Frau aus ihrer Familie als *Kurva* verstoßen? Sie würden dort unten keinen Frieden mehr finden, und das will Saba nicht.

Sie beschließt, den Brief zu verschweigen. Sie können froh sein, es überhaupt zu erfahren, in ihrem Zustand sind Einzelheiten nichts als Luxus. Die Mitglieder ihrer Familie sind bescheiden, sie geben sich mit dem Wesentlichen zufrieden. Und in diesem Fall bedeutet das Wesentliche, dass Esma verstoßen wurde. Nicht einmal das. In Sabas Augen ist Esmas herzzerreißender Schmerz das Wichtigste an der Geschichte. Das sollte allen einleuchten: den Lebenden wie den Toten.

Ihre Stimme ist zunächst unsicher. Wie können Verse, so schlicht wie das Wasser, vom Schmerz ihrer Schwester erzählen? Aber je weiter sie fortfährt, desto sicherer wird sie.

Zurück bleibt nur ihr blinder Schmerz,
der stets aufs Neue erwacht.
Zurück bleibt zuletzt ihr bangendes Herz,
allein und in kalter Nacht.

Am Ende hat Saba ein gutes Gefühl. Sie fühlt sich an ihrem Platz. Von diesem Tag an bis zu ihrem Tod wird sie es sein, die den Toten mitteilt, was unter den Lebenden geschieht. Und sie wird auch dies auf ihre Weise tun, wie sie es immer tut.

Sechzehn

Nach einiger Zeit widerfuhr Bedena etwas, das in Sabas Augen Teil von Allahs Plänen war, um der Schwester all das Böse, was sie anderen zufügte, heimzuzahlen.

»Die Hand Allahs zögert, aber sie vergisst nicht«, sagte Saba, obwohl ihr der arme Neffe im Grunde leidtat, der mit sechzehn Jahren plötzlich ohne Nase dastand.

Der Neffe hieß Mysafir, und sein Schicksal, das ihn zum Dorfbarbier werden ließ, wurde genau in der Zeit entschieden, als Esma verstoßen wurde. Vielleicht hätte er es bis zur Universität geschafft, doch versuchte er es gar nicht erst. Ohne Nase war das Leben schon im Dorf nicht einfach, geschweige denn an einem anderen Ort.

Sobald er aus seinem Laden kam, riefen ihm die Kinder von Kaltra im Chor hinterher:

Mysafir ohne Näschen, schau!
Wegen seines Nachbarn Frau.

Der Barbier, ein Sohn von Bedena und Sabas Neffe, gewöhnte sich bald an diese Verse, die je nach Jahreszeit oder Kreativität der Kinder wechselten.

An Stelle der Nase trug Mysafir ein weißes, stets sauberes Pflaster. Dazu einen farblich passenden Borsalino-Hut.

Er ist sechzehn Jahre alt. Morgens besucht er die Schule, und am Nachmittag hilft er der Mutter im Garten. Er holt Wasser für die Sträucher und das Gemüse. Er beschneidet die Bäume und gräbt die Erde um, er erledigt alles, was anfällt. Auf der anderen Seite des Zauns arbeitet die Frau eines der Nachbarn. Eine schöne Frau. Die Schwiegermutter hilft immer mit, den Ehemann sieht man nie.

»Ich würde meine Frau nicht das Wasser schleppen lassen«, sagt Mysafir zur Mutter.

»Das sagen alle, bevor sie heiraten«, erwidert Bedena, ohne den Kopf zu heben.

Eines Tages wartet Mysafir am Brunnen auf die schöne Nachbarin. Sie grüßt ihn.

»Kann ich dir helfen?«, fragt er.

»Das würde mir nicht viel bringen, ich weiß, dass ich diese Arbeit tagtäglich verrichten muss, bis ich irgendwann Schwiegermutter werde«, antwortet sie.

»Das wird noch dauern«, bemerkt Mysafir.

An einem anderen Tag sieht er sie im Hof, wo sie ihr Haar in der Sonne trocknen lässt. Sie hat schwarzes Haar. Sie bemerkt es nicht, aber er beobachtet sie so lange, bis sie ins Haus zurückgeht. Dann kommt sie mit einem Korb schmutziger Wäsche wieder heraus. Sie läuft auf die Waschküche zu, die etwa hundert Meter vom Haus entfernt liegt.

Mysafir springt über den Zaun und folgt ihr. Er öffnet die Tür, und kaum ist er drin, umhüllt ihn der Dampf, der aus den Aluminiumbecken, in denen sie die Wäsche wäscht, aufsteigt. Er tritt auf sie zu und berührt ihr schwarzes, glänzendes Haar.

»Bist du verrückt?«, flüstert sie. »Du musst sofort hier verschwinden.«

Aber Mysafir lässt sie nicht länger zu Wort kommen. Er

schließt ihr den Mund mit einem Kuss. Mit einer Hand versucht er, ihr unter den Rock zu greifen. Sie hat keine Unterhose an. Mysafir begreift gar nichts mehr.

Sanft bettet er sie auf die schmutzige Wäsche, die am Boden herumliegt, und knöpft sich die Hosen auf. Sie versucht sich aufzurichten, ist noch unschlüssig. Er schiebt sich unter ihre Röcke, und leckt sie dort. Dann schmeißt er sich auf sie und dringt in sie ein. Sie kommt nicht dazu, auf die Geräusche zu achten, das Letzte, was sie sieht, ist das Licht, das den Raum erfüllt.

Wenige Minuten später sind beide mit dem Eselstrick gefesselt.

»Lass mich gehen«, stößt sie hervor. »Ich kehr zu meiner Mutter zurück, niemand wird erfahren, dass du der Gehörnte bist.«

»Ich gehörnt und du eine *Kurva.* Hattest du nicht genug an mir? Musstest du die Beine breit machen für ein Kind, das noch nicht mal Haare am Kinn hat?«

»Ich hab sie dazu gezwungen, es ist nicht ihre Schuld«, mischt sich Mysafir ein.

»Und ich hab sie gesehen, als du auf ihr warst, dieses Flittchen, ich hab gesehen, wie sie es genossen hat. Aber ich werde ihr die Lust schon noch austreiben.«

»Was hast du vor?«, fragt sie beunruhigt. »Bring mich um! Du willst doch nicht etwa zum Parteisekretär gehen?«

»Ich denk nicht dran. Dieser Esel kann noch nicht mal auf seine eigene Frau aufpassen, die treibt es doch mit der ganzen Partei. Ich werde dich auch nicht umbringen, *Kurva.* Aber ich werde dafür sorgen, dass niemand mehr auf die Idee kommt, dich anzurühren.«

Der Ehemann entfernt sich und geht zum Haus. Eiligen Schritts kehrt er zurück, eine Schere in der Hand. Er tritt auf

Mysafir zu. Mit zitternden Fingern setzt er die Schere an seiner Nase an. Mysafir schwitzt.

Man hört das Geräusch der Klingen, die das Fleisch durchschneiden. Wie Stoff, nur ein bisschen fester. Mysafir schreit auf, als er seine Nase zu Boden fallen sieht.

Der Ehemann verliert keine Zeit. Er setzt die Schere seiner Frau an die Nase. Ein weiterer Schnitt. Dasselbe Geräusch.

Das Gesicht der Frau ist blutüberströmt. Sie schreit.

Als Erste kommt Mysafirs Mutter Bedena.

»Mein Kind, was hast du mit meinem Kind gemacht?«

»Was hat dein Kind auf meiner Frau gemacht?«, erwidert der Ehemann seelenruhig.

Bedena nimmt die Schere und schneidet den Strick durch. Schreiend zerrt sie ihren Sohn zum Dorfarzt.

Derweil bückt sich die Frau, eine Hand vorm Gesicht, und sucht ihre Nase. Sie weiß selbst nicht, wozu sie sie brauchen kann. Dann rennt sie zum Haus ihrer Eltern. Blutüberströmt tritt sie vor die Mutter.

»Sie haben mir die Nase abgeschnitten. Ich bin für immer entstellt.«

Ohne die Fassung zu verlieren fragt die Mutter: »Hast du die Nase dabei, oder müssen wir zurück, um sie zu suchen?«

»Hier!« Die Tochter öffnet die Hand und hält ihr ein kleines Stück rosafarbenes Fleisch hin.

»Mal sehen, was sich machen lässt. Wie lange ist es her?«

»Vielleicht zehn, zwanzig Minuten, ich weiß nicht.« Die Tochter fängt wieder an zu schreien.

»Halt den Mund, dumme Trine. Keine gescheite Frau lässt sich dabei erwischen, wie sie's mit dem Liebhaber treibt.«

Die Mutter verliert keine Zeit. Sie läuft in den Hühnerstall und kommt mit dem fettesten Hahn zurück. Sie nimmt die Schere und trennt ihm mit einem Schnitt den Kamm ab. Erst reibt sie die Nase der Tochter mit dem rötlichen Blut ein, das aus dem Kamm tropft, dann bringt sie sie dort an, wo sie hingehört. Sie legt einen Verband um und knotet ihn hinterm Kopf fest.

»Wenn du deine Nase wiederhaben willst, musst du vierundzwanzig Stunden so bleiben.«

»Und die Schmerzen, Mutter? Wie soll ich die Schmerzen aushalten?«

»Sie gehen vorbei. Das ist der einzige Weg, der keine Spuren hinterlässt«, erwidert die Mutter.

Nach vierundzwanzig Stunden ist die Nase an ihrem Platz. Die Narben verschwinden niemals ganz, aber die Nase ist dran.

Als der arme Mysafir zum Arzt kommt, ist bereits nichts mehr zu machen. Er wird desinfiziert und verbunden, aber eine neue Nase gibt es nicht. Der Dorfarzt ist kein Schönheitschirurg.

Mysafir wird Zeit seines Lebens ein weißes Pflaster tragen. Und er wird Barbier werden.

Nachdem sie im Dorf an unzählige Türen geklopft hat, macht sich Bedena anderswo auf Brautsuche.

»Kleinliches Pack«, sagt sie, »wegen einem Stück Pflaster.«

»Ich werde nie eine Frau finden, Mutter, ich bin ein Monster.«

»Mit deiner Lebensgeschichte, mein Sohn, bist du auf der sicheren Seite. Sie werden schon merken, dass ein Mann, dem ein Stückchen Fleisch fehlt, besser ist als einer, der auf lauter schmutzige Geschichten zurückblickt.«

Am Ende findet sich eine Braut.

Die Frau, die dank des Hahns ihre Nase zurückbekommen hat, wird noch vor Mysafir wieder heiraten.

Siebzehn

Myrto war der einzige Bruder, der überlebt hatte. Als er aus dem Krieg zurückkehrte, war er ein anderer Mensch. Ein Mensch, mit dem alle gut auskamen, alle, außer Bedena. In ihrer Hartherzigkeit sagte sie manchmal: »Der Käse ist verdorben, die Lake, die ihn frisch halten sollte, ist noch gut.« Bedenas verkümmerter Geist wollte damit zum Ausdruck bringen, dass die besten Brüder ihr Leben gelassen hatten und der einzige, der davongekommen war, zu nichts taugte.

Den Schwestern und der Mutter war es ziemlich egal, was Bedena sagte. Sie hatten nicht viel mit Myrto zu tun, aber aus ganz anderen Gründen. Nach der Trennung von ihrem Oberst hatte Esma keine Lust mehr, sich mit irgendjemandem zu treffen. Für Afrodita, die sich in die Hauptstadt gerettet hatte, war Kaltra nur noch eine Erinnerung im Schatten der tausend Lichter ihres Theaters. Saba hätte ihn dagegen gerne öfter gesehen. Aber die Dinge liefen anders, es lag nicht in ihrer Hand.

Nach dem Krieg war Myrto im Dorf geblieben. Man hatte ihm angeboten, in die Hauptstadt zu gehen, um dort irgendeinen hohen Posten zu übernehmen …, sie hatten schließlich Krieg geführt. Und sie hatten ihn sogar gewonnen!

An der Aufteilung der Beute zeigte Myrto jedoch keinerlei

Interesse. Ja, ich habe gekämpft, sagte er, ich habe getan, was man tun muss, wenn sie bei dir zu Hause einfallen. Aber ich bin bloß ein Bauer, was soll ich in der Hauptstadt? Und was dachte er über all die Bauern, die wie er als Partisanen gekämpft hatten, um dann Minister, Direktoren, Parteisekretäre und sonst was zu werden?

»Ihre Sache«, befand Myrto, »ich habe für das Vaterland gekämpft und nicht für einen Posten.«

Er widmete sich seinen Studien, an den heißen Sommernachmittagen las er im Schatten des Nussbaums. Oft ging er zum Dorfplatz, um auf den Bus zu warten. Der Fahrer stieg aus, öffnete den Leib des Fahrzeugs und zog große Kisten voller Bücher heraus. Bücher, die Myrto in der Stadt bestellt hatte. Manchmal lud er sich die Pakete auf die Schultern und trat gebückt den Heimweg an. Andere Male kam er mit dem Esel, packte ihm die Kisten auf den Rücken und ging schweigend davon.

»Er macht uns lächerlich«, schrie Bedena. »Mutter, siehst du nicht, wie er ist? Sagst du gar nichts dazu?«

Meliha schaute ihre Tochter an und antwortete ernst:

»Mir genügt, dass er lebend zurückgekehrt ist, ansonsten kann er tun und lassen, was er will.«

Eines Tages sieht Meliha, während sie über den Hof läuft, ihren Sohn unter dem Nussbaum inmitten seiner Bücher. Er hebt für einen Augenblick den Kopf und sagt:

»Ich werde heiraten.«

»*Hajër* – Glück – dir«, antwortet Meliha und entfernt sich seelenruhig.

Später sieht der Sohn sie im Sessel sitzend ihren Tabak rauchen.

»Mutter«, sagt er, »du hast mich gar nicht gefragt, wer

die Frau ist, die ich heiraten werde. Willst du es nicht wissen?«

»Welche Bedeutung hat es schon?«, sagt Meliha. »Wenn sie dir gefällt …«

»Es ist Saraja, Tanas Tochter.«

»Dieses Haus muss endlich wieder mit Kindern und Freude belebt werden«, beendet Meliha das Gespräch und erhebt sich, um ihre Arbeit in der Scheune zu beenden.

Bedena ist kurz davor durchzudrehen, als sie von der »freudigen Nachricht« erfährt, wie ihre Mutter sich ausdrückt. Tanas Tochter? Die Tochter der Kulaken soll ihre Schwägerin werden? Bedenas Kinder werden einen Haufen Kulaken als Cousins und Cousinen haben?

Sie eilt zu Saba: Diesmal müssen sie einfach einer Meinung sein. Bedena sieht bereits auf jedem Gesuch nach einer Schule oder einem Arbeitsplatz den mit Rotstift geschriebenen Vermerk: »Kulak«. Oh mein Gott, das ist nicht irgendeine Katastrophe, es ist *die* Katastrophe.

Aber Saba ist alles andere als entsetzt. Im Gegenteil, sie ist glücklich.

»Nach all dem Unglück«, sagt sie, »gibt es endlich wieder Freude in unserer Familie. Eine echte Liebeshochzeit, ohne offene Rechnungen oder zu begleichende Schuld. Er liebt sie, und sie liebt ihn. Sie werden heiraten und glücklich und zufrieden leben.«

Seit wann ist diese Schwester eigentlich so romantisch, fragt sich Bedena. Ausgerechnet Saba, die ihrer Mutter überallhin wie ein Schatten folgte. Diese Frau, die spricht, ist die Schisserin, die es nicht wagte, Emin das Mittagessen zu bringen? Wenn er bloß noch am Leben wäre, er würde sie schon alle zur Räson bringen.

»Sie können nicht glücklich werden, Saba. Verstehst du?

Saraja ist die Tochter eines Kulaken! Bist du denn vollkommen verblödet? Es sind die Dorfkulaken, wie sollen sie glücklich sein?«

»Es ist keine tödliche Krankheit, Bedena. Vor ein paar Jahren waren sie genauso wie wir, so etwas passiert. Man kann es auch so sagen: Da rackert sich einer ein Leben lang für ein Stückchen Land ab, und plötzlich, von einem Tag auf den anderen, gehört es allen.«

»Und wir? Wie sind wir denn dazu gekommen zu begreifen, dass es das Beste war, was man tun konnte? Sagst du nicht selbst, dass du zufrieden bist mit der neuen Regierung?«

»Sei du bloß leise, dein Mann hatte nicht einmal einen Stein, an dem er sich den Kopf aufschlagen konnte, so arm war er. Und was mich betrifft, so lass mich besser aus dem Spiel. Diese Regierung gefällt mir, das stimmt, aber du hast überhaupt nichts begriffen. Ich bin in diesem System eine freie Frau, ich bin frei, wenn auch nicht reich. Vorher war ich weder reich noch frei.«

Bedena weiß nicht, was sie noch sagen soll. Diese verdammte Hochzeit wird stattfinden, und sie wird zu Tanas Familie gehören, zur Familie dieser Kulaken.

Sie läuft zu Myrto und schreit ihm ins Gesicht:

»Das Blut deiner Brüder ist Wasser für dich geworden, jawohl, das ist es für dich geworden. Möge Schande all deine Nachkommen bedecken, die du mit dieser …«

»Mit dieser …?«, wirft Myrto ein.

Mit dieser nichts. Es gibt kein Wort, um diese Braut zu benennen, und wenn es eins gibt, so findet Bedena es nicht.

Achtzehn

Die Zeit verstrich langsam in Kaltra. Ein Leben inmitten der undurchdringlichen und grenzenlosen Stille der Berge. Unterbrochen nur von dem Rauschen der im Wind bewegten Bäume.

Die Leute kümmerten sich um die immer gleichen Angelegenheiten. Sie kümmerten sich um vergangene Geschichten, die sie ständig wieder aufleben ließen, als seien sie am Abend zuvor geschehen.

Etwa die Geschichte von Mysafirs Nase. In einer großen Stadt wäre sie nach einem Tag vergessen gewesen. In einer großen Stadt hat es das Leben nicht nötig, sich ein halbes Jahrhundert mit der abgeschnittenen Nase eines Heranwachsenden, der die Frau des Nachbarn gevögelt hat, aufzuhalten. In einer großen Stadt gibt es immer jemanden, der sich mit der Frau des Nachbarn amüsiert. Wer dagegen in Kaltra die Frau des Nachbarn vögelte, hatte nur einen Namen, er konnte nur Mysafir heißen.

So wurden alle treulosen Frauen in Kaltra Esma genannt, und es spielte keine Rolle mehr, ob Esma ihren Mann tatsächlich betrogen hatte oder nicht.

Um auf die Geschichte der schönen Esma zurückzukommen, wie hatte sie so einfach fortgehen und die Töchter zurücklassen können?

An jenem Abend fragt der Oberst Esma, ob sie auch ihre Töchter mit zur Mutter nehmen will, aber sie entschließt sich dagegen. Nicht, weil sie sie nicht liebt, im Gegenteil, gerade wegen ihrer übergroßen Liebe. Sie stellt sich das Leben der beiden im Dorf vor, als Töchter einer Frau, die wegen Angelegenheiten der *Kurvëria* verstoßen wurde. In der Hauptstadt würde sich dagegen niemand dafür interessieren, der Oberst könnte einfach sagen, die Ehefrau sei gestorben.

So steigen Delfina und Bubi zusammen mit dem Vater in den Bus. In diesem Augenblick leidet Esma zum ersten Mal unter Atemnot. Sie liegt im Bett, als sie plötzlich keine Luft mehr bekommt. Sie zittert, schwitzt und ringt verzweifelt nach Atem. Ihre Lunge ächzt. Sie rufen schnell nach dem Dorfarzt, der ihr eine Spritze gibt, so gelangt schließlich wieder Sauerstoff in Esmas Lunge. Der Arzt sagt, sie leide unter Asthma. Die Dorffrauen deuten es anders.

»Hysterische Anfälle, weil ihr gewisse Dinge fehlen. Diese *Kurva* ist wirklich ans Übel gewöhnt.«

Esma erträgt alles zwischen einem Anfall und dem nächsten. In ihrer Familie herrscht eine Art Fatalismus: Wenn etwas geschieht, musst du es hinnehmen und fertig. Du kannst nur darauf warten, dass es vergeht. So wartet sie darauf, dass die Anfälle vorübergehen, so wie sie darauf wartet, dass ihr Leben vergeht.

Nach einem Jahr kommt der Oberst zurück ins Dorf, die Mutter hat eine andere Braut für ihn gefunden. Sie kommt aus einem Nachbarort, ein junges Mädchen, das keiner kennt.

Esma nimmt die Nachricht gleichgültig auf, es geht sie schließlich nichts an. Auch um ihre Hand wurde hier und da angehalten, aber es waren immer alte Witwer, die eine Frau im Haus brauchten. Auch wenn sie jung gewesen wären, hätte das nicht viel geändert. Esma hat die Portion Glück, die ihr in diesem Leben zustand, bereits bekommen, nach dem Oberst wäre jeder Mann eine Qual. Deshalb begnügt sie sich damit, bei sich daheim zu atmen, bisweilen ohne Hilfe, bisweilen mit Asthma-Spray.

Die neue Hochzeit des Oberst erregt keinerlei Aufsehen. Sie verläuft in aller Stille. Für ihn ist sie ein notwendiger Schritt, nicht nur um der Mutter zu gehorchen, sondern auch weil er es nicht mehr schafft, sich um den Haushalt und die Töchter zu kümmern.

Bevor er mit der neuen Ehefrau abreist, geht er allein die Töchter abholen, die bei Esma sind. Sie warten hinter dem Gatter auf ihn, zusammen mit Großmutter Meliha. Der Oberst steuert direkt auf die Ex-Schwiegermutter zu und sagt:

»Hol Esma her, ich muss mit ihr sprechen.«

Meliha sagt nichts, und nach kurzer Zeit tritt Esma aus der Tür. Sie ist mager und abgezehrt, sie besteht wirklich aus Porzellan. So durchscheinend und zart ist sie, dass sie von einem Augenblick zum anderen zu zerbrechen scheint. Es ist das erste Mal, dass der Oberst sie wiedersieht. Er spürt einen Schmerz im Leib, einen Schmerz, der langsam zum Herzen hinaufsteigt. Jenen Schmerz, der ihn für den Rest seiner Tage nicht mehr loslassen, den er immer mit einem unwiederbringlichen Verlust verbinden wird. So unwiederbringlich wie der Tod.

»Esma«, beginnt er, »wir gehören für immer zusammen. Meine Esma, verzeih mir, wenn du kannst.«

»Schon geschehen«, sind die einzigen Worte, die Esma an diesem Abend zum Oberst sagt. Und auch die einzigen Worte, die sie ihm je im zweiten Leben nach der Verstoßung, sagen wird.

Dann setzt er seine Rede fort. Die Töchter bräuchten die

Mutter, er wolle sie nicht länger so traurig sehen. Esma müsse ihm in die Hauptstadt folgen. Er werde sofort eine kleine Wohnung für sie finden, ganz in ihrer Nähe, sodass Delfi und Bubi jeden Tag zu ihr kommen könnten.

Am folgenden Tag wartet Esma im Morgengrauen auf dem Dorfplatz auf den Bus. Sie hat nur einen kleinen Koffer voller Medikamente bei sich. Sie nimmt weder irgendeinen ihrer Stoffe noch ihre Schirme mit.

»Sie gehören zu einem anderen Leben«, erklärt sie der Mutter kurz angebunden. »Jedes Leben hat die Kleider, die es verdient.«

In dem Bus saß vermutlich die erste Patchworkfamilie des Dorfes. Die Frauen waren ihrer Zeit voraus.

Mit der zweiten Frau bekam der Oberst keine Kinder. Es hieß, er schliefe allein. Einige wagten sogar zu behaupten, dass alles mit Esma zusammenhinge, die nur wenige Schritte von ihm entfernt lebte. Aber das stimmte nicht.

Esma ging mit keinem Mann mehr ins Bett. Sie lebte in der Nähe der Töchter und in seiner Nähe, wo sie Minute um Minute all die mit ihm verbrachte, vergangene Zeit auskostete. Es gab so viel davon, dass es ihr selbst für die zukünftigen Leben genügen würde.

Delfina und Bubi wuchsen in perfekter Symbiose auf. Aufgeteilt zwischen dem Vater, der Mutter und der neuen Ehefrau, beschlossen sie, in ihrer eigenen Welt zu leben, in der es nur für zwei Menschen Platz gab: für Delfina und Bubi. Sie spielten dieselben Spiele und teilten dasselbe Leid. Selbst die Ausbildung war dieselbe. Nach der Mittelschule wählten beide die Lehrerbildungsanstalt für Volksschullehrer. Keine der beiden ließ es zu, dass sich der anderen ein männliches

Wesen näherte. Sie duldeten ein paar Schulkameradinnen, aber auch nur hin und wieder. Es gab zu Hause schon genug Dinge, um die man sich zu kümmern hatte, zwischen der Mutter, der Stiefmutter und einem abwesenden Vater, der auf keiner Seite stand. Die Worte, die sie gelernt hatten – Vater, Mutter, Stiefmutter – drückten für sie nicht das aus, was im Wörterbuch stand.

Beide sahen in der anderen die Mutter. Die Mutter, die sie abgelehnt hatte, die sich, obwohl ganz in der Nähe, in eine süße Stille geflüchtet hatte, um dort ungestört ihrer großen Leidenschaft nachfühlen zu können. Sie kämmten sich gegenseitig und flochten sich dieselben Zöpfe, die ihnen die Mutter in den fernen glücklichen Zeiten geflochten hatte.

Alle beide hatten diesen Schirmfimmel, für jede Jahreszeit die passenden Schirme. Eine in ihrem Farbenreichtum weltweit einzigartige Sammlung, wobei das Modell mehr oder weniger immer das gleiche war.

Wenn Delfina einen Satz begann und einen Moment lang stockte, um nachzudenken, vervollständigte ihn Bubi rasch. »Genau«, lächelte Delfina.

Nachdem sie im Abstand von wenigen Jahren die Lehrerbildungsanstalt beendet hatten, begannen beide zu arbeiten, allerdings an zwei verschiedenen Schulen.

Es kommt der Augenblick, an dem der Vater daran denkt, sie unter die Haube zu bringen. Sie brauchen einen Ehemann und ein eigenes Heim. Delfina ist die ältere, deshalb soll zunächst sie heiraten. Der Kandidat ist ein junger Mann, der im Außenministerium arbeitet. Eine gute Partie. Er hat von dem seltsamen Verhalten der Mädchen gehört, aber da die politische Biografie der Familie wichtiger ist, hat er darüber nicht weiter nachgedacht.

»Das geht alles vorbei«, kommentiert er. »Wenn sie mit mir schläft, hat sie keine Zeit, an die Schwester zu denken. Dann kommen die Kinder, und die Erinnerungen an das Leben mit Bubi werden im Nu verblassen.«

Aber Delfinas zukünftige Diplomaten-Ehe bleibt eine Fiktion.

Das erste Treffen findet im Café statt. Er kommt mit seiner Tante. Die beiden Schwestern brauchen niemanden, sie sind bereits in Begleitung. Sie sind schön wie die Sonne, ganz die Mutter. Für sie scheint es ein Spiel, der Junge ist sogar sympathisch. Sie unterhalten sich, lachen, lächeln, machen Andeutungen.

Dann das zweite Treffen. Er kommt sie zu Hause besuchen. Delfina sitzt auf dem Sofa, er in der Mitte, daneben Bubi. Der Vater und die Stiefmutter fordern Bubi auf, einen Spaziergang mit ihnen zu unternehmen, so können sich die zukünftigen Brautleute allein miteinander unterhalten.

»Geht ihr nur«, sagt Bubi, »ihr habt recht, so können wir ein wenig allein miteinander plaudern.«

»Genau«, fügt Delfina hinzu, »geht spazieren.«

Die Stiefmutter erklärt Bubi, dass sie in der Küche alles für den Gast bereitgestellt hat, einen Teller mit *Llokum* und die Kaffeekanne auf dem Herd.

Nach ein paar belanglosen Worten erhebt sich Bubi, um den Gast zu bewirten. Während sie Kaffee kocht, hört sie einen Schrei aus dem Wohnzimmer und eilt herbei um nachzusehen. Delfina steht mit weit aufgerissenen Augen da, zeigt auf den zukünftigen Diplomaten-Ehemann und sagt angewidert zu der Schwester:

»Dieser Bastard hat versucht, mich zu küssen. Stell dir vor, er wollte mich auf den Mund küssen!«

Um alles Weitere kümmert sich Bubi. Sie stürzt sich auf

ihn wie eine Wildkatze, fängt an, ihn zu treten, zu schlagen, zu kratzen und zu beschimpfen. Sie zerrt ihn hinaus wie eine jener Stoffpuppen, die sie zusammen mit der Schwester an langen Sommernachmittagen gebastelt hat, dann stößt sie ihn die Treppe hinunter. Sie rennt hinter ihm her, während der Ärmste versucht zu entkommen. Immer wieder bückt sie sich, um einen Stein aufzuheben, den sie schreiend nach ihm wirft. »Möge er deinen Kopf treffen, du verfluchter Kerl, der du es gewagt hast, meine Delfina anzurühren. Möge für dich kein neuer Morgen kommen, möge deine Mutter die Fetzen deines Körpers in ein weißes Laken sammeln.«

Nachdem Steinwürfe und Flüche beendet sind, läuft Bubi zurück, um Delfina zu trösten. Sie umarmt sie, dann setzen sich beide auf das Sofa.

»Nie wieder lasse ich dich allein, nie wieder«, sagt sie zu ihr.

Sie wird ihr Versprechen halten. Von diesem Augenblick an wird es kein Mann mehr wagen, sich den beiden Schwestern zu nähern.

Sie verbringen fast ihr gesamtes Leben in vollkommenem Einklang. Ihr merkwürdiges Verhalten erregt bei niemandem mehr Anstoß. Die Leute haben andere Sorgen in einer Welt, die sich schnell verändert und vielleicht im Begriff ist, noch verrückter zu werden als zuvor. Aber die beiden Schwestern spüren diese Veränderungen nicht. Alles in allem haben sie Grund zu glauben, dass sich die Welt an ihre Schirme gewöhnt.

Neunzehn

Bedena hatte eine blöde Tochter. Nicht bildlich gesprochen, sondern wirklich blöde: Ihr Gehirn entsprach dem einer Fünfjährigen. Es war sonderbar, sie im Hof herumlaufen zu sehen, mit ihrer Figur, an der alles dran war. Andere Dinge fehlten ihr, um als Frau gelten zu können. Sie verbrachte die warmen Sommertage im Schatten einer Silberweide, wo sie ihre Stoffpuppen an- und wieder auszog. Sie bettete sie sorgfältig auf eine Decke, dann legte sie ihnen saubere, frisch duftende Kleider an. Sie war klein geblieben, für immer gefangen in der Erinnerung an die Liebe, die sie spürte, als sie noch im Fruchtwasser schwamm, ohne zu ahnen, was wenig später geschehen sollte. Das bisschen Liebe, das ihr zuteilgeworden war, versuchte sie, an ihre Puppen weiterzugeben.

Die Mutter schenkte ihr keine Beachtung, für die Schwestern war sie Grund zur Scham und Befangenheit. Den Brüdern stellte sich das Problem nicht: Für sie war sie nie geboren worden.

Es ist ein Tag wie viele andere, ein heißer Tag, an dem das Vieh im Schatten Schutz sucht. Bedena sitzt mit den Freundinnen, den wenigen, die sie hat, im Hof. Während des Sommers verlegt sie ihr Wohnzimmer hierher, unter die Weinrebe. Zwei Holzbänke mit bequemen Kissen, die sie selbst bestickt hat, damals, als sie, mit ihrer Aussteuer beschäftigt, zu erraten versuchte, welches Haus sie einst schmücken würden. Nun sitzt sie auf diesen Kissen in ihrem Garten, ist die Hausherrin und plaudert mit ihren Gästen. Sie ist längst nicht mehr jung, Mutter von fünf Kindern, genaugenommen sechs, aber das sechste wäre besser nie geboren worden.

Nach dem Mokka das übliche Ritual mit dem Kaffeesatz: Lasst uns schauen, was in dieser abgelegenen Bergregion geschieht, lasst uns schauen, ob der liebe Gott Erbarmen mit diesen Leuten hat, die seit Jahrhunderten verzweifelt versuchen, dem Wind, der Welt, dem bitteren Schicksal zu trotzen.

»Na so was, welch langen Weg sehe ich in deiner Tasse. Wo willst du denn hin, ohne uns davon zu erzählen?«

Die Ertappte schaut mit einem schwachen Lächeln zu Bedena, sie scheint erstaunt über die ihr bevorstehende lange Reise zu sein, aber ein versteckter Glanz in ihren Augen straft ihre Ungläubigkeit Lügen.

»Jetzt musst du allen erzählen, welch vernünftiger Grund dich so weit weg führen wird. Du versuchst, die Dinge geheim zu halten, und lässt dir dann von Bedena den Kaffeesatz lesen? Ja bist du denn so naiv? Ihr entgeht nichts. Los, erzähl schon«, hakt eine der Freundinnen nach.

Die Frau mit der weisgesagten Reise wirkt nicht gerade begeistert, doch dann beginnt sie von ihrer Tochter zu berichten, die an der Universität studiert und einen Mann aus dem Norden kennengelernt hat. Sie wollen sich verloben. Nachdem die Familie des Jungen offiziell um die Hand der Tochter angehalten hat, sind sie nun an der Reihe, den Besuch zu erwidern. Sie müssen das ganze Land durchqueren, um in den Norden zu gelangen, sie müssen ans andere Ende der Welt reisen. Sie macht sich Sorgen, die arme Frau: Wie sollen sie sich mit den Leuten aus dem Norden verständigen? Ihr Dialekt ist so anders als der im Süden, ganz zu schweigen von den Gewohnheiten und Bräuchen.

»Ja sind denn die jungen Männer aus unserer Gegend alle vergeben, dass deine Studentin bis in den Norden gehen musste? Ich versteh sie einfach nicht, die Jugend von heute«, sagt Bedena.

Die Frauen sind in ihre Plaudereien vertieft, als Atika, Bedenas zurückgebliebene Tochter, erscheint. Sie schreit und weint, ihr Gesicht ist zerkratzt, mit einer Hand hält sie den Rock vor dem Bauch zusammen. Angesichts dieser Szene verschwinden die Dorffrauen unauffällig, eine nach der anderen. Sie wissen, wie sehr Bedena ihre Tochter meidet, und wollen nun nicht Zeugen von Dingen werden, die sie nichts angehen.

Widerwillig tritt Bedena auf Atika zu. Sie glaubt, dass sie wieder einmal in den ausgetrockneten Brunnen hinter dem Haus gefallen ist, vielleicht ist sie auch den Steilhang bei den Feldern hinabgestürzt.

Kein Streicheln über das zerkratzte Gesicht, kein Wort der Nachfrage zu dem, was vorgefallen ist. Diese Tochter ist eine Strafe, aber eine Strafe wofür? Das fragt sie sich ständig. Manchmal hat sie eine Antwort, andere Male wischt sie diese Antwort einfach fort.

Atika weint verzweifelt, sie versucht, sich der Mutter zu nähern, vielleicht würde sie sich gern in ihre Arme werfen. Die Mutter stößt sie mit einer verächtlichen Geste von sich, sie mag ihre Umarmung nicht.

Atika hebt den Rock weiter an, auf den mageren Oberschenkeln sind zwei blutige Streifen zu sehen.

»Dume«, sagt sie schließlich, wobei sie auf ihre Scham deutet.

Bedena begreift sofort, was vorgefallen ist. Sie packt die

Tochter am Arm und zerrt sie ins Badezimmer. Atika weint und schreit noch immer.

»Sei still.«

Bedena zieht sie nackt aus und beginnt verbissen, sie zu waschen. Sie kippt ihr kaltes Wasser über den Körper und schrubbt sie mit ganzer Kraft. Im Stillen weint sie. Vielleicht, weil die Tochter auf diese Weise ihre Jungfräulichkeit verloren hat? Nein, sie beweint zum x-ten Mal ihr unseliges Schicksal, das ihr ein solches Kind beschert hat.

Nachdem sie gewaschen ist, packt Bedena sie mit einer Hand am Haar und fängt mit der anderen an, sie zu ohrfeigen, bis sie nicht mehr kann.

»Wenn du irgendjemandem erzählst, was Dume mit dir gemacht hat, kriegst du noch mehr Schläge von mir. Ich werde dich eigenhändig umbringen«, sagt sie zu ihr.

Atika hört auf zu weinen und schaut die Mutter traurig an, ihr Mund ist trocken, die Zunge hängt heraus, und die Schenkel sind gerötet, aber rein. Ihre Wunde hat aufgehört zu bluten. Sie tritt aus dem Badezimmer, geht auf ihre Ecke, auf ihre Stoffpuppen zu. Sie werden ihr wie immer in aller Stille ihre leblose, wortlose Liebe geben, eine Liebe so leer wie die Wüste im Herzen der Mutter.

Bedena, die im Badezimmer zurückgeblieben ist, betrachtet die blutbefleckte Wäsche auf dem Boden. Dann bricht sie in leises, gedämpftes Schluchzen aus, das aus der Nacht aller Zeiten zu kommen scheint.

Am nächsten Tag fährt Bedena in die Stadt. Sie erzählt niemandem, was ihrer Tochter widerfahren ist. Wozu? Das Dorf würde über sie lachen. Dume hat sich mit Atika amüsiert, würden sie sagen. Atika hat zwar kein Hirn, aber immerhin eine Möse, würden andere hinzufügen. Die ganze Sache anzeigen? Nun, die Ordnungshüter würden sich wohl kaum für eine wie Atika ins Zeug legen. Und dann die Gutachten, Gegengutachten, Arztbesuche in der Stadt, Reisen, Geld, verlorene Zeit … Ihre Söhne müssten den anderen beweisen, dass sie noch Männer sind. Aber sie hätten keine Lust, Dume ins Visier zu nehmen, um den es ziemlich übel stehen muss, wo er Atika gevögelt hat. Wenigstens ihnen muss sie all das ersparen, hat sie sie nicht schon genug leiden lassen, indem sie ein Monster wie Atika in die Welt setzte?

Der Augenblick ist gekommen, die Sache endlich anzugehen, sie weiß genau, was sie zu tun hat.

Zwanzig

Es ist ein *Xhuma* im Herbst, als Myrto Saraja heiratet. Eine Hochzeit ohne Feierlichkeiten und aufwendige Zeremonien. Die Verwandten kommen nicht schon einen Monat eher, die Trommeln ertönen nicht bereits in der Woche zuvor.

Nicht, weil Saraja eine Kulak ist, Myrto legt ganz einfach keinen Wert auf derartige Dinge.

»Ich hab genug von Hochzeitstrommeln und Totenklagen«, sagt er. »Ich nehme Saraja so, wie sie ist und führ sie nach Hause.«

»Was?«, fragt Tana. »Meine Tochter soll heiraten wie eine Witwe? An einem *Xhuma?* Mein armes Kind, das hat sie wirklich nicht verdient.«

Tana ist schlau. Dank dieser Hochzeit kann sie die Aufmerksamkeit aller auf sich lenken und sagen: »Seht nur, wir sind gar nicht solche Kulaken, wir ihr denkt. Einer wie Myrto hätte sich schließlich nie mit Volksfeinden eingelassen.«

Meliha ist überglücklich an diesem Freitag. Sie trägt wie immer Schwarz. Ein Paar lange goldene Ohrringe mit farbigen Steinen sind das einzige festliche Zeichen. Sie sieht die Dorffrauen bei der Ankunft der Braut singen. Sie erlebt diesen Tag wie ein Gast, ein Gast im eigenen Haus. Sie singt nicht und spricht mit niemandem. Sie ist es leid, Hochzeitsverse aufzusagen. Sie ist auch die anderen Verse leid, jene verfluchten anderen Verse, die sie allzu oft hatte sprechen müssen.

Wenige Tage vor Myrtos Hochzeit kommt ein ausländischer Journalist nach Kaltra, der sich für die Folklore und die Landschaft dieser abgelegenen Gegend interessiert.

Es ist Ende der 50er Jahre. Der junge Mann muss Mitglied einer ernst zu nehmenden kommunistischen Partei sein, sonst hätte man ihn nicht hineingelassen. Zuerst ist er vor dem Denkmal auf dem Dorfplatz stehen geblieben, um es zu fotografieren. Anstelle des Schnauzbarts aus den ersten Nachkriegsjahren steht dort nun ein anderer Held, ohne Bart. Das Schwert ist durch ein Gewehr ersetzt, und auf dem Kopf trägt er eine hübsche Kappe, an der ein fünfzackiger Stern prangt. Er ist Partisan.

Der Journalist, der, wie man entdeckt, aus Frankreich stammt, ist sehr beeindruckt von den Gewohnheiten und Bräuchen in Kaltra. Vor allem die Sache mit der Totenklage interessiert ihn sehr.

Deshalb bringen sie ihn zu Meliha, die in der Gegend eine der Besten ist. Der Franzose möchte sie interviewen. Aber er merkt, dass es mit dieser Frau nicht gerade einfach ist. Er versucht auf alle möglichen Arten, sie dazu zu bringen, eine Totenklage zu improvisieren, um sie auf Tonband aufzunehmen.

Nach diesem absurden Ansinnen würdigt Meliha ihn nicht einmal eines Blickes. Sie hält die Hände im Schoß. Die Stille wird nur durch das Klappern der Perlen ihrer *Tesbih* unterbrochen, die sie rasch durch die Finger gleiten lässt. Ihre Hände, jene Hände, die vier Söhne begraben, die ein Leben lang Brote geformt und aus dem Ofen gezogen haben, jene Hände, die schon bald den Fluss und die Berge in einer einzigen ewigen Umarmung umschließen werden, sie zittern.

»Ich kann den Tod nicht mehr anrufen. Der Tod hat schon genug genommen in diesem Haus, er hat sich an meinem Leib gesättigt.«

Nach ein paar Sekunden fügt sie hinzu:

»Außerdem, welchen Grund sollte es geben, ihn anzurufen? Er nähert sich gerade, ich spüre seine leichten Schritte, diesmal bin ich an der Reihe. Ist es nicht seltsam? Auf allen Beerdigungen, auf denen ich war, habe ich die Totenklage gesungen, bei meiner eigenen werde ich es nicht tun …«

Der Franzose ist unzufrieden. Er will wissen, ob Meliha bei der Beschreibung des Lebens und der Stärken des Verstorbenen einem Schema folgt, nach dem sie die Reime bildet, oder ob sie improvisiert.

»Dem geht's wohl nicht gut«, sagt Meliha zu dem Dolmetscher. »Glaubt er, wir spielen Theater? Junge, wenn du die frische Erde siehst, die sich öffnet, um einen Teil deines Fleisches zu verschlingen, denkst du nicht an die Reime, es ist deine gequälte Seele, die dir die Worte in den Mund legt.«

»Aber es waren nicht alles Söhne oder Verwandte, denen Sie im Dorf die Totenklage gesungen haben«, beharrt der Franzose.

»So gut wie. Man ist schnell verwandt in einem kleinen abgeschiedenen Dorf wie dem unseren. Sehr schnell, glaub mir. Für mich beginnt und endet die Welt hier, für mich sind die Leute aus meinem Dorf alle Bewohner dieser Erde. Für mich gibt es nur einen Tod, jenen, der dir das Blut in den Adern stocken lässt und dir den Leib verdorrt, aus dem die Kinder kommen.«

Der Journalist wiederholt immerfort: »Wunderbar, großartig, außerordentlich.«

Von Melihas Garten aus möchte er das Tal und die umliegenden Berge fotografieren.

»Und Sie«, wendet er sich an Meliha, »haben jeden Tag Ihres Lebens dieses Tal mit den hoch aufragenden Bergen gesehen, ohne sich jemals eingeengt zu fühlen?«

»Ich hatte höchstens Angst, dass sie auseinanderbrechen und die Welt untergehen könnte.«

Der Franzose ist beeindruckt von dieser uralten Frau und ihrer so verdammt epischen Sicht der Dinge.

Er hat viel gelesen, der Franzose, er erinnert sich gut an die Fotos mit dem Porträt des Dichters George Gordon Byron, oder besser Lord Byron, in der Tracht jenes Landes im tiefen Balkan. Aber er hatte geglaubt, dass nach über einem Jahrhundert jene Bräuche ausgestorben und begraben seien.

»Episch ist nicht das richtige Wort«, meint er kurz darauf zum Dolmetscher. »Homerisch, genau, homerisch passt besser. Und das Ganze nur einen Katzensprung von uns entfernt, unglaublich.«

»Wunderbar, großartig, außerordentlich«, wiederholt der Journalist in einem fort.

»Was sagt er da die ganze Zeit?«, fragt Meliha den Dolmetscher.

Sie glaubt, dass sich »wunderbar, großartig, außerordentlich« auf die Berge, das Tal und das Dorf beziehen. Als gute Hausherrin fühlt sie sich verpflichtet, dem Franzosen zu danken und ihn vielleicht gar zu trösten. Nicht alle haben das Glück, an einem so schönen Ort wie diesem zur Welt zu kommen.

»Von wo kommt der verehrte Herr?«, fragt sie.

»Aus Frankreich, besser gesagt, aus Paris«, antwortet der Dolmetscher mit dem Stolz des Provinzlers, der die Gelegenheit hat, eine wichtige Persönlichkeit herumzuführen.

»Geduld, er muss Geduld haben und darf sich nicht unterkriegen lassen«, fährt Meliha fort. »Mir ist klar, dass sie keine Berge bauen können, aber ein Dorf wie unseres schon. Wenn ihnen daran liegt, können sie Paris früher oder später so wie Kaltra werden lassen. Aber jetzt entschuldigt mich, ich muss zurück ins Haus, um meine müden Knochen im Sessel auszuruhen: Ich bin alt.«

Was soll der arme Junge übersetzen? Irgendwo gibt es immer ein geliebtes Kaltra oder Paris, der Name ist belanglos. Unser Zuhause ist dort, wo wir alles in einer letzten Umarmung umschließen möchten.

Einundzwanzig

In letzter Zeit wartet Bedena oft auf den Bus in die Stadt. In einem kleinen Dorf wie Kaltra fallen manche Dinge einfach auf. Allerdings macht sich niemand darüber Gedanken, was sie eigentlich vorhat. Es ist eine Frage der Zeit, schon bald wird man den Grund erfahren.

Eines Tages hält ein Krankenwagen auf dem Dorfplatz. Wem wird es denn so schlecht gehen, fragen sich alle, dass man diesen Wagen aus der Stadt kommen lässt?

Zwei Krankenpfleger steigen aus, blättern in ihren Papieren und wenden sich an einen Passanten, der auf ein Haus auf einer Anhöhe deutet. Die Krankenpfleger schütteln die Köpfe: Ausgeschlossen, dort hinaufzufahren, der Krankenwagen schafft die Steigung nicht. Sie ziehen eine rostige Metallbahre aus dem Wagen und gehen zu Fuß. Von der Bahre hängen zwei Lederriemen herab, der Schatten der Riemen zieht sich schleppend über die heiße Erde, ohne Spuren zu hinterlassen.

Als sie auf Bedenas Hof ankommen, ist Atika damit beschäftigt, ihre Puppen zu wiegen. Ihre vibrierende Stimme verliert sich im Singsang der Schlaflieder, die sie von den Schwestern und Schwägerinnen gehört hat, von anderen Frauen, Müttern. Sie wendet nicht einmal den Kopf, um zu sehen, wer kommt, es sind Dinge, die sie nicht betreffen. Ihre

Welt ist auf diesen kleinen Hof beschränkt, ihre Zuneigung gilt diesen einfachen Stoffstücken.

Die Krankenpfleger sprechen zunächst mit Bedena, sie lassen sich in ihrem sommerlichen Wohnzimmer unter dem Weinstock nieder. Sie lehnen sich an die Kissen, die mit grünen Blättern und Blumen, mit fliegenden Frühlingsvögeln bestickt sind. Als Bedena sie stickte, träumte sie von ihrem prallen, von neuem Leben anschwellenden Leib, Leben so anders als jenes, das mit Atika auf diese Welt kam.

Bedena bietet den Gästen ein Glas *Dhallë* an. In der Hitze der Berge, die den Fels zum Glühen bringt, löschen sie den brennenden Durst, und mit ihm erlischt auch der letzte Funken mütterlicher Liebe.

Bedena unterschreibt irgendwelche Papiere. Sie schreibt Vor- und Zunamen aus, die unsicheren Buchstaben stehen dort wie das nie gelöste Rätsel der ungeliebten Kinder. Seltsam, dass die Mutter, die sie zur Welt bringt, dieselbe ist, die es verstand, ein Heim zu errichten, den Brunnen zu graben und zu singen … Wer weiß, wohin die Mutterliebe sich verflüchtigt, wenn sie das Herz der Frau verlässt, vielleicht in die verborgensten Winkel des verdorbenen Blutes oder in die Stille des ausgetrockneten Flusses.

Die Krankenpfleger gehen langsam auf Atika zu. Sie bemerkt es, hebt den Kopf und lächelt die beiden an. Für einen Augenblick unterbricht sie ihren Singsang und hält ihnen eine Puppe hin. Es ist die übliche Geste, die besagt: Ist es nicht hübsch, mein Kind?

Sie versuchen mit ihr zu sprechen, sie versuchen ihr zu erklären, dass sie mitkommen muss, um ein paar Untersuchungen im Krankenhaus durchführen zu lassen. Sie versteht die beiden nicht richtig, es geht ihr doch gut hier, sie braucht keine Untersuchungen.

Die Krankenpfleger möchten ungern die alte Metallbahre benutzen, die sie in der Zwischenzeit auf der Erde abgestellt hatten, aber Atika widersetzt sich, sie will nicht mitkommen. Sie weiß schon, dass sie sich nicht von ihrem Platz im Hof entfernen darf, weil sonst schlimme Dinge mit ihr geschehen. Wie an dem Tag, als die Mutter sie geschlagen hat. Atika sucht ihren Blick, aber die Mutter ist nicht da, sie war nie da.

Die Krankenpfleger nehmen die Bahre und heben Atika hinauf. Sie ist leicht wie ein Schmetterling. Hände und Füße sind mit den Lederriemen festgebunden, sie schreit und weint, aus ihrem Mund quillt Schaum, die Augen treten aus den Höhlen.

Auf der Erde liegen die Puppen, die sie mit ihrer Liebe genährt hat. Sie werden nach anderen Armen suchen, die sie wiegen. Aber nein, einer der jungen Männer bemerkt es, kehrt um, hebt die Puppen auf und bettet sie neben Atika. Sie lächelt und schließt die Augen, nun hat sie keine Angst mehr. Ihre Kinder sind in Sicherheit.

Als Saba erfährt, dass ihre Schwester die Tochter in die Irrenanstalt gebracht hat, geht sie sofort zu ihr. Bedena begrüßt sie wie immer, dieselbe Kühle, derselbe Empfang wie seit Jahren. Bestimmte Mechanismen, die auf unerklärliche Weise unser Verhältnis zu den engsten Verwandten steuern, lassen sich durch nichts verändern, weder durch Freude noch durch Schmerz. Nicht einmal der Tod kann sie beenden. So werden sie zu bloßen Familiengeschichten, die man von einer Generation an die nächste weitergibt.

Saba fragt nicht, was aus Atika geworden ist, und auch Bedena hat nicht die Absicht, darüber zu sprechen. Sie trinken wie üblich Kaffee und tauschen ein paar belanglose Worte aus. Als Saba bereits an der Tür ist, wendet sie sich zu Bedena um, sieht ihr in die Augen und sagt:

»Arme Schwester, du hast deine Gier nach diesem verdammten Gold, das dein Leben nicht verändern konnte, bis aufs Letzte bezahlt. Vielleicht hat es sogar etwas verändert, hat alles noch schlimmer werden lassen. Schau dich an, was aus dir geworden ist, kann man sein eigenes Kind so verleugnen? Nicht einmal meinem schlimmsten Feind würde ich wünschen, dass er so wird wie du. Ich wüsste gern, ob du noch schlafen kannst nach dem, was du Atika angetan hast. Möge der ewige Schlaf dich umfangen, der, aus dem es kein Erwachen gibt …«

Nach dieser Verwünschung eilt Saba davon. Bedena setzt sich wieder aufs Sofa. Äußerlich wirkt sie ruhig, aber in ihrer Brust spürt sie ein Ziehen, eine Wunde, die sich nach Jahren wieder öffnet. Sie hört lautlose Schritte von Leuten, die sich durch die Finsternis bewegen. Die Sterne funkeln über den vom Sonnenlicht noch warmen Felsen. Sie kennt diese Leute, es sind ihre Leute, sie selbst, ihr Mann, die Schwiegereltern und Schwäger.

Es war gegen Ende des Krieges, die Deutschen hatten bereits kapituliert. An anderen Orten der Welt wurde noch Widerstand geleistet, aber es war das Ende. Bedena hatte ihre Kinder zu Bett gebracht und war, mit der Lampe in der Hand, auf dem Weg zurück in die große Küche, dem Raum für die Frauen des Hauses. Sie lebten damals noch alle zusammen. Nach dem Abendessen mussten sie und die Schwägerinnen den Abwasch erledigen und die Vorbereitungen für das Frühstück am nächsten Morgen treffen.

Sie ist noch nicht ganz die Treppen hinabgestiegen, als sie den Lärm eines nahenden Flugzeugs hört. Die Bombardements sind beendet, seit ein paar Monaten kommen keine Flieger mehr vorbei. Sie denkt nicht weiter darüber nach, vielleicht ist das Flugzeug auf dem Weg ins Ausland vom Kurs abgekommen, oder vielleicht flieht jemand vor dem noch nicht ganz beendeten Krieg. Es könnten auch die Alliierten aus Übersee sein, die den von den Deutschen zerstörten Völkern zu Hilfe eilen.

Sie hat diese Gedanken noch nicht zu Ende geführt, als sie einen furchtbaren Aufprall hört. Es scheint der Weltuntergang zu sein. Sie eilt ans Fenster und sieht Flammen hinter dem Haus aufsteigen, die jene finstere Nachkriegsnacht erhellen. Alle rennen ins Freie, um zu sehen, was vor sich geht. Zwischen den hohen Bäumen, die Feuer gefangen haben, ist ein Flugzeug eingeklemmt, brennende Teile fallen zu Boden.

Viele Ereignisse aus dieser Nacht hat Bedena verdrängt, bei einigen ist es ihr nicht gelungen. Dieses Flugzeug war mit Gold beladen, Holzkisten, die aus dem Himmel fielen und sich geräuschvoll öffneten, sobald sie die Erde berührten. Eine von echtem, glänzendem Gold erhellte Nacht. Irgendjemand, der mit dem Gold aus einem unbekannten Land auf der Flucht war, um hier, ausgerechnet hier zu sterben. Welch bitteres Schicksal: Das Gold hatte diese Menschen, die offenbar versucht hatten, dem Tod zu entkommen, nicht vor ihm bewahrt.

Bedena kann das Stöhnen der Leute, die in jener Nacht, eingeklemmt zwischen den Ästen der Bäume, langsam verbrannten, nicht vergessen. Sie waren noch am Leben, als sie mit der Familie des Ehemanns kam, sie seufzten leise in einer fremden Sprache und baten um das Einzige, was in einer solchen Situation keiner Übersetzung bedarf. Aber die Hilfe, die sie sich erhofften, kam erst lange Zeit später, als ihre Körper bereits verkohlt waren.

»Erst müssen wir das Gold einsammeln und es fortschaffen, das gesamte Dorf wird jeden Augenblick hier sein.« Die Worte des Schwiegervaters waren ein Befehl an alle.

Bedena erinnert sich an den Geruch des verbrannten, noch lebenden Fleisches zwischen dem grünen Geäst. Keiner war ihnen zu Hilfe geeilt.

Als die Leute aus dem Dorf kamen und verzweifelt versuchten, sie aus den Bäumen zu retten, konnten sie nur noch unkenntliche Leichen bergen. Unter ihnen auch zwei kleine Kinder mit einem merkwürdigen Lächeln auf dem Gesicht, dem stillen Lächeln antiker Statuen.

Bedena hat nie erfahren, ob diese Kinder auf der Stelle tot waren, oder ob sie, wie die Erwachsenen, leise um Hilfe flehten, aber das, was sie wusste, genügte ihr, um sicher zu sein, dass ihr selbst kein gewöhnlicher Tod beschieden sein würde. Ihre Vorahnungen stellten sich jedoch als falsch heraus: Es war nicht der Tod, der sie beunruhigte, sondern die Zeit, die sie von ihm trennte.

Atikas Geburt war wie eine Strafe. Diese Tochter sollte sie für den Rest ihres Lebens daran erinnern, dass es jemanden gibt, der die Bilanz deiner Handlungen zieht. Und oft gibt er dir das zurück, was du verdienst.

Das Gold jener Nacht brachte ihrer Familie nicht viel ein. Außer dass sich alle schämten, jeder vor dem anderen.

Dieses Gold war zum Teil noch an einem Ort vergraben, den nur wenige kannten. Nach der Befreiung kam es, im Zuge einer der zahllosen kommunistischen Reformen, zu dem Aufruf, alles Gold einzutauschen. Bedenas Schwiegervater hatte es zunächst probiert. Er begann mit kleineren Gegenständen, um zu sehen, wie viel sie ihm brachten. Er merkte gleich, dass es nur lächerliche Summen waren. Das Gold, hatte die Regierung erklärt, gehöre allen, man müsse es dazu verwenden, das Land wieder aufzubauen. In Albanien gebe es nur noch sehr wenig davon, weil König Zogu I. – und Letzte – kurz vor dem Einmarsch der Faschisten ein Flugzeug mit Gold gefüllt hatte und nach Südafrika geflohen war.

Angesichts dieser Umstände hatte Bedenas Schwiegervater sein Gold und damit die Hoffnung auf Reichtum für immer begraben.

Von der Geschichte erfuhr Saba durch Bedena selbst, in einem Augenblick der Verzweiflung, einige Tage nach dem Flugzeugabsturz. Während sie erzählte, kamen ihr immer und immer wieder die Tränen, und Saba ließ sie sich ausweinen. Am Ende erklärte sie ihr, dass sie das, was geschehen war, nicht wiedergutmachen konnte. Die durch den Geiz solcher Leute wie Bedenas Familie zerstörten Heiligtümer würden eines Tages in anderer Gestalt wieder in Erscheinung treten.

Das war es, woran Bedena dachte, als Atika auf die Welt kam. Die erbarmungslos zerstörten Heiligtümer, die mit der Geburt ihrer Tochter, einer Tochter ohne Hirn, erneut zum Vorschein kamen. Aber warum musste Atika, die in jener fernen, von Feuer und Gold erfüllten Nacht noch nicht existierte, mit diesem unergründlichen Lächeln auf den Lippen zur Welt kommen und für alles bezahlen?

»Du musst darüber nachdenken, wie es weitergehen soll. Du darfst dich nicht nur deinem Schmerz und deiner Reue hingeben, du hast Kinder, die satt werden wollen und dich brauchen«, hatte Saba an jenem Tag gesagt.

Danach hatten sie nicht mehr darüber gesprochen. Saba glaubte, dass ihre Schwester sich bessern würde. Sie irrte. Bedenas Geist war so verzerrt und unberechenbar wie immer. Ihre Seele, ein Meer ohne Wellen, ein Tümpel, auf dem die weißen Federn eines bereits toten Schwans trieben. Auch wenn sie selbst ihn nicht getötet hatte.

Zweiundzwanzig

Saba wird Kaltra für immer verlassen. Sie wird in die Stadt ziehen. In der Morgendämmerung läuft sie über den Hof, durch ihr Reich, gibt den Hühnern ihr Futter und hält vor den Pflanzen inne, um sie zu streicheln. Den ganzen Tag lang empfängt sie ihre Freundinnen. Sie schenkt jeder etwas von sich, etwas, das auch nach ihrer Abreise bleibt. Es sind keine Juwelen oder wertvollen Dinge, sondern ganz einfach Gebrauchsgegenstände. Wenn man sich heute vorstellt, dass einem die Freundin eine Axt schenkt, kann man sich nur schütteln, aber damals flossen Tränen der Rührung. Es ist die Axt, mit der Saba das Holz klein hackte, einer ihrer liebsten Gegenstände und auch einer der nützlichsten.

Saba hat bereits drei ihrer Töchter unter die Haube gebracht, teils in der Landeshauptstadt, teils in der Provinzhauptstadt Vlora. Sie waren an der Universität, und nach dem Studium hat sich eine nach der anderen trauen lassen. Sie muss noch zwei Töchter und den Sohn verheiraten.

Omer ist krank, sie waren oft zu ärztlichen Untersuchungen in der Stadt, aber die weite Strecke zwei, drei Mal die Woche zurückzulegen, ist mittlerweile unmöglich. Er schafft es nicht mehr, und auch für Saba ist es kaum noch zu schaffen. Sie haben beschlossen, nach Vlora zu ziehen, um näher bei den Ärzten zu sein. Saba muss ihr Dorf, ihre Freundinnen, ihre Toten für immer verlassen. Ihre Mutter lebt noch und verbringt ihre Tage im Hof hinter dem Holztor. Manchmal sagt sie, dass ihr Leben wie ein Blick aus dem Fenster war, ein Blick, der fast ein Jahrhundert dauerte. Andere Male ist sie dieses Lebens müde. Ihre Freunde sind alle längst tot, sie hat keine alten Bekannten mehr, mit denen sie ein paar Worte wechseln oder einen Scherz über gemeinsame Freunde machen könnte. Oft schläft sie auf ihrem Sessel ein und erwacht in einem anderen Jahr. Zwischen dem einen und dem anderen Schläfchen durchlebt sie erneut ihre gesamte Existenz. Aber diesmal hat sie keine Eile, diesmal kostet sie jeden einzelnen Augenblick mit ihren kleinen Kindern, dem zärtlichen Ehemann und der blutjungen Mutter aus.

»Mama, Mama, ich will mitkommen, ich will dir helfen, die Wassereimer zu tragen, ich bin schon groß, Mama, lass mich nicht allein …« Melihas Mutter stellt die leeren Eimer auf den roten Dielenboden und nimmt sie in den Arm, eine Umarmung, die nach Quitten duftet.

»Mama, ich habe Angst vor der Dunkelheit …«

Meliha öffnet die Augen und fällt in die Zeit des Wickelns und Stillens zurück. Sie wird unruhig. Dann schließt sie erneut die Augen und verliert sich in einer innigen, zeitlosen Liebe. Sie hat in ihrem Leben für alles Zeit gehabt außer für ihre großen Leidenschaften. Die der Liebe gewidmete Zeit scheint immer verloren zu sein. Aber nun kann sie alle Zeit verlieren, die sie möchte. Man sieht es an dem entspannten Gesichtsausdruck, aus dem Glück spricht.

Das Einzige, was sie noch ans Leben zu binden scheint, sind die unzähligen Tassen Kaffee, die sie zu jeder Tageszeit trinkt.

»Was hält mich noch auf der Erde, wenn nicht der Duft

dieser Tasse Kaffee?«, sagt sie, bevor sie das schwarze Gift schlürft.

»Wenn du mich an meiner ewigen Ruhestätte besuchen kommst«, erklärt sie Saba, »vergiss nicht, mir immer ein Päckchen Kaffee mitzubringen. Ich werde schon einen Weg finden, mich aufzurichten und eine Tasse davon zu trinken. Ich glaube nicht, dass der Tod über diese Angewohnheit der Lebenden verärgert sein wird. Ich bin ohnehin schon fast die Seine …«

Saba lächelt und verspricht, ihr das Gewünschte jede Woche auf den kalten Marmor zu legen.

»Und bring mir ja keine Blumen, lass nicht zu, dass sie mir Blumen aufs Grab legen. Das ist ein dummer Brauch, was soll ich mit Blumen? Sie locken nur die Esel an, die in der Nähe des Friedhofs nach frischem Gras suchen.«

Sie hat nichts mehr für die Kinder, die die Urgroßmutter besuchen kommen. Sie weiß nicht, wo Bonbons, *Llokum* oder ihre in rotes Papier gewickelten Schokoladentäfelchen geblieben sind. Das Einzige, was noch an seinem Platz steht, ist die Zuckerdose, die sie zusammen mit dem Kaffee unterm Bett aufbewahrt. Sie lässt die Kinder ihre Händchen öffnen, dann nimmt sie einen Löffel mit Zucker und streut ihn darauf.

»Und jetzt leckt«, sagt sie, »es schmeckt genauso wie Bonbons.«

Die Kinder lecken, oft nur, um den Zucker loszuwerden, der in der geschlossenen Faust schnell zu einer klebrigen Masse werden würde.

Saba geht zu Meliha, um ihr zu sagen, dass sie wegen Omers Krankheit das Dorf für immer verlassen muss.

»Nein«, sagt die alte Mutter, »das darfst du nicht, meine

Tochter, ich verbiete es dir. Solange ich lebe, wirst du diesen alten Säufer, der deine Schwester auf dem Gewissen hat, nicht heiraten. Er bringt jungen Wöchnerinnen Unglück. Niemals werde ich dich ihm zur Frau geben …«

»Wenn es so wäre, müsste ich längst tot sein …«, lacht Saba.

Gleich darauf verwechselt die Mutter sie mit Esma.

»So zurechtgemacht kannst du nicht auf die Straße, Esmaja«, sagt sie, »nicht so, die Leute werden über dich reden. Du bist verheiratet, und dein Mann ist weit weg, du darfst dich nicht so auffällig kleiden, der Neid löst die Zungen.«

Bisweilen sagt die alte Mutter das Richtige, wenn auch um Jahre zu spät. Vielleicht war sie früher zu sehr mit ihren Toten beschäftigt; jetzt sind es die Lebenden, die sie nicht mehr brauchen.

Dreiundzwanzig

Meliha, die große Mutter, stirbt wenige Tage bevor Saba das Dorf verlässt. Als habe sie gespürt, dass es ohne diese Tochter hart sein würde, auf das endgültige Erlöschen ihres Lebenslichts zu warten. Sie finden sie im Sessel, in derselben Haltung wie immer, mit heiterem Gesicht und geöffneten Augen. Der Blick ist aufs Tal gerichtet, dorthin, wo der Ehemann und die über alles geliebten Söhne liegen, die sie eigenhändig begraben hat. Endlich wird sie zu ihnen gelangen, sie hat schon so lange gewartet. Dieses Leben hat sie ermüdet, in ihrem Alter hat sie das Recht, sich nach einem anderen zu sehnen.

Während Saba die Vorbereitungen für den ewigen Schlaf der Mutter trifft, duldet sie keine der Frauen aus der Familie neben sich. Sie schließt sich im Zimmer ein. Sie spricht die ganze Zeit mit ihr, sie erzählt der Mutter viele Dinge, die sie, als sie noch lebte, nicht zu hören bekam. Sie legt sie auf das Bett und zieht ihr langsam die schwarzen Kleider aus, die sie seit jenem fernen, tief verschneiten Nachmittag trug.

Dieser Haufen Knochen auf dem Bett ist die Frau, die ihr das Leben geschenkt hat. Ein Schicksal in Gestalt eines von Adern und Falten überzogenen Körpers. Ein sanftes Lächeln, geschlossene Lider und die weiße Brust. Eine welke Brust, die sich eindringlich in ihrer Farbe offenbart, der Farbe der Milch.

Sie wäscht sie mit einem weichen, mit Blütenwasser getränkten Flanelltuch. Aus dem wenigen verbliebenen Haar flicht sie zwei Zöpfe. Sie öffnet die Truhe, jene, die nie jemand gewagt hat zu öffnen. Sie zieht das hervor, was aus Melihas Leben zurückgeblieben ist. Aber sie hat keine Zeit, Stück um Stück dem Pfad der Erinnerungen zu folgen, die sich überlagern und oft in Sackgassen münden. Sie wird es ein andermal nachholen, in Ruhe. Jetzt schüttelt sie ein rotes Kleid auf, das weder sie noch Meliha zur Hochzeit getragen haben. Es ist Sultanas Kleid. Man hatte sie nicht im Brautkleid bestatten können, in dieser Gegend ist das nur bei den noch nicht verheirateten Frauen gestattet. Saba tut etwas Merkwürdiges, etwas, das man noch nie zuvor gesehen hat. Sie nimmt das rote Kleid und legt es, ohne lange darüber nachzudenken, der Mutter an. Das Gesicht bleibt unbedeckt, sie muss ihr Antlitz nicht verhüllen. Sie und der Tod sind gute Bekannte, ihre Wege haben sich oft gekreuzt, auch wenn diesmal alles anders ist.

Als Saba alle Vorbereitungen getroffen hat, setzt sie sich neben Meliha. Lange verharrt sie in Schweigen. Dann erhebt sie sich, umschließt diesen winzigen, rotgekleideten Körper in einer zärtlichen Umarmung und sagt:

»Wer weiß, wann wir uns wiedertreffen.«

Sie verlässt das Zimmer, aber zuvor wendet sie sich noch einmal um und betrachtet sie lange. »Meliha ist schön«, ist ihr letzter Gedanke. »Meine Mutter hat einen schönen Tod gehabt!«

Wenige Tage später betritt Saba mit einer großen Holztruhe ihr Schlafzimmer. Sie macht sich nun an zwei Truhen zu schaffen. Zuerst muss sie ihre eigene ausräumen. Sie wird die in die Stadt mitnehmen, die ihr die Mutter überlassen hat. Es ist offenbar Schicksal, dass so viele Dinge, die der Schwester gehörten, auf sie übergehen …

Saba öffnet ihre große Metalltruhe, ein Überbleibsel aus irgendeinem Krieg, und stöbert ohne aufzuschauen darin herum. Sie stöbert mit dem Blick der Ausgewanderten, die aus der Ferne zurückgekehrt ist. Sie findet Kleider, viele bunte Kleider, für die Sonntage oder die *Xhuma*, zerbrochene Spiegel, zerbrochen wie der Traum von der Rückkehr ins Vaterland, das auf jene kümmerlichen Überreste zusammengeschrumpft ist.

Sie zieht viele nützliche und nutzlose Dinge hervor, die sie im Lauf der Jahre gesammelt und dort hineingestopft hat, so viele Erinnerungen. Saba gehört nicht zu denen, die sich allzu sehr an die Vergangenheit klammern, sie versucht nur das aufzuheben, was sie noch gebrauchen kann. Ein Tischtuch, auf das mit unsicherer Hand gelbe Ähren gestickt sind. Sie möchte es behalten, es ist ihre erste Arbeit, Bedena hatte ihr das Sticken beigebracht, sie war damals zehn Jahre alt.

Aus der Truhe kommt auch eine große Schachtel zum Vorschein, die von einem rosafarbenen Band zusammengehalten wird. Der Geruch von Mottenkugeln vermischt sich mit dem Duft nach frischen Quitten. Es riecht nach Dingen, die lange Zeit vergraben waren, Dinge, die man später bereut, entweiht zu haben. Vorsichtig öffnet sie die Schachtel und findet eine vergoldete Weste, die nach all den Jahren noch kleiner geworden zu sein scheint, eine Weste für die Puppen, die sie nie gehabt hat. Aber nein, sie hatte eine Puppe, sie sieht aus wie die Weste der Puppe mit dem roten Mund, die sie eines Nachmittags, als sie aus der Schule kam, verbrannt hatte. Dann taucht ein roter Schleier auf. Das Einzige, wonach ihre Augen suchen, sind Mottenlöcher. Dieses Kleidungsstück liegt seit über einem halben Jahrhundert hier, vielleicht hofft sie, irgendwelche Löcher zu finden, damit sie es endlich wegwerfen kann.

»Du warst schön damals, an jenem Tag«, kommt eine keuchende Stimme aus dem Dunkeln.

Saba erschrickt nicht, als sie ihn hört, sie weiß nie, wann er schläft und wann er wach ist. Omer liegt immer im Bett.

»Ich glaube nicht, dass du dich erinnern kannst, wie willst du dich an etwas erinnern, das du nicht gesehen hast«, erwidert sie ruhig.

»Vielleicht hast du recht, ich habe dich nie angeschaut, so ganz in Rot, dennoch ist die einzige Erinnerung, die ich von dir als jungem Mädchen habe, die mit diesem Kleid«, sagt er. »Ich werde diese Erinnerung mit ins Jenseits nehmen.«

»Du wirst dort keine Zeit haben, an mich zu denken, dort sind Leute, die seit einer Ewigkeit auf dich warten«, sagt Saba. »Außerdem möchte ich nicht, dass du an mich denkst. Du hast ein Leben an meiner Seite in Gedanken an eine andere verbracht, willst du noch eins an der Seite einer anderen und in Gedanken an mich verbringen?«

»Ich bringe die Zeiten durcheinander«, lächelt er.

»Vielleicht auch nicht«, antwortet sie.

Dann muss sie weinen. Nicht wegen des roten Kleides, nicht weil sie ihr Leben mit einem Mann verbracht hat, der es nie verstanden hat, sie zu lieben. Sie weint einfach so, in Gedanken an die gute oder die vertane Zeit, der ewigen Nacht wegen, die Omer nicht das zurückgeben wird, was sie ihm genommen hat, sie weint um die Rüben in ihrem Garten, wo der Ehemann saß und die Pfeife rauchte. Sie weint seinetwegen, ihrer selbst wegen und ihrer beider wegen.

Dann tut sie etwas, das sie noch nie getan hat. Sie lässt den roten Schleier zu Boden fallen und tritt an das Bett, auf dem der Ehemann liegt. Sie legt sich neben ihn, nimmt sein

Gesicht zwischen ihre Hände. Sie streichelt seine Falten, sie streichelt die ohne Liebe verlorenen Jahre. Sie möchte für immer neben ihm einschlafen, wie das Kind, das sie einst war, möchte ihr Streicheln eins werden lassen mit der Brandung der Nacht.

ZWEITER TEIL

Eins

An ihrem Hochzeitstag trug meine Mutter ein schlichtes beigefarbenes Kostüm und keinen Schleier im Haar. Nicht einmal eine Blüte. Mamas Wahl hatte nichts mit der feministischen Bewegung zu tun, die weiße Hochzeiten ablehnte. Damals ahnte sie noch nichts von deren Existenz. Sie gehörte zur Avantgarde, ohne es zu wissen.

Man schrieb das Jahr 1971, und während die Wandlung zum neuen Menschen immer weiter voranschritt, hatte das Zentralkomitee der Partei den bürgerlich konservativen Brauch des unseligen weißen Hochzeitskleides abgeschafft. Mama war an diesem Tag nur eine Gefährtin, die ihren Weggefährten für die große Reise in die neue Gesellschaft gefunden hatte. Weg und Reise: Es schien, als würde Papa sie nach wer weiß wohin mitnehmen.

Ich habe ein Foto von ihr in diesem grauenhaften beigefarbenen Kostüm, in dem sie aussieht wie eine Stewardess, auch wenn die Ärmste noch nie geflogen war. Die Hochzeit war, wenn man so sagen darf, und ohne sie damit kränken zu wollen, ihr erster »Flug«. Ihre Augenbrauen sind buschig wie die des Genossen Breschnew, mit der Hand umklammert sie ein weißes Täschchen, das einzige Zeichen für diesen Tag, der eigentlich ganz in Weiß hätte sein sollen. Papa ist bloß ein Detail auf diesem Foto. Er, Genosse Luan, ist nur der Bräutigam.

Vor dem Haus von Großmutter Saba, der Mutter meines Vaters, hielt der Hochzeitszug plötzlich: Großmutter wartete am Tor mit einer bis an den Rand gefüllten Schale Honig. Sie ergriff die Hand der Genossin Klementina, meiner Mutter, und tauchte die Finger der frischen Braut in die zähe gelbe Flüssigkeit. Dann wischte sie Mamas Hand an dem Holztor ab und rief bewegt:

»Möge dein Leben in diesem Haus so süß werden wie dieser Honig.«

Trotz der guten Absichten von Großmutter Saba verliefen die Dinge anders, als sie es erhoffte.

Auf diese Weise hielt meine Mutter Einzug in jene an Männern so rare Familie. Mein Vater hatte fünf Schwestern und die schwere Aufgabe, den Familiennamen weiterzugeben. Dabei sollte ihm meine Mutter eine große Hilfe sein. Sie hatte fünf Brüder, und nach den Berechnungen meiner Großmutter würde sie viele Jungen zur Welt bringen, genau wie ihre Mutter. Aber manche Rechnungen sind eben ungenau: Wenn nun stattdessen mein Vater nach seinem Vater geraten war? Großmutter Saba zog dieses Risiko in Betracht und klopfte schnurstracks an die Tür meiner Großeltern mütterlicherseits. Sie hatten die Braut gemeinsam ausgesucht, Großmutter Saba und Papa, aber er bestand darauf, die Antwort schon zu kennen, bevor er bei dem zukünftigen Schwiegervater um die Hand anhielt.

»Hör dich um«, sagte er zu seiner Mutter, »frag deine Freundinnen, mach was du willst, aber unternimm keinen Versuch, bevor du nicht sicher bist, dass sie uns gehört!«

Mama gehörte wirklich ihnen beiden, bis Großmutter irgendwann leider starb. Arme Mama, nach über dreißig Jahren Ehe musste sie mit meinem Vater von vorne beginnen.

Die Beziehung zwischen zwei Menschen ist bisweilen anders als die zwischen dreien.

Die Eltern meiner Mutter stimmten sofort zu. Das war angesichts des Lebenslaufs meiner Großmutter vorauszusehen. Nicht, dass mein Vater dumm war, oder gar hässlich. Im Gegenteil, er war ein Adonis, mit seinem blonden Haar und den blauen Augen verkörperte er zeitlose männliche Schönheit. Er hatte sein Studium seit ein paar Jahren beendet und arbeitete als Lehrer in einem Dorf, wo er vom Vaterland unbedingt gebraucht wurde. Aber Großmutter Saba genoss hohes Ansehen, nicht nur wegen ihres starken Charakters, sondern vor allem wegen ihrer makellosen Biografie. Die Onkel meines Vaters hatten durch ihren Tod für dessen Zukunft gesorgt, sie waren Nationalhelden.

Auch die Biografie meines Großvaters mütterlicherseits konnte sich sehen lassen, nur dass er, im Gegensatz zu meinem Großvater väterlicherseits, vor langer Zeit einmal reich gewesen war. Nichts Schlimmes, er war als Freiwilliger in den Krieg gegangen, hatte den Partisanen alles zur Verfügung gestellt und nach dem Sieg seine gesamten Güter der Gemeinschaft überlassen.

»Brüder«, pflegte Enver Hoxha in jenen Jahren zu sagen, »was zuvor euch gehörte, gehört nun uns.«

Ich glaube, die Albaner haben diesen Satz anfangs falsch verstanden.

Mein Großvater hatte nicht deshalb alles verschenkt, weil Hoxha es wollte oder weil er Angst davor hatte, was die Zukunft bringen würde. Er glaubte wirklich daran, er war ein überzeugter Marxist, der jahrelang *Das Kapital* studiert hatte, und dachte, eine neue, auf Gleichheit gegründete Gesellschaft errichten zu können. Selbst wenn er für seine kümmerliche Fleischration endlos in der Schlange stand, sagte er sich, dass schließlich alle Opfer bringen müssten. Abgesehen davon war die einzige Alternative ein Leben als *Kulak:* der Ruin für ihn und die gesamte Sippe über sieben Generationen.

Nach der Einwilligung meines Großvaters mütterlicherseits dauerten die Hochzeitsvorbereitungen noch beinahe zwei Jahre. Mama unterrichtete in einer Volksschule in Vlora, und Papa kam jeden Samstag aus seinem Dorf, in dem er seinerseits dem Vaterland diente, hinunter in die Stadt. Sie trafen sich und gingen gemeinsam spazieren, aber niemals allein. Sie waren immer in Begleitung einer der vielen Schwestern meines Vaters. Es war im Interesse beider Familien, Mama und ihre Tugend zu schützen. Sonst hätte es mit meiner Mutter noch dasselbe Ende nehmen können wie mit ihrer Freundin Arta.

Arta traf sich heimlich mit ihrem Verlobten, ebenfalls ein Lehrer. Sie trafen sich in der Wohnung eines Freundes, der ihnen die Schlüssel überließ, solange niemand zu Hause war. Es wäre geschmacklos, sich auszumalen, wie sie ihre Zeit miteinander verbrachten, aber die Vermutung liegt nahe, dass die beiden gegenseitiges Verlangen verspürten. Sie kamen getrennt zu dem Freund und gingen auf dieselbe Weise wieder fort, dennoch wurden sie von den Nachbarn dieser Wohnung, die ihre Leidenschaften barg, bemerkt.

Und die Nachbarn hatten beschlossen, für Ordnung zu sorgen. Eines Tages warteten sie ab, bis die beiden Turteltauben in der Wohnung waren und riefen dann den Parteisekretär an.

»Wir haben eine Brutstätte unmoralischen Verhaltens entdeckt, die sich zu einem schlechten Vorbild für unsere Jugend entwickeln könnte«, sagten sie dem Parteisekretär, der sich, ohne Zeit zu verlieren, gemeinsam mit zwei Zeugen zum Tatort begab. Unterwegs gesellte sich ihnen noch ein Polizist aus dem Viertel dazu, der froh war, endlich seinen eintönigen Arbeitsalltag unterbrechen zu können (zu Hoxhas Zeiten gab es keinerlei Vorkommnisse, kein Blatt bewegte sich).

Gemeinsam klopften sie an die Tür. Von innen kam keine Antwort. Sie klopften energischer. »Da sieht man's, die sind viel zu beschäftigt, uns zu hören«, bemerkte einer der Nachbarn, der es kaum noch abwarten konnte. Endlich kam Jorgo mit gerötetem Gesicht und nur halb bekleidet, um zu öffnen. Ungeduldig drängte die Gruppe hinein. Alle liefen herum und suchten nach dem Flittchen, aber von Arta nirgendwo eine Spur. Wollten diese beiden *Kurvar* etwa alle auf den Arm nehmen? Siegessicher ging der Parteisekretär auf den Schrank zu, doch stattdessen fanden sie Arta hinter dem Samtvorhang versteckt. Immerhin hatten sich die Nachbarn nicht geirrt, der damalige Slogan lautete: Das Volk ist sein eigener Ordnungshüter!

Jorgo und Arta schlossen den Ehebund mit einer »Schandhochzeit«. Jedes Mal wenn Jorgos Verwandte Arta trafen, nannten sie sie *Kurva*. Ihrer Meinung nach trug sie die Schuld an dem Geschehen: Schließlich ist bekannt, dass alle Männer es probieren, es ist Aufgabe der Frau, nein zu sagen.

Die beiden Übeltäter wurden in ein abgelegenes Bergdorf versetzt, um die Kinder dort zu unterrichten. Man musste sich fragen, warum ausgerechnet die armen Bergbewohner von zwei so liederlichen Personen, von zwei Verkommenen erzogen werden sollten.

Mamas Familie nahm sich sehr in Acht vor solchen Dingen. Den Versuchungen des Fleisches nachzugeben konnte dich teuer zu stehen kommen, die Kinder mussten in den Bergen wie die Wilden aufwachsen, und die Familie war für immer gezeichnet. Wie es schien, sah der Entwurf unseres neuen Menschen keinerlei leidenschaftliche Regung außerhalb der Ehe vor.

Wenn ich heute darüber nachdenke, finde ich unglaubliche Ähnlichkeiten zwischen der katholischen Kirche und dem Kommunismus meines Landes. Aber unser Kommunismus war grausamer als jeder aus der Geschichte bekannte, noch so konservative Papst.

Zwei

Während meine Mutter auf die Heiratsurkunde wartete, ging sie schüchtern und streng bewacht mit ihrem Verlobten spazieren. Ich glaube, sie war ganz froh darüber, nicht mit meinem Vater allein zu bleiben. Die beiden verspürten zum Glück keine merkwürdigen Gefühle oder gegenseitiges Verlangen. Besser so. Sie hatten noch ein ganzes Leben vor sich, wozu also Eile? Außerdem war es in unserer Familie Tradition, dass die wahre Liebe erst nach der Hochzeit erwachte.

Am Tag des »Honig-Tauchens«, nach dem großartigen Einzug durch Großmutter Sabas Tor mit einem Gefolge von dreihundert Gästen allein seitens des Bräutigams, konnte sich Mama endlich ein wenig in einem der Zimmer ausruhen. Sie war müde, am Tag zuvor war sie auf einem anderen Hochzeitsfest gewesen: ihrem eigenen. Weitere dreihundert Gäste hatten im Haus ihrer Eltern gefeiert.

Aus dem Fenster dieses Zimmers fiel ihr Blick auf die zum Braten bereitgestellten, abgehäuteten und aufgespießten Lämmchen.

Sie hörte das mehrstimmige Lied der Frauen:

Unsere Braut ist wunderschön,
wunderschön anzusehen.

Sie hörte die Männer antworten:

Doch beim armen Bräutigam
Helfen weder Seif' noch Kamm.

Und wieder die Frauen:

Sie wie *Byrek*, zart und fein.

Und die Männer:

Er so grob wie Innereien.

Das Lied hob die Schönheit der Braut hervor, Schönheit ist immer weiblich, wenn es jedoch um menschliche Qualitäten ging, war immer vom Mann die Rede.

Später brachten die Tanten Mama in das »Vorführ-Zimmer«, wo sie Verwandten, Freunden und Nachbarn vorgeführt, ja, vorgeführt wurde, bis endlich das Abendessen bereit war.

Die Kampagne zur Abschaffung der in den ehemals bürgerlichen Kreisen typischen Prunkhochzeiten war in vollem Gange. »Ich habe vor allem den Menschen gewählt«, tönte es von morgens bis abends aus dem Radio. Was sie wohl in anderen Ländern wählten, wenn sie beschlossen zu heiraten, fragte ich mich als kleines Mädchen oft.

Mein Vater hatte also den Menschen gewählt, wie ich finde, den falschen, aber nach meiner Meinung hat nie jemand gefragt. Meine Mutter, eine zarte, ungewöhnliche Braut, Wasser und Seife, kurz geschnittenes Haar. Genossin Klementina hatte den gesamten Sommer über am Bau der Eisenbahn mitgewirkt. Die Züge sollten das neue Vaterland wie die Adern eines neugeborenen Lebens durchziehen, wer hatte da Zeit, sich um Frisur und Schönheit zu kümmern? Unverheiratete Frauen schminkten sich nicht und entfalteten ihre Schönheit erst am Tag der Hochzeit. Meiner Mutter war es mit der Hochzeit nur gelungen, eine ehrbare Frau zu werden, was die Schönheit betraf, hatte sie dagegen versagt.

Das Foto über dem Ehebett meiner Eltern hat mir nie gefallen. Mich befiel Unbehagen, wenn ich die traurigen Augen meiner Mutter sah, die sich in diesem gebräunten Gesicht, einem weiteren Zeichen extremer Hässlichkeit, zu bewegen schienen. Eine Frau musste Haut so weiß wie Milch haben. Diese Augen folgten jeder meiner Bewegungen, wenn ich mich als junges Mädchen vor dem großen Spiegel in ihrem Zimmer zurechtmachte. In meinem Zimmer gab es keinen Spiegel. Genosse Luan war der Meinung, dass Bücher als Einrichtungsgegenstände genügten. Die Melancholie dieses Fotos war der häufigste all meiner Gemütszustände jener Jahre. Oft verlor sich meine kindliche Freude gerade dort, in den Augen meiner Mutter, in ihrem verzweifelten Versuch, Traurigkeit und Verwirrung zu verbergen. Verwirrung ob des Bewusstseins, am Tag der eigenen Hochzeit nicht glücklich zu sein.

An ihrem Hochzeitstag war meine Mutter Klementina hässlich. Weshalb war sie so geworden? Hatte sie etwa Kirchen und Moscheen zerstört, wie es in jener Gegend heißt? Ja, konnte meine Mutter mit hocherhobenem Kopf erwidern, sie hatte im wahrsten Sinne des Wortes dazu beigetragen, Kirchen und Moscheen zu zerstören.

1967 hatte Hoxha dazu angeregt, alle Andachts- und Gebetsstätten abzuschaffen oder einfach umzuwandeln. Man konnte Kulturzentren daraus machen oder zum Beispiel Getreidelager. Mama hatte ihren unverzichtbaren Beitrag zunächst in der Moschee von Elbasan in Mittelalbanien geleistet, und später dann in einer der Kirchen irgendwo im Norden. Meine Mutter hat in ihrem Leben vermutlich öfter daran gedacht, dass diese Hiebe mit der Spitzhacke sie teuer zu stehen kamen, und dass sie alle bis aufs Letzte bezahlt hatte.

Einen Monat nach der Hochzeit wurde meine Mutter schwanger, ich war unterwegs. Großmutter Saba streifte durch das Viertel, um sich aus dem Kaffeesatz lesen zu lassen. Es war wie Ultraschall: Sie ließ sich Kaffee einschenken, drehte die Tasse, kippte ihn hinunter, und schon tauchte das Geschlecht des Neugeborenen am Grund der Tasse auf, schön und männlich, gleichsam als Entschädigung für all die Mädchen, die sie bekommen hatte. Alle Frauen, zu denen Großmutter ging, um sich aus dem Kaffeesatz lesen zu lassen, sahen von Anfang an mein Pimmelchen. Je praller der Leib meiner Mutter wurde, desto deutlicher hob er sich vom Grund der Tasse ab. Schade, dass er unterwegs verloren ging. Aber immerhin lebte meine Großmutter neun Monate lang in einem Zustand der Dankbarkeit, Mama kümmerte sich um ihren Leib und sie sich um den Kaffeesatz. Sie waren fast ebenbürtig, sie beide. Von Papa dagegen keine Spur. Er arbeitete immer noch in dem Dorf und ließ sich nur an den Wochenenden blicken. Die Versetzung war auch nach der Hochzeit nicht erfolgt, und so blieb Mama, unter dem Vorwand der großen Familie, in der Stadt: zwei alte Leute, die sie versorgen musste, und eine von Papas Schwestern, die noch nicht unter der Haube war.

Am Tag meiner Geburt erklärte Großvater Omer, dass es allein Großmutter Sabas Schuld sei, wenn diese Familie weiterhin wie die Karnickel ein Mädchen nach dem anderen in die Welt setzte. Danach ging er zu seinen Freunden in die Kneipe.

»Eine *Kurva* mehr für das arme Vlora«, resümierte er verbittert vor einem Glas Grappa. Er machte sich Sorgen um die Zahl der *Kurve* in Vlora, zu deren Erhöhung er indirekt beigetragen hatte.

Mein Großvater mütterlicherseits seufzte erleichtert, als er sah, dass ich weder blaue Augen noch blondes Haar hatte.

»Sie ist normal, so wie wir!«

Großmutter Saba war am Anfang etwas verärgert. »Dunkles Haar wie die Mutter«, sagte sie, »aber die helle Haut hat sie von mir.« Jetzt, als erwachsene Frau, habe ich auch ihren schmalen Körperbau und ihre vorspringenden Wangenknochen. Aber zu ihren Zeiten war Großmutter Sabas Magerkeit nicht allzu gefragt.

Meine Mutter sparte sich bei meiner Geburt jeden Kommentar, sie liebte mich und sonst nichts. Obwohl sie von Anfang an wusste, dass sie mich nie ganz für sich allein haben würde. Ich sollte zwei Mütter haben: sie und Großmutter Saba. Das Einzige, was meine Mutter ganz für sich beanspruchte, war die Wahl des Namens. Papa war es ziemlich gleichgültig. Großvater Omer hatte, wie Großmutter Saba erzählte, zu den Mädchennamen immer ein schwieriges Verhältnis gehabt. Ich durfte mich also nennen, wie ich wollte, oder besser gesagt, wie meine Mutter wollte, die mir den Namen Dora gab – Dora, wie ihre Lieblingsfigur aus *David Copperfield.*

»Die Ärmste«, kommentierte Großmutter Saba, »durch die vielen Bücher, die sie ständig liest, ist ihr Hirn zu *Dhallë* geworden!«

Mama war überglücklich, dass sie ein Mädchen bekommen hatte. Unter den Frauen meines Landes gibt es folgenden pruch: »Wenn Gott es gut mit dir meint, schenkt er dir ein Mädchen.« Aber eins genügt. Zum Glück kamen nach mir noch zwei Brüder. Das Gewehr am Haken war einer der Albträume der Familie.

Als Kind war ich sehr glücklich, aber dann hörte ich auf es zu sein. Einfach so, schlagartig, so wie die Raucher von einem Tag auf den anderen aufhören. Aber nicht wie die, die danach wieder anfangen, ich habe nicht wieder angefangen. Nur ein einziges Mal, ganz am Anfang.

Als ich vier Jahre alt war, machte ich den ersten Versuch. Ich schaffte es nicht, alles in allem war das Dickerchen von meinem Bruder keine ernsthafte Bedrohung. Ich schlief noch neben meiner Mutter, sie nahm mich überallhin mit, die schönsten Kleider, die schönsten Spiele waren für mich. Ich ließ ein Kissen auf dem Gesicht meines Bruders liegen, der in der Wiege schlief, aber Mama kam noch rechtzeitig, um es aufzuheben. Anstatt mich auszuschimpfen, ging sie mit mir spazieren und kaufte mir lauter Lollis, diese roten Lollis, die aussehen wie kleine Hähne.

Zwei Jahre später nahm ich einmal meinen Bruder zum Spielen mit auf den Hof von Großmutters Landhaus und setzte ihn auf die Schaukel. Die Schaukel war ein grobes Hanfseil, das in den Zweigen eines mächtigen Nussbaums hing. Dasselbe, an dem Großmutter einst den Esel hinter sich hergezogen hatte, bevor sie ihn der Landwirtschaftsgenossenschaft überließ. An diesem groben Seil hatte Großmutter ein kleines Kissen befestigt, so war es eine Schaukel geworden. Ich hob meinen Bruder hinauf und war, ganz ehrlich, sehr vorsichtig und besorgt. Schließlich war er noch sehr klein. Um ihm ein bisschen Prickeln zu bereiten, gab ich dem Seil irgendwann einen stärkeren Schubs, so stark, dass mein Bruder gegen den Stamm des alten Nussbaums prallte. Er hat noch immer die Narbe auf der Stirn, die ihm dieser Flug bescherte.

Zu diesem Zeitpunkt war ich noch glücklich, Mama teilte sich zwischen mir und meinem Bruder auf, mein Vater war fast nie da. Er kam jeden Samstag, aber alles in allem störte er kaum, nur mich, die ich meinen Platz im Ehebett räumen und in Großmutters Zimmer gehen musste. Auf die Dauer wirst du solche Dinge leid. Jeden Samstag kommt einer, und du überlässt ihm den Platz neben der Mutter.

Im Sommer meines siebten Lebensjahrs, als ich darauf wartete in die Schule zu kommen, erhielt mein Vater endlich die Versetzung. Er kehrte in unsere Nähe zurück. Es begann für alle ein neues Leben.

Drei

Wir feierten das Abc-Fest, es muss gegen Ende Januar gewesen sein. Ich stand zum ersten Mal auf der Bühne. Ich war der Buchstabe M, M wie Mama. Mein Kostüm, natürlich in Form eines Ms, hatte Großmutter Saba genäht: überall weiße Spitzenborte und rosarote Schleifen. Ich kam mir vor wie Prinzessin M, ja, ich wünschte mir, dass es eine Prinzessin mit diesem Namen geben möge. Oder eine Königin, warum nicht? In den Märchen, die mir gefielen, gab es viele Königinnen, aber sie waren alle Stiefmütter. Die Mutter starb immer gleich zu Beginn. Irgendwo auf der Welt musste es eine Königin geben, die gleichzeitig Mutter war, die nicht starb und die es würdig war, mein Kleid zu tragen.

Unter Beifall und Musik betraten wir die Bühne. Ich wiederholte im Kopf ständig mein Gedicht. Es war der Mutter gewidmet, der Mutter Partei.

Beim Anblick des Saals verspürte ich Angst. Ich hoffte, meine Familie nicht zu enttäuschen.

Mein Einsatz kam, aber ich bewegte mich nicht von der Stelle. Die Kameradinnen hinter mir stießen mich vor. Ein Gefühl der Leere im Magen ließ mich begreifen, dass ich nicht für die Bühne geboren war.

Der Anfang gelang gut, die Verse glitten mir über die Lippen wie die Honigpastillen, die Mama mir in den Mund steckte, wenn ich Halsweh hatte. Da ich mich allmählich sicherer fühlte, hob ich den Kopf, um mich umzusehen. Um sie, meine Mama Klementina zu suchen. Papa saß in der ersten Reihe. Neben ihm, aufrecht und stolz wie immer, Großmutter Saba. Ich spürte ihren durchdringenden Blick auf der Spitzenborte meines Buchstabenkostüms. Die dritte Reihe war von meinen Tanten in Beschlag genommen worden. Vielleicht hatte Mama sich verspätet. Vielleicht stand sie hinten im Saal. Ich suchte vergeblich nach ihrem rabenschwarzen Haar.

Den Rest des Gedichts konnte ich nicht mehr aufsagen. Er war mir entflohen wie die Vögel, die vom Baum auffliegen, wenn die Kinder mit der Zwille nach ihnen schießen. Die Worte flatterten durcheinander, verfingen sich, verletzten Vögeln gleich, und fanden ihren Weg nicht mehr.

Die Lehrerin half mir mit dem typischen Lächeln, das man Kindern entgegenbringt, die ihre Rolle vergessen haben. Ich kehrte auf meinen Platz zurück. Mein Vater sah mich nicht mehr an. Aber die blauen Augen neben ihm spürte ich noch immer auf mich gerichtet, als wollten mir diese Augen versichern, dass sie mir immer verzeihen würden.

Nach der Aufführung schlossen alle meinen kleinen Körper in die Arme. Die Großmutter, die Tanten. Dann sah ich sie kommen. Sie rannte, keuchte, das schwarze Haar war in Unordnung geraten. Ihre Schritte wurden von einem gleichmäßigen metallischen Klappern begleitet, aber sie achtete nicht darauf. Es kam aus der großen Tasche, die sie hinter sich herschleifte. Das Geräusch aneinanderschlagender Kochtöpfe.

»Wieso kommst du so spät?«, fragte Papa.

»Die Krankenschwester hat mich nicht reingelassen«, erwiderte sie, ohne ihn anzusehen.

»Wie ist es gelaufen, mein Schatz?«, wandte sie sich mit ihrem verlorenen Lächeln an mich.

Ich wollte nicht antworten. Ich wollte mich nur an ihre Brust schmiegen, den herben Geruch ihres schweißüberströmten Busens in mich aufnehmen.

Ich wusste, wo sie gewesen war. Ich hatte das Gespräch zwischen ihr und Papa belauscht, als ich mich für die Aufführung bereit machte.

An jenem Nachmittag, einige Tage vor Großvater Omers Tod, hatte ich Papa zu Mama sagen hören:

»Was? Du willst eine alte Frau allein ins Krankenhaus schicken? Am Tag der Aufführung ihrer Lieblingsenkelin? Wenn du es machst, geht's schneller, oder? Du bringst meinem Vater das Abendessen und kannst dir danach die Aufführung des Mädchens anschauen. Am besten, du gehst etwas eher los und bittest die Krankenschwester, dich reinzulassen, du kannst ihr ja ein Trinkgeld geben, es ist nichts dabei …«

»Kannst du nicht gehen? Oder jemand anderes …«, wagte meine Mutter einzuwenden.

»Ich?!« Nach dieser Antwort war Mama in die Küche gegangen, um die Töpfe mit Großvaters Abendessen bereitzustellen. Er bekam alle Mahlzeiten von zu Hause gebracht, für die Familie wäre es eine Schande gewesen, Großvater das Krankenhausessen zuzumuten. Er hatte schließlich nicht sechs Kinder in die Welt gesetzt, um sich am Ende von diesen dünnen Brühen zu ernähren. Sechs Kinder, aber die Einzige, die zweimal am Tag unter dem schrägen Geklimper der Töpfe die Stadt durchquerte, war meine Mutter. Abgesehen von den Sonntagen, an denen alle Tanten gemeinsam mit fünf verschiedenen Topfsets voller Leckereien zu ihm gingen.

Großvater Omer lag seit Wochen im Krankenhaus. Noch wenige Tage, und er würde entlassen werden, auf einer Bahre, in seinem besten Anzug, dem seiner beiden Hochzeiten. Der Raki hatte ihm geholfen, seine Figur über ein halbes Jahrhundert lang zu bewahren.

Am Abend der Aufführung konnte ich nichts essen. Ich hatte einen merkwürdigen Knoten im Hals, der weder runter- noch herausrutschen wollte. Es war die Traurigkeit, die wahre Traurigkeit. Kein noch so geglückter Tag hat es vermocht, mir dieses drückende Gefühl zu nehmen.

Dieselbe Traurigkeit wie auf dem Foto, das Papa ein Jahr zuvor geschossen hatte. Wir waren auf dem Fest in Kaltra, dem Befreiungsfest, zu dem alle als Partisanen verkleidet kamen. Ich stand zwischen Großmutter Saba und meiner Mutter.

»Kommt her, ich mach ein Foto von euch«, ruft mein Vater.

Wir stellen uns in Pose. Großmutter, ich in der Mitte, dann Mama.

»Nein«, beschwert sich Papa, »ich habe gesagt, sie mit dem Mädchen. Was hast du damit zu tun? Ich will ein Erinnerungsfoto für die beiden, sie ist schon alt. Diesmal ist sie noch dabei, aber wer weiß …«

Mama entfernt sich. Aber sie ist nicht schnell genug. Man hört das Klicken des Auslösers, und schon ist das Foto geschossen. Großmutter Saba, die ihren dünnen Arm um meine Schultern legt. Ich, die ganz woanders hinschaut. Ich sehe ihr hinterher, wie sie sich schweigend entfernt. Sie ist mit drauf. Ein Fuß, ein Arm und das rabenschwarze Haar, das über ein Auge fällt. Das Bild meiner Kindheit: Großmutter Saba, die mich umarmt, und meine Mutter, nur halb zu sehen.

Vier

Papa wurde zwar nach Vlora versetzt, aber nicht ans Gymnasium oder an eine andere Schule, wie alle geglaubt hatten, wo er doch eigentlich Lehrer war.

Papas neuer Arbeitsplatz befand sich in der Militärbasis von Pashaliman. Diese Geheimbasis mit ihrem so türkischen Namen war für uns alle ein Grund zum Stolz. Ich bin mit der Vorstellung aufgewachsen, dass der Wunsch, diese Basis zu bezwingen, allen Machthabern der Erde den Schlaf raubte. Denn, so sagte man uns, dieser Ort verband die Welten. Und wir Glücklichen lagen genau zwischen zwei Welten: dem Westen und dem Osten. Wir hatten uns jedoch aus freien Stücken für den Osten entschieden und jede Verbindung mit dem Westen abgeschnitten. Allerdings konnten sie uns jeden Moment angreifen. Wir mussten diese Basis also um jeden Preis verteidigen, damit die Welt nicht in die Hände der Kapitalisten und Imperialisten geriet.

Mein Vater konnte kein U-Boot steuern, er war immer Lehrer gewesen. Vielleicht, überlegte ich, musste er das Meer bewachen. Ich stellte ihn mir nachts mitten im Meer, in schwarzer Regenkleidung auf einem Wachboot vor. Plötzlich taucht ein feindliches Militärschiff auf. Sie fordern ihn auf, sich zu ergeben, das Land sei ohnehin verloren. Er willigt ein, steigt auf ihr Schiff und lässt sich dann in die Luft sprengen. Den Sprengstoff hatte er unter seinem Regenmantel versteckt. Alles steht in Flammen, die Feinde sterben. Papa wird ein Nationalheld, und ich, Mama und meine Geschwister weinen im Fernsehen. Das ganze Land weint für uns.

Aber Papa konnte nichts derart Heldenhaftes vollbringen. Seine Aufgabe bestand lediglich darin, die Massen zu erziehen und zu belehren. Er musste zu den Seeleuten, Arbeitern, Wachtposten und all denen sprechen, die sich in der Basis befanden, er musste jeden Morgen einen Lagebericht und eine Presseschau liefern (was nicht weiter schwer war, da es damals nur eine einzige Tageszeitung – »Die Stimme des Volkes« – gab) und die politischen Ereignisse kommentieren, wobei er täglich wiederholte, dass ihre Kollegen in der Welt Hunger litten, aus Verzweiflung dem Alkohol verfielen und früher oder später in irgendeinem Hafen starben. Er hatte sein Auskommen gefunden, aber auch der Militärbasis hätte nichts Besseres passieren können.

Zu jener Zeit waren die Brüder aus China bereits abgezogen. Die Basis, die zunächst von den Russen und dann von den Chinesen kontrolliert war, gehörte nun uns allein.

Ich erinnere mich, dass Papa nach einigen Monaten immer mit einer prall gefüllten Ledertasche nach Hause kam. Dann tauchte plötzlich im Schlafzimmer meiner Eltern ein hohes, fast bis an die Decke reichendes Metallgerüst auf. Nach und nach füllte sich dieses kahle Metallgerüst mit Büchern. Nicht, dass wir noch keine Bücher gehabt hätten, meine Eltern waren beide Lehrer, aber die neuen Bücher waren anders. Auf jeden Fall glichen sie nicht den Werken von Enver Hoxha, die hatten wir alle: Mit ihrem glänzend roten Einband zierten sie die Bibliothek im Wohnzimmer. Einige Zeit später brachte ich Papas pralle Tasche mit dem Metallgerüst im Schlafzimmer in Verbindung. Von wegen Held, mein Vater war ein Dieb!

Die Wahrheit ist, dass eines schönen Tages ein Inspektor vom Zentralkomitee der Partei in der Militärbasis erschien. Nachdem er mit Papa gesprochen und sich vergewissert hatte, dass die Massen bei ihm in guten Händen waren, beschloss er, auch einen Blick auf das Arbeitsmaterial zu werfen. Zuerst besichtigte er den Vorführraum und sah sich alle Filme an, die zur Erziehung der Massen gezeigt wurden. Dann führte Papa ihn in die Bibliothek. Als der Inspektor die riesigen Regale begutachtete, erblasste er.

»Genosse Luan«, sagte er, »seit wann dienst du hier dem Vaterland?«

»Seit ein paar Monaten, genauer gesagt seit dreien, verehrter Genosse Kujtim«, erwiderte Papa.

»Und dir ist bisher nichts aufgefallen?«, begann der Inspektor erneut.

»Schon«, gab Papa zur Antwort, »eine ganze Menge.« Er versuchte Zeit zu gewinnen und überlegte, worauf der andere hinauswollte. »Mir ist aufgefallen, mit welcher Begeisterung die Massen nach vorne schauen und den Imperialisten sowie den Verrätern des Sozialismus zeigen wollen, dass wir …«

»Genosse Luan«, unterbrach ihn der Inspektor, »sieh dir das an.«

Papa sah hin, ohne zunächst irgendetwas zu erkennen. Nachdem er jedoch die Buchtitel gelesen hatte, erblasste auch er. Er begriff, dass die Dinge nicht allzu gut für ihn standen. Aber während Genosse Kujtim ihm erklärte, dass dieser Mangel an Wachsamkeit die Massen teuer zu stehen kommen könnte, da der Feind immer dort zuschlägt, wo du es am wenigsten erwartest, versuchte Papa ausnahmsweise einmal, sein Hirn zu gebrauchen.

»Genosse Kujtim, weißt du, wer vor mir diesen Posten hatte?«, fragte er. »Genosse Besim, der jetzt Parteisekretär im Kreis Berat ist.«

»Stimmt. Ich kenne ihn, er ist der Schwager von Genosse Rimiz, Sekretär des Zentralkomitees der Partei. Vertrauenswürdig.«

»So ist's«, antwortete mein Vater. »Als ich vor drei Monaten hierherkam, habe ich sofort eine Bestandsaufnahme gemacht, um zu überprüfen, mit was man den Geist der Massen speiste. Diese Titel haben mir anfangs den Schlaf geraubt. Ich glaubte, es sei das Werk des Feindes, der niemals ruht und allgegenwärtig ist. Aber dann habe ich nachgerechnet. Genosse Kujtim, weißt du, in welchem Jahr wir uns befinden? Im Jahr 1978, diese Bücher wurden jedoch bereits 1974 verboten, nachdem man auf dem Plenum einige Minister des Verrats überführt hatte. Ich habe lange nachgedacht, aber dann habe ich mir gesagt: Luan, sei nicht so dumm zu glauben, Besim, einer der besten Parteikader, habe vier Jahre lang nicht bemerkt, dass hier etwas faul ist. Vier lange Jahre, verstehst du? Ich habe begriffen, dass ihm nichts davon entgangen ist. Nein, er hatte eine geniale Idee: Er wollte die Massen mit dem Feind bekannt machen. Durch diese Bücher können die Menschen lernen, welches Leben die weniger begünstigten Seeleute führen, die überall in den Häfen der Welt verstreut leben …«

Vielleicht dachte Genosse Kujtim, dass es ihm nicht zustand, sich einem von der Parteispitze zu widersetzen. Zu Papa sagte er mit trockner Stimme, dass dieses Zeug innerhalb der nächsten Tage verschwinden oder vielmehr verbrannt werden müsse, und zwar unbemerkt.

Armer Papa, schließlich konnte er nicht einfach einen Scheiterhaufen in der Militärbasis errichten. Die Massen sollten nicht denken, es gäbe irgendeine Form von Zensur. Er musste einen Weg finden, die Bücher außerhalb zu verbrennen. So hatte er einen Schweißer kommen lassen, der innerhalb weniger Tage im Schlafzimmer ein bis zur Decke reichendes, grauenhaftes Metallmonstrum aufbaute. Die für das Feuer bestimmten Werke befanden sich im oberen Teil, um an sie ranzukommen, musste man auf eine Leiter steigen, die ebenfalls aus Metall war.

Ich habe in jenen Jahren alles gelesen. Je energischer meine Eltern mir ein Buch verboten, desto stärker war für mich der Reiz, es heimlich zu lesen. Ich erinnere mich noch gut an zwei Bücher, die zu dick und zu sperrig waren, um sie zu verstecken. Ich verstand nicht, warum sie verboten waren. Es handelte sich bloß um Geschichten. Eines war *Tess von den d'Urbervilles* von Thomas Hardy und das andere *Das Genie* von Theodore Dreiser, der auch *Eine amerikanische Tragödie* geschrieben hatte. Ich weiß, dass Letzteres bei seinem Erscheinen auch in Amerika für Aufsehen sorgte, aber aus ganz anderen Gründen als bei uns. Es handelte sich um eine wahre Begebenheit, die in den Vereinigten Staaten Kontroversen ausgelöst hatte, aber das konnten wir damals nicht wissen. Wenn der Punkt das unmoralische Betragen der Figuren war, überlegte ich, warum wurde dann ein armes Bauernmädchen wie Tess verboten, währen Emma Bovary ungehindert die Runde machen konnte? Ganz zu schweigen von Balzacs Kurtisanen. Warum sie nicht verboten wurden, blieb Regierungsgeheimnis.

Nach dem Ende der vierten Volksschulklasse rief Papa mich zu sich, um das Programm für die Sommerferien festzulegen.

»Komm her, Dora. Jetzt ist Schluss mit den albernen Spielen«, sagte er. »Wir wollen über deine kulturelle Bildung sprechen. Montags, mittwochs, freitags: Lektüre. Das ist dein neues Tagebuch. Jedes Buch, das du gelesen hast, wirst du auf diesen Seiten festhalten: Thema, Grundgedanken, Handlung, Erzählperspektive, Botschaft des Autors. Ah, ich habe die Figuren vergessen. Du musst sie analysieren, jede einzelne. Nicht dass du glaubst, du bräuchtest dich nur um die Hauptfiguren zu kümmern.«

Der ist vollkommen verrückt, dachte ich.

»Dienstags und samstags: zwanzig Partien Schach pro Tag«, fuhr Papa fort, »so aktivierst du deine grauen Zellen.«

Hatte ich etwa vor, Wissenschaftlerin zu werden? Ich fand nicht den Mut, ihm zu widersprechen. Er reichte mir die Bücherliste: *Don Quijote, Krieg und Frieden, Vater Goriot, Rot und Schwarz, Die Elenden, Der Idiot, Der brave Soldat Schwejk…*

Meine Freundinnen durften die ganzen Ferien über in aller Seelenruhe spielen, für mich begann dagegen die Sommerschule.

Die Schachpartien waren das Schlimmste. Während ich mich in die Bücher hoffnungslos verliebte, eine Liebe, die immer noch anhält, war Schach ein Albtraum für mich. Papa hatte es schon zweimal zum Landesmeister gebracht. Solange ich noch seine Schülerin war, fand ich den Unterricht ganz amüsant, aber dann wurde ich »Spielerin«, Papas Gegnerin.

»Wie kann man nur so dämlich sein, hast du keine Augen im Kopf? Das Pferd, mit diesem Zug verlierst du das Pferd. Der Turm, der Turm, siehst du nicht, dass die Dame nicht gedeckt ist?«

Ich verlor vollkommen den Überblick, das Pferd galoppierte, die Dame würdigte mich keines Blickes.

»Dummes Huhn, so bist du gleich schachmatt«, fuhr er fort. »Erst nachdenken, dann ziehen, streng dein Hirn an, was machst du denn da, oh nein …«

Mit jedem seiner Sätze bewegte sich meine Hand verzagter.

Fünf

Die Erziehung der Massen durch meinen Vater dauerte leider nicht lange. Anfangs schien alles gut zu laufen, aber das täuschte. Sollte er sich etwa für immer in eine Militärbasis zurückziehen, um den Seeleuten aus der Zeitung vorzulesen? Er hatte offenbar andere Pläne, von denen niemand in der Familie so genau wusste.

»Was heißt hier Pläne«, schrie Großmutter Saba, »ich kenne seine Pläne. Dieser Kerl ist durch alle Lehrerbildungsanstalten des Landes gezogen, vom Norden bis zum Süden, er kann froh sein, dass er sein Diplom bekommen hat. Mit der Universität war's genau das Gleiche, aber darüber will ich gar nicht erst reden ...«

Papa war wirklich durch alle Schulen des Landes gezogen, erst als Schüler, dann als Lehrer und Erzieher.

Aus der Lehrerbildungsanstalt von Vlora hatte man ihn hinausgeworfen, weil der Leiter des Alumnats ihn beim nächtlichen Pokerspielen erwischt hatte. Es wurde nur er hinausgeworfen, auch wenn zum Pokern bekanntermaßen mehr als einer gehört. Während jedoch die anderen Jungen jammerten und reuevoll um Verzeihung baten, sah Papa, der daneben stand, dem Alumnatsleiter in die Augen und sagte:

»Du hättest lieber zu Hause bleiben und deinen Bohneneintopf verdauen sollen, alter Kindskopf, anstatt uns heute Nacht hier auf die Eier zu gehen.«

Rauswurf, und zwar sofort. Großmutter Saba hatte alle Ämter abgeklappert und immer wieder ihre vorbildliche Biografie hervorgekramt, aber der alte Kindskopf mit dem Bohneneintopf wollte nicht nachgeben. Raus und Schluss.

Danach fand Papa einen Platz in Elbasan, aber aus irgendeinem Grund lief auch dort etwas schief. So war er schließlich in der Lehrerbildungsanstalt von Shkodra in Nordalbanien gelandet, um von dort aus, diesmal in umgekehrter Richtung, erneut die Runde zu drehen.

Ganz zu schweigen von den Jahren, die er zu unser aller Freude, fernab von der Familie verbrachte.

Nun war er wieder in seinen Wahn verfallen. Er hatte erfahren, dass an einem der Gymnasien von Vlora eine Stelle als Schulleiter frei werden würde. Der Posten war wie für ihn geschaffen. Aber wie sollte er an ihn rankommen? Es gab keine öffentliche Ausschreibung, man konnte sich nicht offiziell bewerben. Wenn es um leitende Stellungen ging, gab es viele Interessenten. Aber die Partei hatte klare Vorstellungen davon, wer ein Gymnasium leiten durfte.

Papa versuchte es zunächst auf dem Weg der ärztlichen Atteste: seltene, unbekannte Krankheiten. Er ließ sie sich von einem Cousin ausstellen, der Arzt war. Aber die Sache gestaltete sich nicht so einfach, denn der Cousin war Leiter des Krankenhauses Nummer Siebzehn (ein Name, ein Programm), der Irrenanstalt, und auf den Bescheinigungen prangte dick und fett das Logo der Klinik. Ein Irrer wollte Gymnasialleiter werden?

Papa griff also auf Plan B zurück: die jammernde Mutter auf den Fluren des Zentralkomitees der Partei. Schwester von Nationalhelden sucht Posten als Schulleiter für ihren einzigen Sohn. Aber weshalb sollte er näher zu Hause arbeiten, fragte man sie, wo er doch jeden Nachmittag um vier von der Militärbasis zurückkam? Wenn mir was passiert, antwortete Großmutter Saba, kann er aus dem Gymnasium zu Fuß innerhalb von fünf Minuten bei mir sein, in der Militärbasis muss er dagegen auf den Wagen warten, der ihn um vier zurückfährt. Großmutter Saba wusste selbst nur zu genau, wie schwach dieses Argument war, und sie schämte sich dafür, aber was tut man nicht alles für seine Kinder.

»Falls Ihnen etwas passiert, verspreche ich Ihnen, dass ich eigenhändig den Wagen des Parteikomitees schicken werde, um Ihren Sohn abholen zu lassen. Wie lange wird das dauern, Genossin Saba? Nicht mehr als fünf Minuten, wir leben schließlich nicht in einer Riesenmetropole wie Tokio«, antwortete der Parteisekretär.

»Was für ein Schwachkopf«, schimpfte Papa am Abend, als Großmutter von den Worten des Parteisekretärs berichtete. »Ich wette, der weiß nicht mal, wo Tokio liegt.«

»Warum gehst du nicht einfach arbeiten und lässt es gut sein?«, fragte Großmutter. »Bist du diese ganzen Strategien nicht langsam leid? Ich weiß, was du jetzt tun würdest, wenn's die Partei und die Regierung nicht gäbe: Erde würdest du umgraben, und vielleicht wärst du damit sogar glücklicher. Die Regierung ist viel zu gut, viel zu gut, ihr habt sie nicht mehr kennengelernt, die Herren …«

»Besser so«, erwiderte Papa, »mein Vater, der sie kannte, trank den ganzen Tag lang Raki.«

»Lass deinen Vater aus dem Spiel, er möge in Frieden ruhen. Aber du hast recht, er ist mit Schuld daran, dass du dich so verhältst. Nie ein vorwurfsvolles Wort, nie ein Klaps oder eine Ohrfeige. Das hätte dir ab und zu ganz gutgetan.«

Plan C, der Notplan: meine Mutter. Sie sollte zur Frau des Parteisekretärs gehen, in verzweifeltes Schluchzen ausbrechen und sie um Hilfe bitten, Papa eine Stelle direkt um die Ecke zu beschaffen.

Papa war an diesem Tag nervös, und als er Mama in ihrem beigefarbenen taillierten Kostüm sah, das rabenschwarze Haar frisch gewaschen, platzte er los:

»Nein, nein, nein. So läuft doch niemand rum, der ernsthafte Familienprobleme hat. Du siehst nicht aus wie die leidende, bekümmerte Ehefrau, die voller Sorge zu Hause wartet. Du musst ein altes, farbloses Kleid anziehen, am besten ein bisschen abgetragen, damit man sieht, dass du derart zerstreut und unglücklich bist, dass du nicht mal Zeit und Lust hast, dich um dein Äußeres zu kümmern.«

Mama ging zurück ins Schlafzimmer, um sich umzuziehen.

»Meine arme Schwiegertochter«, sagte Großmutter Saba, »ich werde nicht mehr lange mit ihm zu schaffen haben, aber du hast gerade erst angefangen.«

Auch Plan C ging schief. Papa begleitete Mama bis zum Haus des Parteisekretärs, dann ging er in die Kneipe gegenüber, um auf sie zu warten.

Als sie zurückkam, berichtete Mama, dass die Frau des Parteisekretärs sehr freundlich gewesen sei, aber dass sie nichts machen könne. Sie mischte sich nicht in die Arbeit ihres Mannes ein, und er ließ sich nichts von ihr vorschreiben. Dafür gab es die Partei.

Ein paar Tage später saßen Großmutter Saba und Mama beim üblichen Nachmittagskaffee zusammen.

»Hat dir die Frau des Parteisekretärs wenigstens einen anständigen Kaffee gemacht, wie es sich gehört?«, fragte Großmutter in scherzhaftem Ton.

»Ja«, antwortete Mama, »natürlich. Sie hat ihn mir im Treppenhaus serviert, wo ich mich versteckt habe, bis diese verdammten zwanzig Minuten um waren.«

Die beiden brachen in schallendes Gelächter aus, dann meinte Großmutter:

»Sehr schön, das hast du gut gemacht, ich hatte dich wirklich unterschätzt.«

Papa bekam die Stelle unverhofft drei Monate später: Die Person, die man zunächst dafür auserkoren hatte, wurde auf dringliches Ersuchen in eine entlegene Schule in den Bergen versetzt …

Dieses Mal musste Papa keinen Finger krumm machen: Alle bis auf die Frau des Parteisekretärs erinnerten sich an ihn.

Sechs

Religion war kein Thema, über das bei uns zu Hause oft gesprochen wurde. Abgesehen von Mamas berüchtigten, gegen Kirchen und Moscheen gerichteten Hieben mit der Spitzhacke.

»Was kann ich dazu?«, fragte sie. »Es war schließlich nicht meine Entscheidung.«

»Schon«, erwiderte Großmutter Saba, um sie zu reizen, »aber du warst dabei. Gott hat zugesehen, als du sein Haus zerstört hast.«

»Welchen Gott meinst du überhaupt, den der Kirchen oder den der Moscheen?«

Großmutter Saba ließ sich nicht aus der Ruhe bringen:

»Wer auch immer der wahre Gott ist, du kommst nicht davon, denn du hast all seine Häuser entweiht.«

Bei diesen Wortgefechten bereitete mir einzig und allein der Gedanke an mein eigenes Schicksal Sorge. Rächte sich Gott auch an den Verwandten der Zerstörer?

»Großmutter«, fragte ich, »sind wir wie die Türken oder wie die Griechen, sind wir muslimisch oder christlich?

Großmutter Saba wusste keine Antwort darauf, und in diesem Fall hatte ihre Ratlosigkeit nichts mit Enver Hoxha zu tun. Dieser hatte vorsorglich beide Religionen abgeschafft, aber die religiöse Identität seines Volkes war bereits vorher umstritten gewesen. Als Heiden wurden wir zum Christentum bekehrt und brachten irgendwann sogar einen eigenen Papst hervor: Clemens XI. Danach kamen Sunniten und Bektaschi an die Reihe. Das erschien niemandem problematisch, die Religion ließ sich zu jedem beliebigen Zeitpunkt wechseln, dabei spielten ganz verschiedene Dinge eine Rolle. Das war der Glaube meines Landes vor der Diktatur.

»Großmutter, sind wir nicht wie die Türken, wo wir einen echt muslimischen Familiennamen haben?«

»Vielleicht«, antwortete sie.

Aber nach kurzem Nachdenken sagte sie:

»Halb ja, halb nein.«

»Großmutter, man kann nicht halb Moslem und halb Christ sein, Glaube ist Glaube, entweder du hast ihn, oder du hast ihn nicht.«

»Ich habe meinen Glauben, aber ich glaube an alle, deshalb bin ich ein bisschen wie die Türken und ein bisschen wie die Griechen.«

Großmutter schien verrückt zu sein, aber es war nicht ihre Schuld.

Unser Familienname lautet Islami.

Es heißt, dass im Dorf meines Großvaters noch heute ein anderer Name existiert, der unsere gesamte Sippe bezeichnet. Ein Name, der nirgendwo steht, von dem aber alle wissen, zu welcher Familie er gehört. Zwischen dem 18. und dem 19. Jahrhundert hatte ein Vorfahre meines Großvaters, um die Steuern an die osmanische Regierung zu umgehen, den Namen gewechselt und sich Islami genannt. Eines Tages, so wird erzählt, kamen die osmanischen Steuereintreiber, und alle Männer aus dem Dorf versammelten sich auf dem großen Platz. Unter ihnen auch der Großvater meines Urgroßvaters. Die Steuereintreiber holten ihre Listen hervor und riefen einen nach dem anderen auf. Als die Reihe an meinen Vorfahren kam, senkte sich Schweigen über den Platz.

» Efendi Islami, ist er da, oder ist er nicht da?«, schrie der Türke. »Er braucht nämlich keine Steuern zu zahlen.«

Die Männer sahen sich um. Dieser Islami musste neu sein im Dorf. Aber auch bei genauerer Betrachtung war nirgends ein neues Gesicht zu entdecken.

Mein Vorfahr kommentierte belustigt:

»Dieser Herr Islami meldet sich nicht, weil er Angst hat, dass er allen einen ausgeben muss, wo er schon keine Steuern zahlt.«

Mein armer Vorfahr, er hatte wirklich vergessen, dass er selbst Mehmet Islami war.

Man hatte ihm geraten, in die Stadt zu gehen und bei der türkischen Meldestelle seinen Namen ändern zu lassen, so bräuchte er weder Steuern zu zahlen, noch würden seine Söhne im Krieg für das osmanische Reich fallen. Für ihn würde sich damit nichts ändern. Im Dorf kannten ihn alle. Es handelte sich bloß um einen harmlosen Trick, um die Türken an der Nase herumzuführen. Schade, dass dieser Name, an den er sich nicht mehr erinnerte, von einer Generation an die nächste weitergegeben und zum einzig gültigen Familiennamen wurde.

Großmutter nahm mich immer mit in die Gotteshäuser. Eins nannte sie »St. Athanas«, das andere »St. Gjergji«. Wir zündeten Kerzen an, dann forderte sie mich auf, die Augen zu schließen und für die Gesundheit zu beten, für meine eigene und die der gesamten Familie.

»Mein Gott, das Einzige, worum ich dich bitte, ist die richtige Anzahl«, beendete sie ihre Andacht.

Mit der »richtigen Anzahl«, bezog sie sich auf die Zahl der Familienmitglieder. Sie bat mit anderen Worten darum, dass niemand starb.

Andere Male gingen wir zum Grab einer gewissen Derwischin Hatixhe. Wir zündeten Öllämpchen vor ihrem Foto an. Daneben legten wir Zucker, Kaffee und eine Flasche Raki. Und auch ein bisschen Geld, das die Derwische für die Armen verwenden sollten. Ich habe mir immer vorgestellt, dass sie sich, sobald wir gegangen waren, erheben würde, um sich unsere Geschenke zu nehmen. Und dass sie sich auf der Flamme des Öllämpchens, das wir brennen ließen, einen Kaffee kochte.

Am 23. August feierten wir gleich zwei Feste auf einmal. Das Marienfest und das Fest der Diana, der Göttin der Jagd. Niemand wusste, was die beiden miteinander zu tun hatten. Vielleicht feierte man sie zusammen, weil beide Frauen waren?

Aber das schönste Fest war Ostern. Großmutter Saba sammelte wochenlang Eier, legte sie beiseite und trat am Ostertag mit einem Korb voller roter und goldener Eier hinaus. Sie verschenkte sie an alle Nachbarn. Wenn du sie fragtest, was sie da feiert, wusste sie es selbst nicht so genau. Papa sagte ihr, dass sie mit den Festen der Christen nichts zu schaffen habe.

»Feste sind für alle da«, entgegnete sie, »vor allem für die Kinder. Und außerdem«, fuhr sie fort, »findest du es richtig, die Feste unserer Nachbarn, der Griechen, zu übergehen? Welchen Eindruck würde das machen …«

Die Moslems feierten dagegen Kurban Bajram, das Opferfest. Meistens wurde ein Lamm geschlachtet, aber weshalb, das konnte Großmutter nicht erklären. Letztlich handelte es sich um einen symbolischen Akt. Deshalb begab sich Großmutter Saba schon lange im Voraus auf die Suche nach einem besonders zarten Lamm, das dann für alle, ob Muslime oder nicht, über der Glut gegart wurde.

Um mich davon zu überzeugen, dass Moslems und Christen, Griechen oder Türken, letztlich dasselbe waren, erzählte mir Großmutter Saba die Geschichte eines der Brüder von Großvater Omer. Ihrer Meinung nach passten Pfarrer und Imame gut zusammen, sie waren nichts weiter als Kollegen, die sich oft sogar ihre Arbeit teilten.

Der besagte Bruder von Großvater Omer hatte in den 20er Jahren das Dorf verlassen und war an die Küste gezogen. Zunächst nur, um die eigene Haut zu retten: Er war mit der Tochter der Nachbarn durchgebrannt. Sie waren mitten in der Nacht geflohen und in jenem kleinen Dorf in der Nähe des Meeres gelandet. Die Familien hatten sich ausgesöhnt, aber die beiden wollten trotzdem nicht zurück. Sie mochten das Klima und die freundliche, heitere Art der Leute vor Ort. Sie ließen sich dort nieder und fühlten sich schon nach wenigen Jahren heimisch. Zusammen mit ihren fünf Kindern lebten sie glücklich und zufrieden. Großvater Omer und Großmutter Saba kamen zweimal im Jahr zu ihnen, um Olivenöl und Salz zu kaufen. Großmutter erinnerte sich voller Sehnsucht an jene Reisen. Solche Orangen wie dort hatte sie sonst nirgendwo gegessen, sagte sie. Alle waren freundlich, sogar der Pfarrer und seine Frau. Ja, denn es handelte sich um eine griechische, also christlich-orthodoxe Gegend. Die Leute waren ein bisschen kühler als bei uns, aber das machte nichts, erklärte Großmutter.

Eines Tages kam die furchtbare Nachricht, dass Großvaters Bruder gestorben war. An Husten, ganz unerwartet. Der Husten war einfach nicht verschwunden. Sie hatten alles probiert, hatten ihm das verdorbene Blut abgezapft, hatten den bösen Blick bekämpft, der Pfarrer war gekommen, um das Haus zu segnen, der Derwisch, um seine schamanischen Rituale zu begehen, und der Imam, um die Suren zu singen. Sie hatten sogar den Arzt aus der Stadt gerufen, aber vergeblich, am Ende war er gestorben.

Großvaters gesamte Familie fand sich zusammen, um den Toten zu beklagen und ihm ein gebührendes Begräbnis zu bereiten. In dem für die Frauen vorgesehenen Raum gaben sich diese ihrer Verzweiflung hin, im Raum für die Männer wurde Raki getrunken und Tabak geraucht. Sogar der Pfarrer kam, um der Familie sein Beileid zu bekunden. Ganz unerwartet zog ein Schneesturm auf. Das ganze Dorf war plötzlich eingeschneit, man hatte Mühe, aus dem Haus zu gehen. Während die Angehörigen die Beisetzung für den nächsten Tag planten, fiel ihnen ein, dass es im Dorf keinen Imam gab. Einen aus dem Nachbardorf zu holen war unmöglich. Bei diesem Wetter stundenlang auf Reisen zu gehen wäre vollkommen verrückt gewesen.

Vielleicht hatte der Pfarrer einen Freund, der dem Verstorbenen die Suren singen konnte?

Ja, es gab auch Imame unter seinen Freunden, aber sie lebten weit weg.

»Was?«, rief die Witwe erbost. »Meinem armen Mann soll nicht jede Ehre erwiesen werden, die er verdient? Es gibt niemanden, der ihm die Suren singen kann? Dann werde ich selbst losziehen und einen Imam suchen, zu Fuß mitten durch den Schnee, so könnt ihr mich gleich neben ihm begraben, wenn ich sterbe.«

Angesichts der ausweglosen Situation sagte der Pfarrer schließlich:

»Dann singe eben ich die Suren, was soll's. Ich werde heute

Abend noch mal alles durchgehen, auch wenn es eigentlich nicht nötig ist. Ich weiß genau, was der Imam sagt, wenn einer stirbt, ich werde mein Bestes geben.«

Welch Erleichterung für die Familie. Was spielte es letztlich schon für eine Rolle? Ob Pfarrer oder Imam, schließlich kümmerten sich beide um Gottes Angelegenheiten, oder? Um welchen Gott es sich genau handelte, war ziemlich belanglos. So nahm Großmutter Saba an der vermutlich ersten Beerdigung der Welt teil, auf der ein Pfarrer Suren aus dem Koran sang.

In den Jahren des offiziellen Religionsverbots vermisste Großmutter Saba ihre Besuche bei den Derwischen sehr. Sie erzählte mir ständig von einem wirklich guten aus Tepelena. Sie war oft mit ihren Schwestern zu ihm gegangen.

»Er war ein echter Schamane. Mit der Schließung der *Teqe* hat uns Enver Hoxha diesen Scharlatanen von Zigeunern überlassen, die alle vorgeben, Magier zu sein.«

Um zu ihrem Derwisch zu gelangen, musste Großmutter ins Tal hinabsteigen. Der Schamane behandelte alle Leute wie Familienmitglieder. Es gab viele Gästezimmer in seinem Haus, und am Abend wurde für alle gemeinsam das Essen zubereitet. Die Kinder des Derwisches schlachteten ein Lamm oder irgendein anderes Tier (außer Schwein), dann deckten sie auf der einen Seite für die Frauen, auf der anderen für die Männer. Niemand sah den Schamanen im Haus herumlaufen. Er befand sich in einem abgelegenen Raum, der sich auch architektonisch von den anderen unterschied. Es war ein wahrhaft heiliger Ort. Am Morgen, nach dem Kaffee, warteten die Frauen darauf, an die Reihe zu kommen. Sie wurden in sein Zimmer geführt, und alle erzählten ihm den Grund ihres Besuchs. Der Schamane saß ganz in weiß gekleidet auf dem *Quilim,* der am Boden seiner *Teqe* ausgebreitet lag, und hörte zu. Dann erhob er sich, trat auf die Frau zu, die schweigend sitzen blieb, und begann mit fast schreiender Stimme:

»Du, Saba, Tochter von Meliha, bist hier, weil du deine Tochter Eugenia, Tochter von Saba, verheiraten willst …«

Oder:

»Du, Saba, Tochter von Meliha, bist hier, weil du deinem Mann Omer, Sohn von Semia, das Trinken abgewöhnen willst …« Danach verstand Großmutter Saba gar nichts mehr, der Schamane nahm irgendwelche ihr unbekannten Kräuter und verbrannte sie. Dichter, weißer Rauch breitete sich aus, der Schamane blies Großmutter den Rauch um den Kopf. Dann stimmte er seltsame Lieder an, und je stärker sein Gesang anschwoll, desto schneller wirbelte er den Rauch um ihren Kopf. Hinter dem Rauch sah Großmutter einen weißen Schatten, der im Kreis herumzutanzen schien. Schließlich setzte sich der Schamane keuchend und erschöpft auf dem *Quilim* nieder. Der Geruch von verbrannten Kräutern hing noch in der Luft, ein angenehmer Geruch, der von fernen, nur dem Derwisch zugänglichen Orten zu zeugen schien.

»Saba, Saba«, murmelte er, »es ist alles in Ordnung, du kannst gehen … Ich hoffe, ich werde dich erst in ferner Zeit wiedersehen …«

»Bei den vielen Töchtern, die ich verheiraten muss …«, antwortete Großmutter.

Ob mit oder ohne Schamane ist es ihr am Ende gelungen, all meine Tanten unter die Haube zu bringen.

Sieben

Drei Monate im Jahr verwandelte sich Vlora, meine Heimatstadt, in die Hauptstadt: dort war das Meer, dorthin kam die gesamte Regierung, um Urlaub zu machen, es war das Paradies. Den Rest des Jahres schienst du dagegen irgendeine Strafe abzusitzen, du kamst um vor Langeweile.

Es war in den Jahren des Heranwachsens, als in mir ein Entschluss reifte: Ich würde den Rest meines Lebens in einer Hauptstadt verbringen. Natürlich konnte ich nicht nach Belieben wählen. London oder Paris, zum Beispiel waren kapitalistische Hauptstädte. Aber die einzige nicht kapitalistische Hauptstadt, die mir einfiel, war Tirana.

Tante Lola lebte in Tirana. Sie war hingezogen, um Medizin zu studieren, dann war sie dort geblieben, in der Hauptstadt. Zu Beginn der Sommerferien lud sie mich immer eine Woche zu sich nach Hause ein. Sie lebte in Neu-Tirana, direkt neben dem »Block«, dem Regierungsviertel, das kein Albaner betreten durfte. Ihre Tochter Greta atmete nicht nur Großstadtluft (die Bewohner von Tirana behaupteten, dass die Luft dort anders sei als anderswo in Albanien), sie atmete auch dieselbe Luft wie die Leute von der Regierung.

Nach einer Woche Hauptstadt nahm ich Greta mit nach Vlora, den ganzen Sommer über. Zusammen mit der Cousine kam auch der gesamte »Block«. Sonst hätte sie keinen

Fuß hierhergesetzt. Aber während sie in Vlora drei Monate lang die Strandprinzessin war, war ich in Tirana eine Woche lang nur Dreck.

»Hört mal«, sagte Greta zu ihren Freundinnen Leda, Mirela, Moza und Ortenzia, »meine Cousine Dora ist gekommen, die aus der Provinz! Das ist Dora, ja, sie lebt in der Provinz, ich hab euch von ihr erzählt, oder?«

Wenn wir ins Café Flora gingen, um *Kompekai* zu essen, oder wenn wir über Tiranas größten Boulevard schlenderten, wiederholte sie ein ums andere Mal, dass Vlora eine Provinzstadt und ich nichts als eine Provinzlerin sei. Zeigte ein Junge Interesse an mir, hatte Greta nichts Eiligeres zu tun, als ihn eindringlich zu warnen, dass ich aus der Provinz stamme, und um dem Ganzen mehr Nachdruck zu verleihen, benutzte sie auch das Wort »Dorf«.

Vlora wurde schlagartig zu einem entlegenen Dorf, und ich konnte froh sein, dass meine Füße ein paar Tage lang den Asphalt von Tirana streifen durften.

Greta war eine zweifache Cousine von mir, aber einfach hätte mir durchaus genügt. Sie war die Tochter einer Schwester meines Vaters sowie eines Bruders meiner Mutter. In den Augen meiner Mutter waren solche Dinge zu vermeiden. Wenn zwei Familien durch mehrere Ehen miteinander verbandelt sind, so ist einem alten Aberglauben zufolge nur eine Ehe dazu bestimmt, auf Dauer zu halten. Mama hatte auf alle erdenklichen Arten versucht, Onkel Endri davon abzubringen, aber er hatte darauf bestanden, Tanta Lola zu heiraten. Angesichts seiner dramatischen Vergangenheit hörte niemand auf Mama: Die Familie hatte beinahe schon alle Hoffnung aufgegeben, ihn verheiratet zu sehen.

Onkel Endri hatte Tante Lola auf dem Hochzeitsfest meiner Eltern kennengelernt. Tante Lola studierte damals Medizin in der Hauptstadt. Auch Onkel Endri lebte in Tirana, und einige Tage später kam er sie besuchen. Nach ein paar Monaten waren sie bereits verheiratet. Greta und ich kamen fast gleichzeitig auf die Welt, auch wenn wir ganz und gar verschieden sind.

Mitte der Fünfzigerjahre war Onkel Endri in die Sowjetunion gegangen, um an der Žukovskij-Universität Raumfahrttechnik zu studieren. Mama behauptet, er habe sich ein schönes Leben gemacht, aber ich glaube nicht, dass das Leben in der Sowjetunion in jenen Jahren so schön war, wie meine Mutter gerne erzählt. In einem Punkt hatte sie jedoch recht: Moskau war Onkel Endri wirklich ans Herz gewachsen.

Während des zweiten Studienjahres lernte Onkel Endri eine schöne Moskauerin mit kastanienfarbenem Haar und heller Haut kennen: Inessa. Mama kannte sie von einem Foto, das Onkel Endri geschickt hatte: weißer Pelzmantel und zwei Rehaugen, die unter einer Fellkappe ins Objektiv lächeln.

»Es ist bestimmt auf dem Roten Platz aufgenommen«, sagte Mama, auch wenn es nirgendwo stand und sie nie in Moskau gewesen war.

»Woher willst du das wissen?«, widersprach Großvater.

»Welchen Platz gibt es sonst in Moskau«, erwiderte meine Mutter, »für ein schönes Foto von der Verlobten, das man den Angehörigen schicken kann, die in einem der Länder des sozialistischen Blocks leben?«

Ich war sprachlos, als Mama mir erzählte, dass sie zweimal im Jahr mit Onkel Endri in Moskau telefoniert hatte. Wir hatten Telefon zu Hause, wir benutzten es, um die Tanten in Vlora und manchmal auch in Tirana anzurufen, aber es war immer Albanien. Es schien mir unglaublich, auch mit dem Rest der Welt sprechen zu können.

Von Moskau nach Vlora und von Vlora nach Moskau. Ich stellte mir die Stimme vor, die von einem Ende des Planeten bis zum anderen sauste. Eine Stimme, die Meere, Gebirge, Flüsse, Steppen durchquerte und heil ankam. Eine menschliche Stimme, die dich fragt, wie's dir geht und dir von der neuen Verlobten erzählt.

Im Haus meiner Mutter schlug die Nachricht von der Verlobung des Onkels wie eine Bombe ein.

»Was?«, rief Großvater. »Wir haben ihn zu den russischen Brüdern geschickt, damit er studiert, und er denkt an die Frauen?«

Onkel Endri hatte in jenem Land der frostigen Winter etwas zum Aufwärmen gefunden.

Beim darauffolgenden Telefonat bat Onkel Endri den Vater, ihm eine Reihe von Papieren zu beschaffen. Es waren die Unterlagen, die er brauchte, um Inessa Kokalëva zu heiraten, so hieß die Verlobte. Aber Großvater erwiderte, dass er ihm ganz und gar nichts beschaffen könne. Der Onkel müsse zur albanischen Botschaft in Moskau gehen und die Zuständigen über sein Liebesverhältnis und seine Absichten informieren. Unsere diplomatische Vertretung würde eine umfassende Akte über das Mädchen anlegen und alles ans Zentralkomitee der Partei nach Tirana schicken.

Es fragt sich, wie unsere Botschaften im Ausland während des Regimes zurechtkamen: bei all unseren Männern, die sich in jenen Jahren in Russinnen verliebten …

An jenem Tag gelang es Großvater nicht, den Knoten im Hals aufzulösen, der sich während des Telefonats gebildet hatte. Die nachfolgenden Ereignisse sollten ihm recht geben.

Acht

Onkel Endri und Inessa heirateten 1958 mit einer schlichten Feier in der Datscha ihrer Familie. Von seiner Familie war niemand dabei.

In jener Zeit begann sich das Klima zwischen unseren Ländern abzukühlen, aber das Schlimmste sollte noch kommen: der endgültige Bruch. Es geschah im November 1960, auf der Konferenz der 81 Parteien des sozialistischen Lagers in Moskau. Unser Vater Hoxha bezichtigte den Genossen Chruschtschow des Revisionismus und entzog ihm die Unterstützung. Wir würden unseren Weg allein beschreiten.

Onkel Endri lebte weiterhin sein normales, glückliches Leben mit Inessa. Aber nach diesem verfluchten November begannen die Rückführungen in die Heimat.

Onkel Endri kam an einem Morgen im Oktober 1961 zurück nach Vlora. Er war kein Mensch mehr, sondern ein wandelnder Leichnam. Er hatte nichts bei sich, weder Taschen noch Koffer und erst recht nicht seine Frau.

Tagelang schloss er sich im Zimmer ein. Anfangs glaubten alle, er sei nur müde. Moskau lag schließlich nicht um die Ecke.

Aber er stand einfach nicht aus dem Bett auf. Das Essen, das ihm die Mutter auf einem Tablett brachte, blieb unberührt. Er sprach mit niemandem und blickte nicht einmal auf, wenn jemand ins Zimmer kam. Das Einzige, was er noch schaffte, war zu rauchen.

»Wer weiß, was dieses Weib mit ihm gemacht hat, da soll einer die ausländischen Frauen verstehen. Sie wird ihn verhext haben, das ist es. Sie hat ihn verhext, um ihn für immer an sich zu binden. Mein armer Sohn, wir Ärmsten, er wird sterben«, sagte meine Großmutter mütterlicherseits.

Sie ging mitten in der Nacht in sein Zimmer. Sie wollte sein Gesicht sehen, seinen Ausdruck, seine Falten. Sie wollte nach einer Spur suchen, die sie zu ihrem Kind führen würde. Sie streichelte ihm über die Stirn. Er zitterte am ganzen Leib. Er lächelte schwach und bewegte nur die Augen. Zu mehr war er nicht in der Lage.

»Wenn du so weitermachst, wirst du sterben«, sagte sie einmal zu ihm. »Denkst du gar nicht an mich? Denkst du gar nicht daran, wie ich mich fühle, wenn ich dich so sehe und nichts machen kann?« Sie fing an zu weinen.

»Du kannst mich immerhin noch sehen. Es gibt Eltern, die ihre Kinder nie wiedersehen werden.«

Seine Worte glichen einem Flüstern aus dem Jenseits. Für Großmutter waren sie unverständlich. Das Einzige, was sie verstand, war der dumpfe Schmerz ihres Sohnes.

Danach, weitere Wochen des Schweigens.

Meine Mutter verbrachte viel Zeit mit ihm. Sie sprach zu ihm bis zur Erschöpfung. Er zeigte keinerlei Regung.

»Es ist sinnlos«, sagte mein Großvater. »Er hört dir nicht zu, du redest gegen eine Wand.«

»Ich weiß«, sagte Mama, »ich weiß. Aber wenigstens sieht er mich und weiß, dass er nicht allein ist.«

Manchmal brachte ihm meine Mutter wilde Rosen, die er so gern mochte. Die hellen, zarten Blütenblätter welkten rasch in dem dunklen Zimmer.

Oder sie las ihm seine Lieblingsgedichte vor. Aber die Dichter, die mein Onkel mochte, waren Russen. Wahre Dichtung hatte für ihn nur einen Namen: Wladimir Majakowskij.

Mama versuchte oft, auf Russisch zu lesen, sie hatte es lange in der Schule gelernt. Natürlich sprach sie nicht wie Onkel Endri. Er hatte in dieser Sprache gelebt. Aber Mama versuchte es dennoch. Wer weiß, dachte sie, die menschliche Seele birgt viele Geheimnisse, vielleicht genügt ein Wort, ein Satz seines Dichters …

»*Gewöhnlich ist es so / Wer immer zur Welt kommt, erfährt an sich Liebe, – / …*«, rezitierte Mama auf Russisch, in der Hoffnung, der Onkel würde erwachen. Aber nichts.

»Du bist verrückt«, schrie Großvater sie an. »Er ist vollkommen am Ende wegen einer russischen Frau, und du liest ihm russische Liebesgedichte vor.«

»Es ist die Sprache seiner Liebe«, verteidigte sich Mama. »Außerdem ist es sein Lieblingsdichter. Aber schon gut, schon gut«, fuhr sie fort, »ich werde ihm ein anderes Gedicht vorlesen, in dem es nicht um Liebe geht, da ist ja schon eins: Und wird einst / am letzten / von allen Tagen / der Planet / vom Chaos / wieder abgeräumt …«

Wieder nichts, der Onkel reagierte nicht einmal auf dieses der Brooklyn-Brücke gewidmete Gedicht.

Eines Tages war Mama mit einem anderen Buch gekommen, eine Übersetzung ins Albanische. Von Bertold Brecht. Wochenlang hatte sie geredet und geredet, Geschichten, Märchen, Filmstorys und Anekdoten erzählt. Sie wusste nicht mehr, was sie machen sollte, deshalb las sie Gedichte vor.

Es geschah an einem Tag, an dem Mama kein Buch dabei hatte. Sie saß bloß auf der Bettkante. Er sah sie an und begann zu weinen.

Mit der ganzen ihm noch verbliebenen Kraft.

Er erzählte viel von seiner Frau Inessa. Wie schön sie war, wie sanft, und wie sehr sie sich liebten. Er erzählte von dem Kind, das Saša hieß, und das er vermutlich nie wiedersehen würde.

Eine Woche vor seiner Abreise hatte man ihn in die Botschaft bestellt, um ihm mitzuteilen, dass seine Aufenthaltserlaubnis auf sowjetischem Boden abgelaufen sei. Er müsse zurück in die Heimat.

»Und meine Frau? Mein Sohn?« Er war fassungslos. »Mein Leben spielt hier, ich will nicht zurück«, hatte er in einem Ton geantwortet, der keinen Spielraum für Diskussionen ließ.

Sie erklärten ihm, dass das, was er wollte, wenig Bedeutung habe. Was in diesem historischen Augenblick für alle zählte, war der Wille der Partei und desjenigen, der sie lenkte: Enver Hoxha.

»Und wenn ich für alle sage, meine ich auch für alle. Haben wir uns verstanden?«, fügte der Botschafter hinzu. »Wir stehen im Mittelpunkt der Aufmerksamkeit, wir haben uns der großen Sowjetunion verweigert, verstehst du, Junge? Wir sind nicht hier, um uns den Kopf darüber zu zerbrechen, was ihr mit den hübschen Russinnen machen sollt, die ihr während des Studiums aufgerissen habt. Habt ihr euch gut amüsiert? Schön für euch, schön für alle, aber jetzt ist Schluss mit den Spielen, jetzt geht's zurück in die Heimat, um zurückzuzahlen, was ihr den Staat gekostet habt …«

Amüsiert? So wie Endri hatten viele andere eine Familie gegründet, hatten Kinder, die sie aufwachsen sehen wollten.

»Auf, Jungs«, beendete der Botschafter die Unterredung, »das geht vorbei, ihr seid noch jung, ihr werdet auch bei uns zu Hause gute Ehefrauen finden. Habt ihr vergessen, wie hübsch unsere Mädels sind?«

Endri war verzweifelt als er am Abend nach Hause kam. Er sah Inessa an, die Saša wiegte, und wurde schier verrückt bei dem Gedanken, weit fort von ihnen zu sein, nicht mehr an dem teilzuhaben, was nunmehr sein Leben war. Nachts aufzuwachen und auf dem Bett neben Inessa zu warten, bis Saša fertig getrunken hatte; das große, weiche Handtuch mit den gelben Gänsen in der Hand zu halten und von der Tür aus zuzusehen, wie Inessa den Kleinen badete. Er sah sie planschen und lachen, dann reichte er Inessa vorsichtig das Handtuch, und sie wickelte Saša darin ein wie ein Bündel. Eines Tages würde er mit Saša zum Spielen hinaus in den Schnee gehen, dachte er, er würde ihm russische Märchen vorlesen und ihm andere Geschichten aus einem fernen Land erzählen, das man auf der Landkarte kaum sah, das aber großen Raum im Herzen desjenigen einnahm, der es verlassen hatte.

Er wusste, dass seine Angehörigen in irgendeinem Umerziehungslager enden würden, wenn er dem Befehl nicht nachkam, es schmerzte ihn, aber es stand zu viel auf dem Spiel. Saša war seine Zukunft. Eltern vor die Wahl zu stellen, ob der eigene Vater oder das Kind geopfert werden soll, ist grauenhaft, aber, dachte Onkel Endri, die Entscheidung ließ keinen Zweifel zu: Man rettet das Kind. So würde zumindest er es machen.

Am nächsten Morgen ging er erneut in die Botschaft.

Der Botschafter sah ihn lange an: Begriff dieser Junge nicht, dass seine Familie in einem abgelegenen Bergwerk oder irgendwo auf dem Land enden und den Tag verfluchen würde, an dem sie ihm die Erlaubnis gab, in einem fremden Land zu studieren? Ja, Endri verstand das, aber Saša würde nie verstehen, wie einen der eigene Vater gleich nach der Geburt verlassen konnte.

Am Ende fanden sie eine Lösung: Inessa und Saša sollten

mit nach Albanien. Natürlich, warum waren sie nicht gleich darauf gekommen? Sie war bereit, ihm bis ans Ende der Welt zu folgen, welche Rolle spielte es schon, wo sie lebten, wichtig war, dass sie für immer zusammenblieben.

Sie trafen in aller Eile ihre Vorbereitungen, verabschiedeten sich von Eltern, Freunden, Verwandten und fanden sich am Tag der Abreise pünktlich in Begleitung des Botschaftsvertreters auf dem Flughafen ein. Er hatte sich um die Papiere für die Ausreise von Inessa und Saša gekümmert. Als sie dem Abfertigungspersonal gegenüberstanden, ließ man Endri sofort passieren. Dann betrachtete der Herr hinter der Scheibe lange Zeit Inessas Papiere, schüttelte den Kopf und erklärte, dass das Visum nicht ausreiche.

Das Touristenvisum, das die albanische Botschaft für Inessa ausgestellt hatte, war seit einigen Monaten nicht mehr gültig. Sie konnte damit im Augenblick nicht ausreisen. Der einzige Weg war die Familienzusammenführung mit Endri. Das Flughafenpersonal wunderte sich, dass die albanische Botschaft diesbezüglich nichts erwähnt hatte: Es handele sich um ein gemeinsames Abkommen beider Länder.

Endri war schon auf der anderen Seite. Der Botschaftsvertreter entschuldigte sich mit ruhiger Geste.

»In derart bewegten Zeiten«, sagte er, »kann man sich leicht mal irren. Diese Dinge sind auch für uns neu.« Dann fügte er mit steifem Lächeln hinzu, dass sich Endri, sobald er in Tirana war, gleich um den Antrag zur Familienzusammenführung kümmern könne.

Eine Szene hatte sich Onkel Endri unauslöschlich ins Gedächtnis gebrannt: Inessa mit Saša, die ihm zuwinkt und weint, die mit ihren zarten Armen den Sohn hochhebt und ruft: »Wir warten hier auf dich.« Dann, als sie ihn fortgehen sieht, verliert Inessa den Kopf und stößt einen Schrei aus.

Das ist die Geschichte, die Onkel Endri meiner Mutter erzählte. Wo sollte er die Kraft hernehmen, sich zu erheben. Nichts hatte mehr Sinn.

Am Tag nach seiner Rückkehr in die Heimat hatte man ihn auf ein Amt gebracht, vielleicht ins Innenministerium.

»Hör zu, Junge«, hatte man ihm gesagt, »die Angelegenheit ist hiermit begraben. Wir meinen es nur gut mit dir. Nennen wir es einen jugendlichen Fehltritt oder was auch immer. Du kommst noch mal davon, weil du aus angesehener Familie stammst. Jetzt geh nach Hause, und vergiss die ganze Geschichte. In ein paar Tagen werden wir dich anrufen und dir mitteilen, wo du arbeiten sollst. Wir haben dich all die Jahre im Ausland unterhalten, damit du lernst, dem Vaterland zu dienen. Falls dir das nicht passt, kennst du die Alternative: Du wirst in irgendeinem Gefängnis vergammeln und mit dir deine gesamte Verwandtschaft bis zum siebten Grad. Die Unterredung ist beendet.«

Onkel Endri stand monatelang nicht aus dem Bett auf. Mein Großvater verstand alles und litt mit ihm. Er besorgte seinem Sohn ärztliche Atteste, die ihm Hepatitis C bescheinigten, damit er nicht zur Arbeit musste. Zu sagen, dass der Sohn depressiv war und sterben wollte, wäre eine Schande gewesen. Großvater versuchte, ihn zu trösten. Saša würde irgendwann erfahren, dass er ihn nicht verlassen hatte, versicherte er, denn die Wahrheit kam immer irgendwann ans Licht.

»Schon, Papa«, antwortete Onkel Endri, »aber es wird eine Geschichte sein, die er seinen Kindern erzählt. Ich will keine Geschichte werden.«

Was sollte Großvater antworten. Er hatte keine Antwort. Es waren Zeiten, in denen die Leute, außer den Antworten, auch die Hoffnung verloren hatten.

Viele Monate später begann Onkel Endri wieder zu arbeiten. Er ging bei Morgengrauen aus dem Haus und kam spät in der Nacht zurück. Der Raumfahrtingenieur Endri Breshani gab dem Vaterland in Windeseile das zurück, was dieses in seine Ausbildung investiert hatte. Bis auf den letzten Lek. Aber niemand gab Endri Breshani seine im Schmerz verlorenen Jahre zurück: Von Inessa und Saša hörte er nie wieder.

Während der Stillzeit meiner Cousine Greta schlief Onkel Endri im Wohnzimmer auf dem Sofa.

»Das sind Frauenangelegenheiten«, sagte er, »ich komme mir überflüssig vor.«

Er wartete auch nie mit dem Handtuch in der Tür auf Tante Lola, noch tat er jene kleinen Dinge, die alle Väter mit ihren neugeborenen Kindern tun.

Die Situation entspannte sich allmählich, je älter und gleichzeitig verwöhnter Greta wurde.

Onkel Endri wollte keine weiteren Kinder. Greta war Tante Lola zuliebe auf die Welt gekommen, der viel daran lag, Mutter zu werden. Aber ein Kind genügte, sagte Onkel Endri.

»Und wie steht's mit einem Jungen?«, fragten die Freunde, die von seiner Vergangenheit nichts wussten.

Es gibt schon einen Jungen, hätte er gern geantwortet, aber er sagte nichts.

Neun

»Jetzt besetzt du schon seit vier Stunden das Bad«, schrie meine Mutter, »du bist doch nicht Monique Sihanouk.«

Mama hatte die berühmte Monique Sihanouk nie gesehen, aber ihre Schönheit war derart berühmt, dass kein Tag meiner Jugend verging, an dem ich nicht von ihr sprechen hörte. Sie war mit ihrem Mann, Norodom, nach Tirana gekommen, und während er sich in endlose Sitzungen mit seinen kommunistischen Brüdern zurückzog, kümmerte sie sich um ihr Äußeres. Mama erzählte mit vor Bewunderung glänzenden Augen, dass Monique, um ihre zarte, helle Haut zu bewahren, jeden Morgen in Milch bade. Sie erzählte, dass sie ihr schwarzes Haar mit Zitronensaft spüle, um ihm Geschmeidigkeit und Glanz zu verleihen, und auch mit Regenwasser, dem sie Rosenextrakt von Blumen aus dem eigenen Garten zufügte. Wer weiß, ob sie auf ihre Reisen tütenweise Blütenblätter mitnahm oder ob sie die unbekannten Sorten vor Ort probierte.

Meine Mutter schminkte sich nicht und legte keinerlei Wert auf ihr Äußeres. Es interessierte sie nicht. Es gibt Frauen, denen die eigene Weiblichkeit, aus welchen Gründen auch immer, vollkommen gleichgültig ist. Ich kenne Mamas Gründe nicht, aber für sie war es ganz bestimmt kein Verzicht. Es war ihre Bestimmung, und anders als man vermuten könnte, war Mama kein bisschen neidisch auf ihre hübschen Freundinnen.

Ich ähnelte ihr überhaupt nicht. Ich war eitel und auch ein bisschen neidisch. Meine Eitelkeit machte Mama nervös und bereitete Papa Sorge. »Sie ist ganz wie Esma, wir Ärmsten!«, sagte er zu ihr. Ich wusste nicht viel über Tante Esma, denn von ihr sprach man nur hinter vorgehaltener Hand. Ich konnte mir nicht vorstellen, wie diese krumme Alte, die kaum Luft bekam, als ich sie als Fünfjährige ein einziges Mal zusammen mit Großmutter besuchte, in jungen Jahren gewesen war. Papa wiederholte ständig, dass ich dasselbe Ende nehmen würde wie sie, wenn ich weiterhin Stunden damit verbrachte, mir die Haare zu kämmen. Ich kam zu dem Schluss, dass Tante Esma in Angelegenheiten der *Kurvëria* verwickelt gewesen sein musste. Ich stellte sie mir singend und in knappen Kleidern zwischen Soldaten vor, die rauchten, tranken und sie mit den Blicken auszogen. Ich sah sie, wie sie sich im darüber gelegenen Zimmer entkleidete, wie sie in den Armen der von ihr beglückten Soldaten lachte, wie sie sich stundenlang vor dem Spiegel kämmte, während sie auf die Morgendämmerung wartete. Wie sie schließlich mit ihren bunten Schirmen hinausging, die offenbar ihre große Leidenschaft waren. Sicher ein Geschenk dieser Soldaten. Meine Großmutter hatte einmal gesagt: »Diese albernen Schirme sind ihr zum Verhängnis geworden.«

Aber das abschreckende Schicksal der Tante dämpfte nicht meine Eitelkeit. Vielleicht war es eine Familienkrankheit. Viel größere Sorgen bereitete mir mein unerbittlicher Neid. Ich war vor allem auf meine Cousinen neidisch. Zwangsweise, denn sie schnitten mit allem besser ab, ob sie nun in Tirana lebten, in Havanna oder gar in Kambodscha.

Tante Sofija hatte vier Jahre in Kambodscha gelebt, ihr Mann war Diplomat. Als sie zurück nach Albanien kamen, war meine Cousine Enkela noch keine sieben Jahre alt, aber bis sie achtzehn wurde, verging kein Tag, an dem sie mir nicht von der großen Welt erzählte, die sie kennengelernt hatte. Sie sprach von gleißendem Licht, das die Nacht zum Tag werden ließ, von ihren Blumenkleidern und den wunderbaren Dianetten, die es bei uns nicht gab.

Kam sie mit der Tante zum Mittagessen bei uns vorbei und es gab Reis, fing sie gleich an:

»Dieser Reis ist klebrig wie Maurermörtel. Tante Klementina, Reis wird in Dampf gegart.«

Ging es um Schönheit, legte sie mit den Kambodschanerinnen los. Ich muss gestehen, dass ich einmal heimlich in Papas Nachttischchen herumkramte. Dort stapelten sich Unmengen von Grußkarten (damals verschickte man nur zu Silvester Karten) und Briefe aus den Studientagen. Ich nahm eine Karte, die so klein war wie ein Foto. In Schwarz-Weiß. Unter der Aufschrift »Neujahrswünsche 1960« befand sich, von einem Herzchen umrahmt, das wunderbar lächelnde Gesicht einer Frau mit langem Haar und großen Augen. Darunter in Kursivschrift der Name Brigitte Bardot. Ich nahm die Karte mit zu meinen Cousinen, um ihnen zu zeigen, welche Schätze sich bei uns zu Hause fanden. Damals wusste ich nicht einmal, wer Brigitte Bardot war, aber ich war stolz, Fotos von ausländischen Schönheiten zu besitzen. Ich zeigte die Karte. Schweigen. Alle rissen die Münder auf. Schließlich meinte Enkela:

»Fotos besagen überhaupt nichts. Auf Fotos sind wir alle schön. Aber in Wirklichkeit …«

Enkela, die es gar nicht hatte erwarten können, fing mal wieder mit ihren Kambodschanerinnen an. Ich hatte bis dahin noch nie eine Kambodschanerin gesehen. Lange Zeit stellte ich sie mir groß, sehr groß, mit schneeweißer Haut, langem, goldblondem Haar, Augen so »groß wie Kaffeetassen« und so dunkel wie Oliven vor. Einige hatten aber auch blaue Augen. Die Augenbrauen glichen »Schwalbenflügeln«, die Münder blühenden Rosen. Sie waren immer gut gekleidet und geschminkt: richtige Prinzessinnen. Aber meine Cousine hatte auch die Frauen aus Bukarest gesehen, wo sie während der Rückreise ein paar Tage Aufenthalt gehabt hatten. Die Frauen aus Bukarest waren noch schöner als die Kambodschanerinnen. Sie hatten rabenschwarzes Haar, mandelförmige Augen, glatte, bernsteinfarbene Haut und trugen ausladende Hüte auf dem Kopf, um sich vor der Sonne zu schützen. Sie fuhren immer mit dem Fahrrad herum.

Um auszudrücken, dass eine Frau schön sei, sagte meine Cousine immer, sie sähe aus wie eine »Ausländerin«. Ausländerinnen waren alle schön. Zu mir sagte sie das nie. Ich sollte später noch ein ganzes Leben lang »Ausländerin« zu hören bekommen.

Zehn

Die einzige Person, der unsere Gespräche über die Schönheiten dieser Welt absolut missfielen, war meine Tante Adelina. Tante Adelina lebte bei uns, sie hatte keinen Mann abbekommen. Es spielte keine Rolle, dass sie erst fünfundzwanzig Jahre alt war, sie hatte keinen Mann abbekommen und fertig. In den Augen der Großmutter und der anderen Tanten hätte sie schon längst verheiratet sein müssen, aber offenbar meinte es das Schicksal nicht gut mit ihr. Und auch nicht mit mir. In jener Zeit hatte ich gleich drei Mütter: Neben Großmutter und Mama war sie die dritte. Sie war immer verärgert und regte sich über alles in der Welt auf. Nach der Oberschule war sie nicht zur Universität zugelassen worden. Sie hatte den Antrag gestellt, aber während der zuständigen Regionalversammlung der Partei hatte einer die Hand gehoben und gesagt:

»Liebe Genossen, es stimmt, dass es sich um eine Familie mit makelloser Biografie handelt, aber wir wollen es nicht übertreiben. Fünf von ihnen durften schon an die Universität. Sie dienen dem Vaterland mit dem Stuhl unterm Hintern. Soll denn keiner von ihnen Basisarbeit leisten?«

So war Tante Adelina leer ausgegangen. Man schickte sie zum Arbeiten in einen Landwirtschaftsbetrieb, und sie verfluchte nunmehr alles und jeden: die Vorarbeiterin, mit der sie sich absolut nicht verstand, die Erde, die sie im Regen umgraben musste, Großmutters Fruchtbarkeit, die ihr sechs Kinder beschert hatte, und das Schicksal, das sie selbst als sechstes hatte auf die Welt kommen lassen.

Papa, der nach dem Tod seines Vaters zum Familienoberhaupt wurde (auch wenn Großvater es im Grunde nie gewesen war, bei all dem Raki, mit dem er zu schaffen hatte), wusste nicht, wie er die Schwester unter die Haube bringen sollte. Die wenigen Männer, die um ihre Hand anhielten, waren entweder Arbeiter oder Mechaniker in irgendeiner Fabrik. Das haben alle Länder, ob Diktatur oder Demokratie, gemeinsam, dass sich nämlich kaum je ein Arzt um eine Frau bemühen wird, die Erde umgräbt.

»Nun gut, das mit der Universität ist so gelaufen wie es ist, aber wir müssen wenigstens einen Weg finden, sie vor der Drecksarbeit zu bewahren«, beharrte Großmutter.

Nachdem Papa lange darüber nachgedacht hatte, kam ihm schließlich die Idee, sie einen Fortbildungskurs besuchen und etwas anderes als Ackerbau lernen zu lassen. Zum Beispiel Köchin oder Bäckerin oder auch Friseuse. Aber selbst für diese Kurse brauchte man die Genehmigung der Partei. Tante Adelina reichte den Antrag ein, der regionale Parteirat kam zusammen und beschloss, aufgrund derselben Argumente wie zuvor, ihn abzulehnen.

Die Situation zu Hause verschlimmerte sich. Wenn Mama sich über irgendetwas beschwerte, fiel ihr Adelina gleich ins Wort:

»Was jammerst du? Du hast eine gute Arbeit, bist verheiratet und hast sogar drei Kinder. Was soll ich denn sagen?«

Mama bemerkte zum Beispiel: »Was für ein Regen heute!«

Prompt erwiderte die Tante barsch: »Die Einzige aus der

Familie, die im Freien arbeitet und den ganzen Regen abkriegt, bin ich.«

Mein Vater unternahm einen weiteren Versuch. Die Anträge zu besagten Kursen wurden im September geprüft. Während des Sommers begann Papa, die Mitglieder des Parteirats zu »bearbeiten«. Er sammelte Informationen über ihre Vorlieben und Hobbys. Er brachte in Erfahrung, dass Genossin Vera, die Ratsvorsitzende, eine Schwäche für Wollteppiche, für echte, handgewebte *Quilim* hatte; dass Genosse Tafil, der zweite Vorsitzende, besonders gerne Zicklein am Spieß mochte; oder dass Genosse Fari gerne Raki trank, vor allem, wenn er nach dem alten Verfahren hergestellt war. Genossin Lena kümmerte sich dagegen gerade um die Aussteuer der Tochter und war ganz verrückt nach handbestickter Bettwäsche.

Nach dieser ersten Phase des Informationensammelns, zu dem die gesamte Familie eifrig beitrug, mussten nun die »Geschenkchen« beschafft werden. Papa begann mit der Wolle für Genossin Vera. Er ging in Großmutters Dorf, in dem ein paar Cousins zurückgeblieben waren und noch immer von der Landwirtschaft lebten. Aber es war nicht leicht. Papa wäre bereit gewesen, einen gepfefferten Preis zu zahlen, aber in den landwirtschaftlichen Produktionsgenossenschaften stand jeder Familie nur ein bestimmter Anteil zu. So musste Papa den gesamten Sommer über durch die umliegenden Dörfer von Vlora ziehen. Weißt du, wie viel Schafe man scheren muss, um einen einzigen Teppich herzustellen?

Das Einfachste war die bestickte Bettwäsche. Zumindest theoretisch, nicht jedoch, wenn man Mama hörte, die ihre Nachmittage damit verbrachte, für die Tochter der Genossin Lena zu sticken. Tante Adelina konnte ihr nicht einmal helfen, da sie nicht wusste, wie man stickt.

»Ich hatte nicht das Glück«, sagte sie, »irgendetwas zu lernen außer meine Muttersprache, dieses verdammte Albanisch, das abgesehen von drei Millionen Schwachköpfen niemandem etwas nutzt.«

In der von Papa organisierten Wahlkampagne wurde nun die dritte Phase eingeläutet: die Übergabe der »kleinen Aufmerksamkeiten«. Du kannst nicht einfach mitten am Tage mit einem Zicklein oder zwanzig Kilo Wolle in der Hand bei jemandem zu Hause vorbeikommen. Die Leute sind misstrauisch und könnten denken, du willst die Genossen des Parteirats bestechen. Erklär denen mal, dass du niemanden bestechen, sondern lediglich deine Schwester loswerden willst.

Der Plan war folgender: Man musste zur Tat schreiten, sobald Genossin Vera am Abend einmal etwas länger im Büro blieb und der Ehemann allein zu Hause war. Man klopfte sanft an die Tür, wartete bis er öffnete und sagte ihm dann, dass man gekommen sei, um die von der Frau bestellte Ware abzuliefern: zwanzig Kilo Rohwolle. Ein kleines Schreiben war beigelegt. Dass am nächsten Tag keine Reaktion kam, war ein gutes Zeichen. Nach den restlichen Übergaben wartete man voller Unruhe auf den Tag der Versammlung.

Genossin Vera verlas zunächst die Liste mit den vom regionalen Exekutivkomitee veranlassten Fortbildungskursen: Das Vaterland benötigte derzeit einen Koch, zwei Bäcker, zwei Barbiere und einen Fotografen.

Dann kam sie zu den Anwärtern. Genossin Adelina beharrte darauf, Köchin zu werden. Diesmal sprach Genossin Vera in einem anderen Ton: Es stimmte natürlich, dass die gesamte Familie mit dem Stuhl unterm Hintern arbeitete (wo sollte der Stuhl auch sonst hin), aber ebenso stimmte es, dass eine Familie mit derart vorbildlicher Biografie das und Weiteres verdiente.

»Wollen wir etwa die Klassenfeinde zu Köchen ausbilden? Die werden uns alle vergiften!«, rief Genossin Vera. »Die Stelle als Koch muss an eine äußerst vertrauenswürdige Person vergeben werden, aus diesem Grund bin ich dafür, sie Genossin Adelina zu überlassen.«

Genossin Vera hatte ein Jahr lang Zeit gehabt, über die wichtige Rolle der Köche sowie über die Tatsache nachzudenken, dass es der Klassenfeind direkt auf die Bohneneintöpfe der Arbeiterkantinen abgesehen haben könnte.

Dachte einer der Anwesenden anders darüber? Genosse Fari war derselben Auffassung wie Genossin Vera, ebenso Genosse Tafil.

Dann kam die Reihe an Genossin Lena, die noch etwas Eigenes hinzufügen wollte:

»Haben unsere Helden etwa ihr Blut fürs Vaterland vergossen, damit die Kinder von Bürgerlichen und Kapitalisten zu Köchen ausgebildet werden?«

Nach einer kurzen Pause schlug Genossin Lena einen beinahe mütterlichen Ton an:

»Außerdem ist Genossin Adelina nicht gerade eine Schönheit, und bei der Arbeit, die sie hat, will sie eh keiner nehmen. Auf diese Weise wird sie wenigstens einen Mann finden.«

Genosse Kosma, der kein Geschenk erhalten hatte, weil Papa ihn vermutlich für das letzte Rad im Getriebe hielt, erhob sich entrüstet:

»Genossin Lena, lassen wir diese kapitalistisch anmutenden Reden, wir sind hier, um den neuen Menschen und seine Fähigkeiten zum Aufbau des Sozialismus zu beurteilen …« Wie es schien, hing der Aufbau des Sozialismus davon ab, ob die Tante Köchin wurde oder nicht.

Zur Freude aller, mich selbst inbegriffen, ging Tante Adelina in die Hauptstadt, um dort ihren Wunschberuf zu erlernen. Alle Kurse zur Ausbildung des Menschen der »neuen Gesellschaft« fanden in der Hauptstadt statt. Nach einem Jahr kehrte die Tante nach Vlora zurück, um dem Vaterland in der Kantine einer Fabrik zu dienen, die Ersatzteile für Schiffe herstellte. Wenig später heiratete sie.

Elf

Tante Adelina war nicht die Einzige aus der Verwandtschaft, der daran lag, ihre Abstammung aus einer Familie von Nationalhelden an die Öffentlichkeit zu tragen, und die darauf hoffte, ihre Vorteile daraus zu ziehen. Wenn auch, das muss man zugeben, für eine edle Sache: das Kochen in den Arbeiterkantinen.

Von Papa habe ich bereits erzählt. Vielleicht handelte er in gutem Glauben: Man war es den zukünftigen Generationen schließlich schuldig, das Andenken lebendig zu halten. Abgesehen von diesen Beweggründen führte er auch sonst häufig den Familienstammbaum an. Zum Beispiel wenn er aus den abenteuerlichsten Gründen versuchte, eine Verlegung des Arbeitsplatzes zu bewirken, oder wenn es darum ging, die Wohnung zu wechseln, weil die Sonne am Nachmittag nicht genug hereinschien. Oder auch als er den Antrag für den Fernseher, den Kühlschrank und die Waschmaschine stellte. Zwar war der Zusammenhang zwischen Haushaltsgeräten und Heldentod nicht ganz klar, aber was soll's.

Auch ich profitierte im Kleinen von unserer Vergangenheit. Mein großer Augenblick kam im Frühling, genauer gesagt im Mai. Am fünften Mai wurde mit einem Nationalfeiertag der Helden gedacht, die während des Zweiten Weltkrieges oder, wie es bei uns hieß, während des nationalen Befreiungskrieges gefallen waren. Ein wahres Fest für alle. Wir hatten schulfrei. Es gab eine große Gedenkfeier. Auf dem Friedhof hielt ein Parteisekretär, der eigens aus Tirana angereist war, eine Rede, Kränze wurden niedergelegt, und am Schluss gab es eine Aufführung. Wir, die Pioniere des Sozialismus, die Blüten des neuen Lebens, mit blauem Rock oder blauer Hose, weißem Hemd und rotem Uniformtuch um den Hals, bereiteten uns monatelang auf dieses Ereignis vor.

Ich musste den Chor dirigieren, solo singen und Gedichte aufsagen. Ich war, mit anderen Worten, die Protagonistin. Ich lächelte den Freundinnen in den Chorreihen mit dem geschäftigen Lächeln desjenigen zu, der auf allzu viele Dinge gleichzeitig achtgeben muss. Ich hatte mir schließlich nicht ausgesucht, zu einer Heldenfamilie zu gehören.

Es war wirklich ein schöner Tag, aber es gab einen Schatten, der ihn überdeckte. Großmutter Saba sah mir nicht zu, sie nahm nicht an der Feier teil. Am fünften Mai ging sie keinen Schritt vor die Tür. Vormittags blieb sie allein, froh, sich in aller Ruhe ihren Totenklagen widmen zu können. Klagen, mit denen sie nie aufgehört hatte ihre Brüder zu bedenken. Klagen, die sich von Mal zu Mal veränderten.

Im Lauf der Jahre waren diese Klagen zu Balladen geworden, zu ungewöhnlichen Balladen ohne Helden. Eine Ballade, in der der Held fehlt, scheint bedenklich zu sein, insbesondere in einer Kultur, in der es vor Balladen-Helden nur so wimmelt. Der Held unserer Balladen erhebt sich nach neun Jahren mit neun Wunden auf dem Körper von seinem Lager, um die Ehre der Schwester zu retten, dann stirbt er in ihren Armen, nachdem er den Thronräuber niedergestreckt hat. Der Held unserer Balladen steht nach drei Jahren wieder aus dem Grab auf, um das Versprechen an die Mutter zu halten, und bringt ihr auf dem Pferd die Schwester zurück, die zum

Heiraten in die Fremde gegangen war. In den Volksüberlieferungen meines Landes gibt es unzählige Helden, die ihre Taten aus dem Jenseits begehen.

Großmutter Saba gestaltete ihre Balladen auch ohne Helden lebendig. Mit der Zeit wurde das, was sie den toten Brüdern zu erzählen hatte, immer umfangreicher und immer komplizierter. Großmutter berichtete über alles, was sie verpasst hatten, weil sie ihre Söhne nicht hatten aufwachsen sehen, aber auch über das, was ihnen erspart geblieben war, weil sie anderes nicht gesehen hatten. Manchmal sprach sie über den Wechsel der Jahreszeiten aus der Sicht dieses anderen Teils der Erde, denn vielleicht spürten sie dort unten Sehnsucht danach. Das Geräusch des Herbstregens auf den roten Dachziegeln und die weißen, nach Aschenlauge duftenden Laken, die im warmen Sommerwind flatterten, während sie im Hof zum Trocknen hingen.

In den ersten Jahren nach dem Krieg war sie froh, dass alle an ihre Brüder dachten und diesen Tag ihrem Andenken widmeten. Sie hatte nun einen weiteren Tag für ihre Totenklagen. Insgesamt waren es fünf Tage im Jahr: jeder ihrer Geburtstage, der Todestag und der fünfte Mai.

Aber zu Beginn der Siebzigerjahre beschloss die Partei, die Überreste der für das Vaterland Gefallenen zu exhumieren. Man wollte einen neuen Friedhof schaffen, eigens für sie: den Heldenfriedhof.

Großmutter Saba konnte es zunächst kaum fassen. Nach beinahe zwanzig Jahren die Überreste umbetten? Ihre Brüder lagen doch gut dort, wo sie lagen, neben der Mutter, dem Vater und allen Vorfahren. Was hatte ein neuer Friedhof für einen Sinn? Neue Gräber zu schaufeln und die alten wie die Mäuler ausgehungerter, gieriger Bestien zurückzulassen, war ein Vorhaben, das unter schlechtem Vorzeichen stand, es konnte nur Unglück bringen.

An dem Tag, an dem die Gräber der Brüder geöffnet wurden, wollte Großmutter Saba dabei sein, aber sie sprach mit niemandem und sah niemanden an. Nicht einmal die Frauen und Kinder der Brüder, die aus der Hauptstadt gekommen waren, alle stolz, lächelnd und bunt gekleidet. Es war der erste bunte Trauerzug, der seinen Weg zum Friedhof nahm, bisher waren alle Trauerzüge in Kaltra schwarz gewesen. Großmutter Saba wusste aus Erfahrung, dass die Hauptstadt alle Menschen verändert, aber gleich dermaßen? Sie waren es gewesen, die die formale Einwilligung zur Exhumierung gegeben hatten. Großmutter Saba hatte kaum noch Kontakt mit ihnen. Nach dem Krieg waren sie alle in die Hauptstadt gezogen. Die Partei hatte sich um die Ausbildung der Kinder und um eine gute Arbeit für die Frauen gekümmert. Sie hatten Fortbildungskurse besucht, sich emanzipiert und waren nun ganz andere Menschen. Eine von ihnen hatte sogar wieder geheiratet, den Generaldirektor der Post- und Telekommunikationsgesellschaft. Auch er anwesend und lächelnd wie alle anderen.

Großmutter Saba ließ nicht zu, dass irgendjemand die Überreste der Verstorbenen berührte. Das war nicht weiter problematisch, niemand legte großen Wert darauf. Bei den ersten Spatenhieben auf dem Marmor wandte sie den Blick zum Grab der Mutter. Plötzlich zog ein starker Wind auf, Großmutter bemerkte nicht, dass ihr schwarzes Kopftuch davonflog. Es flatterte in der Luft, wie der verletzte Flügel eines zum Flug ansetzenden Vogels.

Nach diesem Windstoß, der wie eine Welle über ihren Kopf hinweggegangen war, hingen ihr die Zöpfe unbedeckt auf die Schultern. Sie stieg in das erste Grab hinab. Ihre Hände tasteten nach jedem einzelnen Knochen. Sie zog sie hervor, reinigte sie mit der Bürste, die ihr die Arbeiter gegeben hatten, vom Staub, und legte sie dann in die rote Holzkiste neben sich. Keinen Augenblick lang unterbrach sie ihre kraftvolle Totenklage.

Viermal hintereinander wiederholte sie dieselben Gesten, dieselben Worte. Im vierten Grab verweilte sie etwas länger. Um auch die winzig kleinen Knochen ihres nie geborenen Neffen einzusammeln.

Dann streckte sie einer ihrer Schwägerinnen die geschlossene Faust entgegen. Das Gold des Traurings war das Einzige, was an diesem unheilvollen Tag glänzte. Der anderen Schwägerin, die wieder geheiratet hatte, gab sie nichts. Großmutter hatte sich den Trauring an den eigenen Finger gesteckt.

Der Trauerzug begab sich nun zum anderen Ende des Dorfes. Der neue Friedhof wartete darauf, mit den ihm zugedachten Bewohnern bevölkert zu werden. In der neuen Gesellschaft kam die ewige Ruhe nicht einmal mit dem Tod.

Kaltra war ein Sonderfall, es durfte einen Heldenfriedhof ganz für sich allein haben. In dem von der Partei erlassenen Schreiben wurde festgesetzt, dass für jede Provinzhauptstadt ein Soldatenfriedhof zu errichten sei. Kaltra war jedoch nur ein winziges Dorf mitten in den Bergen. Aber wegen der großen Zahl an Helden hatte es neben Peza, einem anderen Dorf in Mittelalbanien, dieses Privileg erhalten. Es war der einzige Trost für Großmutter Saba: Wenigstens durften die Brüder in ihrer Heimaterde ruhen.

Das war der Grund, weshalb sie seit Jahren nicht mehr an dem Fest teilnahm. Sie wollte allein ihre Toten beklagen. Aber sie bereitete immer noch die Süßigkeiten zu, die sie »für die Geister« ihrer Verstorbenen im ganzen Viertel verteilte. Am fünften Mai machte sie immer *Revania,* jene Süßigkeit, die ich für den Rest meines Lebens mit dem Tod in Verbindung bringen werde.

Zwölf

Ich habe meine Kindheit zwischen den Frauen meiner Familie verbracht: Großmutter Saba, meine Mutter und all die Tanten, die kamen und gingen. Die Hände voller Süßigkeiten: *Gurabie, Kadaif, Llokum,* an den Festtagen *Bakllava* und an den Trauertagen *Revania.* Tage, die man damit zubrachte, türkischen Mokka zu schlürfen und über alles Mögliche zu plaudern, vor allem über Männer.

Es kam vor, dass mein Vater am Nachmittag nicht aus dem Haus ging, weil er zu viele Arbeiten korrigieren musste oder weil er ganz einfach keine Lust hatte.

»Ich hab's im Gespür, dass er heute hierbleibt«, hörte ich Mama mit leiser Stimme zu Großmutter Saba sagen.

Ihre Pläne waren durchkreuzt. Die Tanten und Nachbarinnen kamen auf einen Kaffee vorbei, aber sie sprachen nur ein paar belanglose Worte und eilten enttäuscht wieder fort.

»Ein wahrer Mann hat seinen Platz unter Männern«, sagte Großmutter. »Was will er bei all den Frauen? Er macht sich lächerlich, das ist es, was passiert. Ich sage es zu seinem Besten, aber er begreift einfach nicht. Er hat keine Ahnung, wie sehr ein paar Frauen einen Mann verschaukeln können, zu was sie fähig sind.«

Diese Treffen waren jedoch nicht immer heiter und fröhlich. Wenn es ein Problem in der Familie gab, war die Stimmung angespannt, elektrisiert, und jede wollte etwas dazu sagen. So zum Beispiel, als es Adelina nicht schaffte, Köchin zu werden, oder als es um die »schwarze« Liebe von Onkel Myrtos Tochter Leyla ging. Oder zu anderen Gelegenheiten, bei denen ich, rein altersbedingt, nicht dabei war, an die ich mich aber genauestens erinnern kann. Geschichten, die ich Hunderte von Malen gehört habe, die schließlich meine Geschichten, meine Geschichte wurden.

Als die Chinesen kamen, war ich noch nicht geboren. Aber an das, was Tante Eugenia wegen der chinesischen Hühnerställe passiert ist, kann ich mich noch so gut erinnern, dass ich oft durcheinanderkomme: War ich dabei, oder war ich nicht dabei?

Es waren nur Männer ins Land gekommen. Sie waren immer in Gruppen unterwegs und ließen ihre Hemden aus den Hosen hängen. Ich kann mich an dieses Detail erinnern, weil man in den folgenden Jahren, sobald einer das Hemd nicht in der Hose trug, gleich von den Eltern oder Großeltern zu hören bekam: »He, wieso trägst du das Hemd wie die Chinesen? Steck's rein.«

In der gesamten Metallbranche kam es sofort zu Auseinandersetzungen wegen dieser spezialisierten Facharbeiter aus China. Ich habe oft gedacht, dass das mangelnde Vertrauen zwischen Albanern und Chinesen der Geschichte mit den Russen zu verdanken ist. Wir sind ein Volk der großen Leidenschaften: Durch die Vergangenheit waren wir gebrannte Kinder, und so beschlossen wir, uns emotional auf nichts mehr einzulassen.

Die Chinesen wollten ihre Köche in den Gemeinschaftskantinen unterbringen. Aber in den Küchen war der Teufel los. Die kulinarischen Unterschiede waren enorm. Es ist zwecklos, sagten die albanischen Köche, wir sind unseren kommunistischen Brüder aus China sehr verbunden, aber ein albanischer Koch kann unmöglich mit einem chinesischen Koch in einer Küche zusammenarbeiten. Sie legten dem Vorgesetzten die weiße Schürze und die Haube auf den Tisch und baten darum, als Arbeiter beschäftigt zu werden. Während des Kriegs der Köche fühlten sich die chinesischen Köche ernstlich verletzt und legten mehrfach Beschwerde ein. Die Chinesen waren auch in diesem Punkt anders als die Russen: Sie liebten Beschwerdeschreiben.

Papa sagte immer, die Chinesen seien gekommen, um bei uns einmal richtig Dampf abzulassen, da es in China jenen echten Drachen von Mao Tse-Tung gäbe, der sie im Zaum hielte.

Tante Eugenia hatte mit ihnen zu tun. Sie war Bauingenieurin und arbeitete damals in einem Büro, das mit der Planung eines großen Gebäudes beauftragt war, dessen Verwendungszweck man noch nicht kannte.

»Wir werden sehen«, hieß es von oben. »Erst wird gebaut, dann wird entschieden, das sind Dinge, die euch nicht betreffen. Ihr habt nur zu planen.«

»Schon«, antworteten unsere Ingenieure, »aber es macht einen Unterschied, ob man eine Fabrik baut oder ein Hotel.«

Für die da oben waren das unwichtige Details. Mein Land hat sich schon immer den Anweisungen der Herrschenden gebeugt, die mal »aufbauen«, ein andermal wieder »niederreißen« riefen.

In den Zeiten des unermüdlichen (und vollkommen planlosen) Aufbaus kam es zu einem Streit zwischen Tante Eugenia und einem der chinesischen Ingenieure. In ruhigeren Zeiten hätte man von Meinungsverschiedenheit gesprochen.

Die Tante mochte weitläufige, großzügige Anlagen, der Chinese setzte dagegen auf kleine, verwinkelte Innenräume. Weil sich beide Seiten einigen mussten, um den Entwurf durchzubekommen, stieß Tante Eugenia verärgert hervor:

»Ich bin nicht hier, um Hühnerställe zu entwerfen. Niemals werde ich diesen Mist unterzeichnen!«

Der chinesische Ingenieur hatte schon seit Monaten darauf gewartet, dass Tante Eugenia die Beherrschung verlieren möge. Er verfasste ein Beschwerdeschreiben, das er ans Zentralkomitee der albanischen Partei sowie an seine Botschaft schickte, die wiederum unverzüglich einen Bericht an das Zentralkomitee der chinesischen Partei sandte. Die Beschwerdeschreiben irrten tagelang von einem Kontinent zum anderen.

Genossin Eugenia hatte den chinesischen Bruder beleidigt, indem sie behauptete, er wolle nur Hühnerställe entwerfen, womit sie indirekt unterstellte, man könne in China angesichts der hohen Bevölkerungszahl, nur Hühnerställe bauen.

»Da hast du dir schön was eingebrockt«, sagte der Büroleiter zur Tante. »Entschuldige dich, übe Selbstkritik, sag, dass es bloß ein Scherz, eine dumme Bemerkung war, dass du müde und gestresst warst … all diese Dinge, die ihr Frauen so gut könnt. Ich habe die Nase auch voll, aber was sollen wir machen?«

Die Tante übte Selbstkritik, aber sie verspielte dennoch ihre Stelle im Planungsbüro. Sie wurde aufs Land versetzt, wo sie zum Glück nicht als Bauarbeiterin endete, sondern die laufenden Arbeiten überwachen musste.

»Jetzt, wo du jeden Abend kalk- und lehmbeschmiert nach Hause kommst, begreifst du hoffentlich, dass es besser ist, sich nicht um chinesische Hühnerställe zu kümmern«, sagte Großmutter Saba. »Zwei Dinge sollte man im Leben lernen: Man darf sich weder vor den Stärkeren noch hinter den Dümmeren stellen, denn beide denken nicht weiter nach und treten dir ins Gesicht.«

Für die Tante waren die Folgen nicht besonders schlimm. Vielleicht, weil in jenem Augenblick die Freundschaft mit den chinesischen Brüdern ihrem Ende entgegenging. Diesmal gab es kein kollektives Wehgeschrei wie bei den Sowjets, diesmal fehlte nicht viel, und die Leute hätten auf der Straße gefeiert.

Später ging Tante Eugenia nach Kuba, wo sie ganze zehn Jahre lang blieb. Ihr Mann musste für die dortige Botschaft Geheimschriften entschlüsseln. Ich erinnere mich an den Tag ihrer Abreise. Alle waren am Flughafen Rinas, um sie zu verabschieden. Ich hatte bereits die Liste mit den Geschenken im Kopf, um die ich sie bitten wollte. Ich wusste nicht, dass sich Kuba damals, was Luxusgüter betraf, in derselben Situation befand wie wir.

Für mich war der Gedanke, Verwandte zu haben, die »außerhalb der Landesgrenzen« lebten, jedenfalls von großer Bedeutung. Es klang so schön: »außerhalb der Landesgrenzen«. Meine Tante lebte außerhalb der Landesgrenzen, und ich konnte bedruckte Plastiktüten bekommen, auf denen vielleicht »Frischfleisch« oder »nur für Abfälle« stand, aber wir nahmen es damit nicht so genau. Ganz zu schweigen von den amerikanischen Kaugummis. Oder den Lux-Seifen. In jenen Jahren bekam ich von der Tante Pakete mit echt chinesischen Baumwollstoffen, echt chinesischen Plastikarmbanduhren und Kaugummis, die allerdings aus Amerika kamen.

Das einzige Zeichen aus Kuba bei uns zu Hause war eine Flasche mit der Aufschrift »Havanna Club«, die zwanzig Jahre lang auf der Anrichte im Wohnzimmer stand. Als sie leer war, füllte Papa sie mit Grappa und stellte sie für alle gut sichtbar auf. Die mit albanischem Grappa gefüllte Havanna-Club-Flasche in unserem Wohnzimmer war ein Beweis sozialer Stellung: Wir hatten Verwandte im Ausland, wir waren Leute, die etwas zählten.

Tante Eugenia kam vollkommen verändert aus Havanna zurück. Ihre Tochter Maya, die nicht in Albanien zur Welt gekommen war, wirkte ganz anders als die anderen Kinder. Auch ihr Mann war etwas seltsam. Anfangs sagte die Tante immer *Buenos días* und *Gracias.* Sie machte es nicht absichtlich, zehn Jahre sind für jeden zu viel. Aber das Merkwürdigste war, dass die Tante uns nicht mehr küsste. Sie war kühl geworden, wie die Ausländer. Sie reichte dir die Hand, trat auf dich zu und küsste in die Luft. Sie presste ihre Lippen nicht schmatzend und Saugnäpfen gleich auf deine Wangen, wie es die echten albanischen Tanten machen.

Am Tag ihrer Rückkehr teilte sie uns nicht einmal ihre genaue Ankunftszeit mit. Niemand wartete am Flughafen auf sie. Bei uns kam sie nur mit einer einzigen Tasche in der Hand vorbei. Sie begrüßte ihre Mutter und ihren einzigen Bruder mit nichts weiter als ein paar »Mitbringseln«, wie sie es nannte. Großmutter nahm den schwarzen Schal (auch er chinesisch) und packte ihn ganz unten in ihre Holztruhe. Eine Truhe, die sie von ihrer Mutter geerbt hatte, ein Traum für mich. Darin befand sich alles Mögliche: nach Mottenkugeln riechende Kleider, kleine Seifen, *Llokum,* Kaffee, Zucker, Bonbons, Quitten, goldene Ketten und Ringe, und nun auch der chinesisch-kubanische Schal, den die Tante mitgebracht hatte. Ich habe nie gesehen, dass meine Großmutter ihn getragen hat.

Großmutter Saba war ziemlich besorgt wegen Tante Eugenias merkwürdigem Verhalten, sie erkannte sie kaum wieder. Ihrer Meinung nach war die Tante in jenem fernen Land Opfer von Zauberei geworden. Man musste die Sache in Ordnung bringen. Großmutter Saba begann also, die Zauberinnen der Umgebung aufzusuchen, und ich kam mit ihr. Wir sollten ein Kleidungsstück mitbringen, das die Tante mindestens eine Nacht lang getragen hatte. Während eines Besuchs hatte Großmutter ihr ein Nachthemd entwendet.

Die erste Zauberin war eine *Magjyp* aus Vlora, die in einem entlegenen Viertel lebte. Es war ein heißer Julinachmittag. Mama wollte wissen, wo wir hingehen, aber wir verrieten nichts.

»Wo sollen wir schon hingehen, meine liebe Schwiegertochter. Meinst du, eine alte Frau wie ich ist noch zu irgendetwas zu gebrauchen? Wir drehen eine kleine Runde, sonst nichts. Ich will ein bisschen Luft schnappen, selbst Gefängnisinsassen haben ein Recht dazu, oder?«

Großmutters Spezialität: Eine einfache Frage löste eine Lawine an Klagen in ihr aus, die einfach jedem den Mund stopfte.

Die Zauberin hatte ein großes Haus. Eine Hälfte war bewohnt, die andere war noch Baustelle.

»Wir vergrößern uns ein wenig«, erklärte sie. »Die Kinder wachsen heran und heiraten ihrerseits.«

Bei der Kundenschlange, die ich sah, konntest du schon den Wunsch verspüren, dich zu vergrößern. Es hätte durchaus eine Kirche dabei herauskommen können.

»Welche Sorge treibt euch zu mir«, fragte sie ohne lange Umschweife.

»Meine Gute«, begann Großmutter, »ich habe sechs Kinder.«

»Möge ihnen ein langes Leben beschieden sein«, antwortete die Zauberin rasch.

Großmutter Saba seufzte tief und fuhr fort:

»Ich hatte geglaubt, dass ich, sobald sie alle verheiratet sind, zur Ruhe kommen würde, aber wie es scheint, wird das erst der Fall sein, wenn ich die Augen für immer schließe. Meine älteste Tochter«, hier senkte Großmutter die Stimme, »ist verhext worden, sie ist auf einmal ganz kühl, so kühl wie das Meer im Winter.«

Die Zauberin riss die Augen auf, sie schien ernsthaft besorgt zu sein.

»Ist deine Tochter noch recht bei Trost? Weiß sie nicht, dass der Mann noch während er die Frau zu Grabe trägt im Leichenzug Umschau hält, ob eine dabei ist, die ihm gefallen könnte? Nicht umsonst heißt es: Mann und Frau, zwei Schlangen auf demselben Lager. Was bindet dich an deinen Mann, wenn nicht das Bett?«

Die Zauberin redete wie ein Wasserfall, Großmutter kam kaum zu Wort.

»Aber nein, aber nein, das ist nicht der Punkt. Was weiß denn ich, wie *diese* Dinge mit ihrem Ehemann laufen«, rief Großmutter verdrossen.

Allmählich verlor sie das Vertrauen in diese Zauberin. Keinen roten Heller war sie wert … Sprach man etwa so mit einer alten Frau?

»Sie ist zu mir kühl, zur Familie, zu allen. Sie hat ein paar Jahre im Ausland gelebt und ist ganz verändert zurückgekehrt. Sie wirkt wie eine Ausländerin. Sie küsst uns nicht mehr, wir plaudern nicht mehr wie früher, mit anderen Worten, wir sind uns fremd geworden«, sagte Großmutter Saba, wobei sie jedes einzelne Wort betonte.

Endlich begriff die Zauberin.

»Besser so«, sagte sie. »Solange sie keine Probleme mit ihrem Mann hat, wird sich der Rest schon richten. Hast du einen Gegenstand von ihr mitgebracht?«

»Natürlich«, Großmutter hatte schon darauf gewartet. Sie zog Tante Eugenias Nachthemd hervor.

Die Zauberin betrachtete es fünf Minuten lang, als seien auf diesem Stück chinesischer Baumwolle die Spuren des erlittenen Zaubers verblieben.

»Es ist schlimm«, sagte sie schließlich, wobei sie Großmutter Saba ansah. »Es ist wirklich ein schlimmer Zauber, den sie ihr zugefügt haben. Es ist schwarze Magie.«

»Heißt das, es waren Schwarze, die sie verhext haben?«, fragte Großmutter. »Ja, ja«, fuhr sie gleich darauf fort, »ich erinnere mich, dass auf den Fotos, die sie uns aus Havanna schickte, immer auch ein schwarzer Freund zu sehen war. Oh, meine arme Tochter…«

»Nein«, unterbrach sie die Zauberin, »ich weiß nicht, ob es Schwarze oder Weiße waren, es ist die Magie, die schwarz ist. Ich kann erkennen, wie die Dinge gelaufen sind. Deine Tochter hat das Wasser der Toten berührt, das Wasser, das sie zum Waschen irgendeines Leichnams verwendet haben. Sie haben es dort ausgeschüttet, wo deine Tochter gerade entlanglief. Und sie, die davon nichts wusste, ist leider hineingetreten. ›Mögen deine stärksten Gefühle erkalten wie dieses Wasser, das Leben und Tod voneinander trennt‹, sprachen sie, bevor sie es ausschütteten«, schloss die Zauberin.

»Dann benutzen sie also dieselbe Magie wie wir«, stellte Großmutter erstaunt fest. Sie hatte durch andere Frauen von diesem gegen unliebsame Leute angewandten Ritual gehört.

»Wusstest du das nicht? Natürlich ist es dieselbe. Die Magier stehen untereinander in Kontakt, was dachtest du denn?«

Die Zauberin legte die Handflächen auf das Nachthemd und schloss die Augen. Sie murmelte etwas, was ich nicht verstehen konnte. Dann öffnete sie die Augen wieder und verdrehte sie, es schien, als würden sie ihr aus den Höhlen springen. Plötzlich spuckte sie auf das Nachthemd der Tante.

»Wie eklig«, entfuhr es mir mit leiser Stimme.

Aber sie hörte es, sie war schließlich Zauberin.

»Raus, raus mit dir«, schrie sie, dann drehte sie sich zu Großmutter um:

»Das ist kein Ort für ungezogene Mädchen.«

Ich ging hinaus. Unter den Bäumen im Hof warteten viele Leute. Ich war wütend auf mich selbst: Den schönsten Teil ließ ich mir entgehen, das echte magische Ritual, das sie zur Rettung der Tante vor Großmutters Augen vollziehen würde.

Die Leute redeten über dies und das. Eine Frau war gekommen, weil ihr achtjähriger Sohn jede Nacht ins Bett machte. Die Zauberin, sagte sie, würde den Wasserhahn des Jungen im Nu zudrehen. Eine andere Frau hatte eine unverheiratete Tochter. Trotz ihrer geschlagenen siebenundzwanzig Jahre hatte immer noch niemand an die Tür geklopft und um ihre Hand angehalten.

Zwei etwa zwanzigjährige Männer saßen ein wenig abseits.

»Und ihr beide?«, fragte eine alte Frau. Der eine antwortete nicht, der andere murmelte, dass sie ein paar Probleme hätten.

»Das war mir schon klar«, erwiderte die Alte, »sonst wärt ihr schließlich nicht hier, aber was für Probleme sind es?«

Der junge Mann trat auf sie zu, deutete auf seinen Freund und raunte:

»Er hat Verwandte in Amerika, die 1950 geflohen sind. Wir wollen zu ihnen, aber wir wissen nicht wie. Man hat uns gesagt, dass diese Zauberin ziemlich auf Trab ist.«

Die Alte dachte einen Augenblick lang nach und antwortete dann mit ebenfalls leiser Stimme:

»Tut es euch denn gar nicht leid um eure Eltern? Um eure Mütter? Warum wollt ihr so weit fortgehen? Damit die Raben euch die Augen auspicken?« Sie spielte damit auf die Verse eines alten Liedes an, das von Leuten handelte, die nach Amerika auswanderten.

Ihr war es ziemlich gleichgültig, dass es sich um ein imperialistisches Land handelte und dass die Leute dort auf der Straße starben. Ihre größere Sorge galt den Müttern dieser jungen Männer, sie dachte als Mutter.

»Habt ihr denn schon Pässe?«

»Ja, ja«, antwortete der junge Mann und zog zwei kleine Ausweise hervor, auf denen tatsächlich »Pass« stand. Ich wusste, dass sie nichts taugten, ich hatte echte Pässe gesehen. Aber ich sagte nichts. Vielleicht würde die Zauberin ihnen erklären, was sie tun mussten, um an die richtigen Papiere zu kommen, vielleicht würde sie ihnen auch direkt die Formulare für die Ausreise nach Amerika beschaffen.

Wenig später kam Großmutter Saba heraus, und wir kehrten zurück nach Hause.

Tante Eugenia gab uns weiterhin keine Küsse auf die Wange und hielt sich von den Frauen der Familie weiterhin fern.

Dreizehn

Etwas war mir von klein auf klar: Ich würde kein einfaches Gefühlsleben haben, bei all den Frauen in der Familie. Frauen können dir bei der Entdeckung der Erwachsenenwelt eine große Hilfe sein, sie können aber auch dein Verderben bedeuten. Wer unter vielen Frauen aufgewachsen ist, weiß, wovon ich spreche.

Ich nahm an allen Frauentreffen teil und ließ sogar ihre Predigten über mich ergehen: »Nimm dich bloß in Acht, du, nimm dich vor den Jungen in Acht, vertraue ihnen nicht, denn letztlich haben sie's nur auf eins abgesehen, auf deine kleine Schnecke.« In jungen Jahren verstand ich nicht viel, außer dass es die Schnecke um jeden Preis zu beschützen galt.

Meine Mutter sprach nie über solche Dinge mit mir. Sie sah mich an, ohne etwas zu sagen. Vielleicht aus Angst, in den Chor der anderen mit einzustimmen, vielleicht auch, weil sie glaubte, ich würde einmal ihre Zurückhaltung zu schätzen wissen.

Meine Mutter sah mich an, wie man das zarte Gras betrachtet, das im Frühjahr sprießt, mit der Angst, ein unbesonnener Schritt könne mein Verderben bedeuten. Aber ich war nicht so zart, für mich herrschte Einklang zwischen dem Licht und der Erde, auf der ich gedieh wie alle Frauen. Nur dass die Luft, derer mich meine anderen Mütter beraubten, durch das Schweigen der Genossin Klementina nicht wieder aufgefüllt werden konnte.

Ich war sieben Jahre alt, als sich mir zum ersten Mal jemand auf anstößige Weise zu nähern versuchte. Mit meiner Mutter konnte ich darüber nicht reden. Ich hatte mich beim Wettrennen verletzt und war mit meiner Freundin Marieta zur Erste-Hilfe-Station im Viertel gegangen, um mir mein Knie verarzten zu lassen. Wir waren auf dem Rückweg nach Hause. Ein paar Jungen spielten auf dem Sportplatz Fußball, wir liefen dicht vorbei. Der Junge, der im Tor stand, sah mich an und rief:

»Wie hübsch du bist. Sag, lässt du mich einmal an sie ran, ein einziges Mal nur?«

Auch wenn ich nicht begriff, auf was er es abgesehen hatte, war mir immerhin so viel klar, dass er es nicht für immer haben wollte.

Ich lächelte, das Kompliment freute mich sehr. Ich wollte ihm antworten, dass ich nicht ganz verstanden hätte, um was es ihm ging.

Marieta ließ mir keine Zeit dazu, sie zerrte mich fort.

»Du bist echt verrückt!«, hielt sie mir vor. »Man spricht nicht mit Jungs, schon gar nicht mit den großen.«

»Ich weiß«, gab ich zurück, »aber ich hab nicht verstanden, was er von mir wollte.«

»Ach komm«, antwortete Maireta, »das glaub ich dir nicht.«

Ich schwor auf die »rote Bahre« meines Vaters, und sie ließ sich überzeugen, dass ich die Wahrheit sprach. Im Gegenzug für eine Erklärung versprach ich ihr einen Monat lang für alle Folgen der *Märchenwelt* einen Gratisplatz vor unserem Fernseher. Jeden Samstagabend um sechs Uhr würde für Marieta ein Platz auf unserem Wohnzimmersofa reserviert sein. Damals hatten noch nicht alle einen eigenen Fernseher, er kostete mehr als die Hälfte eines Jahreseinkommens, und es war nicht ganz einfach, einen zu erwerben. Man brauchte eine Genehmigung vom Parteirat und vom Parteisekretär: eine Genehmigung, um von deinem eigenen Geld einen Fernseher zu kaufen.

Nach diesem Versprechen enthüllte mir Marieta, dass es sich um »schändliche« Dinge handele: Er hatte mir vorgeschlagen, mit ihm ein einziges Mal »Schandworte zu machen«. Ich verstand immer noch nicht. Marieta verlor allmählich die Geduld und sagte, dass die schändlichen Dinge das wären, was die Eltern nachts täten. Ich hatte einen Bruder, richtig? Wir waren zwei Kinder, also hatten meine Eltern nur zwei Mal »Schandworte gemacht«.

In diesem Augenblick musste ich daran denken, dass Marieta acht Geschwister hatte. Ich durfte mich nicht beschweren, sie hatte es viel schlimmer getroffen.

Ich konnte die ganze Nacht lang nicht schlafen. Dieser Junge wollte also ein Kind mit mir machen. Es war eine Art Heiratsantrag. Aber ganz überzeugt war ich nicht.

Wenig später wurde meine Mutter schwanger. Sie fragte mich, ob ich lieber ein Schwesterchen oder lieber ein Brüderchen haben wollte, aber mir war das ganz egal. Das Wort »Schande« konnte niemand aus meinem Kopf vertreiben.

Der Junge, der an jenem Nachmittag im Tor stand, hieß Gjergji. Er besuchte damals die letzte Klasse der Mittelschule. Er wohnte in unserem Viertel, aber ich spielte mit den Kindern in meinem Alter, vor allem mit Mädchen.

Ein paar Monate später traf ich Gjergji wieder. Vor dem Hauseingang parkte ein Militärlaster, und er half den Eltern, Kartons abzuladen. Sie zogen ins Erdgeschoss unseres Hauses.

Von diesem Zeitpunkt an bis zu meinem achtzehnten Lebensjahr ließ mich Gjergji keinen Augenblick mehr in Ruhe. Ich entwickelte mich zu einer jungen Frau, und er war mir dabei eine große Hilfe.

Eines Tages spielte ich mit meinen Freundinnen Volleyball. Zwischen zwei Pappeln hinterm Haus hatten wir ein dünnes Seil gespannt und auf der frischen Erde das Spielfeld markiert. Irgendwann rief Eva mir zu:

»Pass auf, Gjergji kommt.«

Auch für meine Freundinnen war es ein Albtraum. Dennoch verspürten wir eine Art Erregung angesichts des Neuen, das wir Mädchen an diesem Nachmittag erleben würden. Etwas, das uns tief beunruhigte, ohne dass wir wussten weshalb.

Wir taten so, als sei nichts geschehen, und spielten weiter, aber keine dachte mehr ans Spiel. Meine Freundinnen mussten sich bereithalten, um mich zu beschützen, außerdem durften wir uns keines von Gjergjis Worten entgehen lassen, die wir später alle gemeinsam durchgehen würden.

Er kam näher und zog ein kleines Messer hervor. Wortlos begann er, den Stamm einer Pappel damit zu bearbeiten. Als meine Freundinnen das Messer sahen, scharten sie sich um mich. Dieselbe Szene, die sich bei allen Frauen der Welt abspielt. Der Mann nähert sich, und die Frauen scharen sich plötzlich zum Rudel, grenzenloser Zusammenhalt.

Gjergji blieb eine Weile dort, dann kam er zu uns.

»Siehst du dieses Messer?«, fragte er mich. »Wenn du einen anderen anschaust, schneide ich dir die Kehle durch. Du gehörst mir.« Dann verschwand er.

Der Chor der Freundinnen setzte ein:

»Oh Dora, du Ärmste, was musst du erleben.«

Sie schienen alle verzweifelt wegen mir, aber ich glaube, sie bedauerten, nicht an meiner Stelle zu sein. Wir näherten uns der Pappel, die Gjergji so lange bearbeitet hatte. Dort war ein Herz mit einem Pfeil eingeritzt. In dem Herz die Buchstaben D und G.

Gjergji hatte das Gerücht in Umlauf gebracht, dass er mich »großziehe«. In unserer Sprache bedeutete das, dass er über meine Ehre wachte. So würde ich rein und unberührt für ihn bleiben: Er sollte der Erste und der Letzte sein.

Oft war mir seine Wachsamkeit lästig. Er wartete im Dunklen im Treppenhaus auf mich, nur um mir zu sagen, dass ihm mein Lachen nicht gepasst habe, als ich gemeinsam mit den Freundinnen »wie eine serbische Stute« in der Stadt herumsprang. Er verfolgte mich überall hin. Es war beinahe so, als hätte ich zwei Väter, ich wurde doppelt überwacht, wenn ich mich der Kontrolle des einen entzog, so entkam ich bestimmt nicht der des anderen.

Gjergji hat nie versucht, mich zu küssen oder anzufassen, wie es Jungen in seinem Alter normalerweise tun. Er sagte, dass er sich mit mir nicht amüsieren wolle, sondern es ernst meine. Um sich zu amüsieren, hatte er sich eine gleichaltrige Blondine gewählt.

»Hör zu«, sagte er, »wenn dir zu Ohren kommt, dass ich mit Mariana zusammen bin, sei unbesorgt: Es ist nur ein Zeitvertreib. Mit ihr habe ich meinen Spaß und sonst nichts, mit dir ist es mir ernst.«

Dieser Gedanke, der mir heute absurd erscheint, kam mir damals vollkommen normal vor. Normal und gemäß der *Moral.*

Gewisse Dinge tat man mit leichten Mädchen und nicht mit einer, die man später einmal heiraten wollte.

Am Ende des ersten Gymnasialjahres sah mein Vater den Zeitpunkt gekommen, sich um meine Sexualerziehung zu kümmern.

»Klementina, Dora, kommt her.«

Er rief uns beide ins Wohnzimmer, schloss die Tür und nahm uns gegenüber Platz. Ich weiß nicht, ob auch Mama erzogen werden sollte, sie saß schweigend da und wartete darauf, dass Papa das Wort ergriff.

»Vielleicht hast du es bisher noch nicht bemerkt, aber du bist kein Kind mehr«, begann er. »Deshalb«, Papa sah Mama hilfesuchend an, aber sie hatte beschlossen, ihm diese Hilfe zu verweigern, sie schwieg. »Deshalb … musst du auf der Hut sein. Du darfst dich nicht auf Jungen einlassen … sie wollen … immer nur das Eine … Sie wollen dich auspressen wie eine Zitrone, um dich dann wegzuwerfen. Kannst du dir eine ausgepresste Zitrone vorstellen? Was macht man damit? … Man schmeißt sie weg, oder? Weil sie niemandem mehr etwas nutzt.«

Dann erhob er sich. Offenbar war er fertig. Als auch wir uns erhoben, kam ihm eine andere Idee:

»Ich mache mir keine Sorgen um dich. Weißt du auch weshalb nicht? Nach wem kommen die Mädchen? Nach den Müttern, ist doch klar, also kommst auch du nach deiner Mutter.«

In der Sprache meiner Familie war das eine versteckte Drohung an Mama: »Wenn deine Tochter eine *Kurva* wird, ist es allein deine Schuld.«

Ich ging in die zweite Klasse des Gymnasiums. Mittlerweile beachtete ich Gjergjis Nachstellungen gar nicht mehr. Er war ernster geworden, er hatte sich verändert. Wenn wir uns im Treppenhaus begegneten, wirkten wir wie ein altes Ehepaar am Ende seiner Tage. Ich wusste, dass er müde war, ich fragte nicht, wie es mit seiner Arbeit als Mechaniker lief. Wir sprachen über meine Schule, dann ergriff ich unter dem Vorwand der Hausaufgaben die Flucht. Diese Augenblicke hinterließen in mir den Eindruck tiefer Trostlosigkeit: Ich schien in seinem Leben das Einzige zu sein, was ihm noch geblieben war.

»Gute Nacht«, sagte er mir im Dunkeln. »Gute Nacht, du Licht meiner verglühten Jugend. Eines Tages werde ich dich verlieren, einfach so, ohne dich jemals gehabt zu haben. Aber vielleicht auch nicht, vielleicht nicht.«

»Gute Nacht Gjergji«, murmelte ich, bevor ich die Treppen hinauflief.

»Verlob dich mit mir.« Es war Gjergjis Stimme, die wie immer aus der Dunkelheit des Treppenhauses kam. »Du bist alt genug, werde meine offizielle Verlobte. Möchtest du, dass ich meine Eltern bitte, um deine Hand anzuhalten?«

Ich wusste nicht, was ich antworten sollte. In gewissem Sinn gehörten wir zusammen, aber nicht auf diese Weise. Unsere Kindheiten waren unauflöslich miteinander verschmolzen, unsere Geschichte war der einzige Quell an jenem scheinbar gänzlich ausgedorrten Ort, aus dem sich noch schöpfen ließ.

»Gjergji, ich will mir kein Leben mit dir aufbauen. Ich will am Abend nicht auf deine Heimkehr warten, dich nicht am Morgen in der Tür verabschieden. Ich will nur deinen Schatten sehen zu jeder Dämmerstunde meines Lebens, will darauf warten, dein Schweigen zu vernehmen.« Das sind die Worte, die ich Gjergji gerne erwidert hätte, Worte, die mir heute so vorkommen, als seien sie einem jener Liebesromane entsprungen, die ich damals las. Aber es waren aufrichtige Worte. Es waren meine fünfzehn Jahre, die aus ihnen sprachen.

Vierzehn

Es fällt mir nicht schwer, in der Landschaft meiner Jugenderinnerungen das zarte Gesicht Blertas zu entdecken. Als junge Mädchen waren unsere Gedanken von Liebesliedtexten erfüllt. Hinter diesen Liedern versteckten wir unsere Träume, so wie wir unsere Köpfe hinter den Blumentöpfen ihres Balkons versteckten, um die Jungen zu beobachten, die die Straße entlangliefen.

An einem Tag im Spätfrühling ging ich mit Blerta spazieren. Meine Eltern sahen es nicht gern, dass ich mich mit ihr traf, da sie nicht besonders gut in der Schule war. Wir besuchten erst die dritte Klasse der Mittelschule, sie hatte noch Zeit genug zum Lernen, dachte ich. Blerta war blond und zog die Blicke auf sich. Sie hatte genauso wohlgeformte Beine wie Parashqevi Simaku, eine damals ziemlich bekannte Sängerin, und alle Jungen waren hinter ihr her. Sie hatte auch einen großen Hintern. Ich nicht, im Gegenteil, mir riefen sie oft »Hintern für zwei Groschen« hinterher, was übrigens nicht dasselbe ist wie Zweigroschenhintern, aber was soll's. Er wird schon wachsen, dachte ich.

Mit Blerta sprach ich über alles. Sie war es, die mir erklärte, wo die Kinder herauskommen. Ihre Mutter war Hebamme.

Bei Blerta zuhause gingen seltsame Mädchen ein und aus. Ihre Mutter brachte sie mit, um sich mit ihnen zu unterhalten oder um sie zu einem Essen in familiärem Kreis einzuladen. Sie lebten in der Mutterschafts-Klinik. Auch ich unterhielt mich manchmal mit ihnen. Sie hatten alle dicke Bäuche. Sie warteten. Meistens kamen sie aus verschiedenen Städten. Einige blieben ein halbes Jahr, andere länger, dann verschwanden sie, und neue Mädchen nahmen ihren Platz ein. Die Klinik war immer voll belegt. Sie waren alle blutjung, keine hatte die Oberschule beendet. Blerta erzählte mir, dass ihre Familien sie nicht mehr haben wollten: Die Partei schickte sie aus allen Teilen des Landes hierher. Nach der Entbindung wurden die Kinder dem Staat anvertraut und die Mütter irgendwo interniert. Sie mussten auf den Feldern arbeiten, für irgendeine landwirtschaftliche Produktionsgenossenschaft, inmitten von Bauern, die, je nach Gelegenheit, versuchen würden, sie umzuerziehen oder sie zu vögeln. Mit dreißig waren sie bereits alte Frauen. Wenn es gut lief, heirateten sie einen Witwer und ließen sich von ihm als *Kurva* beschimpfen. Das neugeborene Kind wurde zur Adoption freigegeben, sie hörten nie wieder etwas von ihm.

Die Mädchen waren süß – auch fröhlich. Sie ahnten nicht, was auf sie zukam. Oder vielleicht doch, aber sie wollten es nicht wahrhaben. Sie strahlten jene Anmut aus, die allen schwangeren Frauen eigen ist.

Mein Vater hätte mich umgebracht, wenn ihm zu Ohren gekommen wäre, dass ich mit ihnen sprach. Mama ebenfalls. Immer wenn ich etwas tat, was ihnen missfiel, sagten sie zu mir: »Pass auf, dass du nicht dasselbe Ende nimmst wie Tante Esma.«

Einem alten Aberglauben zufolge wird die *Kurvëria* in weiblicher Linie über sieben Generationen weitervererbt: Mit mir war erst die dritte erreicht.

Großmutter Saba gefiel es überhaupt nicht, wenn sie auf

Tante Esma anspielten. Oft hörte ich sie mit leiser Stimme murmeln: »Armselige Schwätzer, was wissen sie von meiner Schwester.« »Von ihr gar nichts«, konterte Mama bisweilen, um sie zu verletzen. »Wir wissen nur, was man über sie erzählt.«

Mama war sehr stolz, dass in ihrer Familie keine Frau in Angelegenheiten der *Kurvëria* verwickelt war. Großmutter erwiderte nichts auf ihre Bemerkungen. Aber ihre Augen nahmen einen undefinierbaren Ausdruck an, der weder Trauer noch Bedauern verriet. Er war umso beunruhigender, als es unmöglich war, ihn zu beschreiben. Ein Ausdruck, so flüchtig wie ein Schmetterling, der in der Luft starb, noch bevor Großmutter zum nächsten Atemzug ansetzte.

Großmutter Saba deckte mich immer. Obwohl sie genau wusste, dass ich zu Blerta gegangen war, tischte sie meinen Eltern, sobald sie nach mir fragten, den Namen einer anderen Freundin auf. Wenn es herauskam, ließ sie eine ihrer üblichen Litaneien los: »Siehst du, mein Sohn, siehst du, wie schlecht es um mich steht? Nicht einmal die Namen, die sie mir sagen, kann ich mir merken? Glaubst du mir jetzt endlich?« Um sich ihr Gejammer nicht länger anhören zu müssen, beendeten meine Eltern schließlich die Diskussion. Mit ihr, aber nicht mit mir. Für mich endete das Ganze oft schmerzhaft.

Blertas Mutter war ganz anders. Sie ließ ihre Töchter mit diesen Mädchen allein zu Hause. Sie sagte nur, dass die Liebe bisweilen in die Irre führen kann.

»Ist Shana vollkommen verrückt?«, rief meine Mutter. »Sie werden Blerta und Juli ›Tod und Teufel‹ beibringen.«

»Meine liebe Schwiegertochter«, entgegnete Großmutter Saba, »was haben diese Mädchen denn im Vergleich zu mir, zu dir, zu meinen Töchtern und allen anderen Frauen dieser Welt so Fürchterliches getan? Ein Kind bleibt immer ein Kind …«

Mama sah Großmutter entsetzt an. Solche Worte konnten mich ins Verderben stürzen.

Merkwürdig war nur, dass diese Mädchen nie den Teufel ins Spiel brachten, wie Mama behauptet hatte. Sie erzählten nur, wie sehr ihnen die Mutter fehlte. Sie sprachen von dem kleinen Bruder, der nachts nicht mehr kam, um sie aus Angst vor einer Eule oder dem Wolf zu wecken. Sie sprachen von den Schulkameradinnen, von den Klassenarbeiten und davon, wie sie die Mathematiklehrerin an der Nase herumgeführt hatten, indem sie die richtigen Lösungen herumreichten. Sie erinnerten sich, und oft weinten sie.

Eines Tages hatte eine von ihnen einen Blasensprung, während Blertas Mutter außer Haus war. Blerta begleitete sie in die Klinik. Das Mädchen jammerte und klagte.

»Schnell«, schrie Blerta den Kolleginnen ihrer Mutter zu. »Hena geht es schlecht.«

Die zuständige Hebamme war eine Hexe. Sie hatte ein kantiges Gesicht und sah aus wie ein Schrank. Ein Affenweib: Unter den durchsichtigen Strümpfen wuchsen lange schwarze Haare. Für gewisse ästhetische Belanglosigkeiten hatte sie keine Zeit, ihr kam die Aufgabe der Ehrenwächterin zu. So auch bei diesen Mädchen, denen das Lachen noch nicht vergangen war, weil sie offenbar nicht ganz begriffen, was sie angestellt hatten. Sie war hier, um es ihnen tagtäglich unter die Nase zu reiben.

»Hena geht es nicht schlecht, sie bringt nur gerade ihren Bastard zur Welt«, sagte die Hebamme.

Hena litt im Stillen. Sie ballte ihre weißen Fäuste und atmete mühsam. Sie war erst siebzehn Jahre alt.

»Tut dir das weh?«, fragte die Hebamme und steckte ihr eine Hand in die Vagina. »Als da was anderes drinsteckte, tat's dir nicht weh, was? Du kannst dieser Regierung dankbar sein, dass sie dich im Krankenhaus entbinden lässt. Flittchen wie dich müsste man auf der Straße verrecken lassen.«

Hena begriff nicht, warum sie so hart zu ihr war. Aus ihrem Gedächtnis tauchte eine Szene empor, die sie Bild für Bild hätte beschreiben können.

Engjell wartete im Wohnzimmer auf sie. Sie war kurz auf die Toilette gegangen und sah sich im Spiegel an. Sie konnte sich nicht richtig erkennen, der Spiegel war mit braunen Flecken überzogen. Mit einem grünen Plastikbecher füllte sie ein kleines Becken und wusch sich die Hände.

Dann kam sie zurück. Engjell, ihr blonder Engel, zog sie an sich und küsste sie ausgiebig.

»Ich liebe dich«, sagte er, »ich halte es nicht mehr aus, noch länger zu warten.«

»Worauf?«, fragte sie.

»Dich zu vögeln«, antwortete er.

Sie spürte Enttäuschung. Sie hatte gehofft, dass er vielleicht »dich zu heiraten« oder »dich für immer zu besitzen« sagen würde. Sie versuchte, sich ihm zu entwinden, aber es war bereits zu spät. Er hatte schon die Hosen runtergelassen.

»Warte«, sagte sie, »ich will, dass wir erst heiraten.«

»Wir heiraten später«, erwiderte er.

Hena stieß noch einen verzweifelten Schrei aus, danach nichts mehr – nur noch das Weinen eines Kindes.

»Ein Mädchen?«, fragte sie mit dünner Stimme.

»Gott sei Dank nein«, sagte die Hebamme, »eine *Kurva* weniger.«

Fünfzehn

Seltsam, ich habe noch gar nicht von einer meiner Lieblingstanten erzählt. Tante Bianca ist die zweitjüngste Schwester meines Vaters, sie lebte ebenfalls in Vlora. Sie hatte weder einen Botschafter geheiratet, noch war sie für ein paar Jahre ins Ausland gegangen. Zu meinem Glück, denn ihre Tochter Flora war die Cousine, an der mir am meisten lag.

Als wir noch jünger waren, verbrachten wir ganze Nachmittage in ihrem Zimmer, um zu lesen, zu lesen und zu lesen. Ich war noch aus einem anderen Grund gerne bei ihnen zu Hause: Floras Papa, Onkel Timo, benahm sich anders als normale Väter. Er erhob nie die Stimme oder die Hand gegen die Kinder, er spielte und lachte mit ihnen. Das erstaunte mich zutiefst. Unglaublich, sagte ich mir, es gibt auch solche Väter.

Onkel Timo hatte fünfzehn Jahre an der Grenze zu Serbien verbracht. Er hatte gute Arbeit geleistet: nicht die kleinste Fliege war je auf die andere Seite gelangt. Er musste nie auf unorthodoxe Mittel zurückgreifen, die Leute aus der Gegend hatten nicht die geringste Absicht fortzugehen. Ihr Hab und Gut verlassen, um wer weiß wohin zu gehen?

Nach jenen Jahren des Dienstes am Vaterland war Onkel Timo nach Vlora zurückgekehrt, hatte meine Tante geheiratet und drei gesunde Kinder in die Welt gesetzt.

Er schaute immer italienisches Fernsehen, er kannte die

Sprache. Seine Leidenschaft für Sprachen war allerdings schon viele Jahre zuvor erwacht. Einmal hatten seine Kollegen vom Geheimdienst einen Gymnasiallehrer verhaftet, weil er unter seinen Schülern verbotene Literatur verteilte. Die Beweise dieses furchtbaren Vergehens wurden beschlagnahmt, darunter auch ein Italienischwörterbuch mit einer dazugehörigen Sprachlehre. Onkel Timo hatte alles in Verwahrung genommen und während seiner Nachtdienste, anstatt sich im Sessel auszuruhen, Seite um Seite des vergilbten Buches kopiert. Es handelte sich um einen Band, der anlässlich des Besuches von Graf Ciano erschienen war. Der Graf, der wenig später von seinem Schwiegervater um die Ecke gebracht wurde, war längst in Vergessenheit geraten, seine Sprache dagegen nicht.

Nach Italienisch kamen Französisch und Englisch an die Reihe.

»Wirst du bei all den Sprachen nicht ganz wirr im Kopf?«, fragte Tante Bianca. »Am Ende vergisst du noch die eigene.«

Onkel Timo lief oft Gefahr, in ernsthafte Schwierigkeiten zu geraten. Es war sein rebellisches Temperament, das ihn immer wieder zu gefährlichen Handlungen verleitete. Er bestritt das und sagte, es habe nichts mit Rebellion, sondern lediglich mit Menschenwürde zu tun. Er hätte uns an seiner Stelle sehen mögen, wie wir uns verhalten hätten.

Er hatte dabei vor allem eine Geschichte im Kopf, die mit einem seiner Spezialaufträge in den Bergen zusammenhing. Es war die Zeit der Wildschweinjagd, und überall wurde erzählt, dass die damalige rechte Hand von Hoxha (der übrigens die Angewohnheit hatte, häufig seine rechte Hand zu wechseln) die Saison eröffnen sollte. Er würde genau in die Gegend kommen, in der sich Onkel Timo befand.

Man hatte ihn zu einem dringenden Gespräch gebeten.

»Die Regierung kommt zur Jagd her«, teilte man ihm mit. »Wir vertrauen dir einen Spezialauftrag an.«

»Gut«, erwiderte er, »ich werde mein Bestes geben.«

Onkel Timo war für den Geheimdienst vor Ort verantwortlich und daran gewöhnt, auf jede Situation schnell und angemessen zu reagieren.

»Es handelt sich um einen ganz besonderen Auftrag«, erklärte der Parteikommissar mit etwas verlegener Stimme. »Du musst eine Gruppe von Personen aussuchen, die mit der Gegend vertraut sind. Leute mit einer sauberen Biografie, am besten Kommunisten. Mit Parteiausweis, versteht sich. Sie müssen kräftig und bei guter Gesundheit sein, sie müssen *durchhalten* während der Jagd.«

Der Onkel war nicht gerade ein Fachmann auf dem Gebiet der Jagd. Als kleiner Junge war er mit der Zwille losgezogen, hatte große Kiesel aus dem Fluss gesammelt und fast immer einen Vogel getroffen. Er hatte seiner Beute den Kopf abgetrennt, sie ausgenommen und auf einen Spieß gesteckt. Es waren Kriegszeiten, und zu dieser Jagd trieb ihn nicht die Leidenschaft, sondern der Hunger.

Onkel Timo begriff nicht, warum der Parteikommissar so viel Aufhebens machte. Schließlich verstand er sein Handwerk: Er würde die Leute sorgfältig auswählen und alles organisieren.

»Ach, noch etwas«, fügte der Parteikommissar hinzu, »die Stimme. Sie müssen eine kräftige Stimme haben. Sie sollen am Morgen frische Eier essen. Keine Sorge, die werden wir bereitstellen.«

»Müssen sie etwa singen?«, fragte Onkel Timo. »Was ist das für eine seltsame Geschichte? Soll ich einen Gesangswettbewerb organisieren oder Leute für die Jagd auswählen?«

»Sie sollen kläffen«, bekannte der Parteikommissar schließlich mit gesenktem Blick.

Onkel Timo begriff noch immer nicht.

»Kläffen wie die Hunde, wie echte Hunde. Sobald die Beute gesichtet ist, müssen sie sich leise heranpirschen, sich auf alle viere niederlassen, sie umzingeln und dann anfangen zu kläffen. Um das Wildschwein zu erschrecken … Es wird erauskommen, losrennen, und er kann schießen.

»Absurd«, antwortete Onkel Timo. »Können sie nicht echte Hunde nehmen?«

»Menschen lassen sich leichter lenken als Hunde. Hunde kläffen nicht auf Kommando.«

»Und ich habe die Aufgabe, Berufskläffer auszuwählen. Sag mir bitte, wie ich das machen soll. Soll ich sie der Reihe nach vorkläffen lassen? Sie einen nach dem anderen fragen: Wer kann mir das Lied vom Bauernhof vorsingen? Sehr gut, du bist befördert, du darfst für die Regierung den Hund spielen. Bist du zufällig auch Kommunist? Noch besser, das war doch sicher schon immer dein Traumberuf.«

Onkel Timo war außer sich. Er ging nach Hause und verließ drei Tage lang nicht mehr die Wohnung. Der Parteikommissar stellte ihm eine Beurlaubung aus, die der Onkel bei seiner Rückkehr auf dem Schreibtisch fand.

Die »Hunde« wählte ein anderer Kollege aus. Hoxhas rechte Hand erlegte drei Wildschweine. Er reiste hochzufrieden wieder ab. Außerdem hatte er zwei äußerst fähige Kläffer für sich entdeckt, die er auf seiner nächsten Jagd wieder einzusetzen gedachte.

Onkel Timo hatte darum gebeten, keine näheren Einzelheiten zu erfahren.

Sechzehn

Eines Tages kam Onkel Myrto, der Bruder von Großmutter Saba, zu uns nach Hause. Irgendetwas musste passiert sein, denn er ließ sich selten bei uns blicken. Über Onkel Myrto wusste ich nur, was ich von meinem Vater gehört hatte: dass er »infiziert« war und dass wir uns deshalb nicht so oft sehen konnten. Vielleicht, damit wir uns nicht auch infizierten. Schuld an allem war seine Frau Saraja, die ich nie gesehen hatte. Als kleines Mädchen fand ich es normal, dass sie uns nicht besuchen kam, schließlich war sie infiziert. Ich stellte sie mir immer bettlägerig, abgemagert und blass vor. Einmal fragte ich Mama, ob sie schon vor der Hochzeit infiziert gewesen sei.

»Ja«, erwiderte Mama, »schon vorher, die arme Frau.«

»Aber wie hat sie es geschafft, so abgezehrt und kränklich all die Kinder zur Welt zu bringen?«, wollte ich wissen.

»Wer sagt denn, dass sie abgezehrt und kränklich war? Rotwangig wie ein Apfel war sie«, widersprach Mama.

Also was nun? Papa sagte, sie habe Onkel Myrto infiziert, Mama sprach von rotwangigen Äpfeln, und Großmutter Saba hüllte sich in Schweigen… Ich gab es schließlich auf, das Ganze verstehen zu wollen und pflichtete meinem Vater bei. Ob tödlich oder nicht, wichtig war, dass wir uns die Krankheiten vom Leib hielten.

Onkel Myrto war an jenem Tag so blass wie eine Zitrone, die man bei der Ernte am Baum vergessen hatte. Von wegen rotwangiger Apfel, dachte ich, es wird das letzte Mal sein, dass er seine Schwester besuchen kommt, der Ärmste. Zusammen mit Großmutter schloss er sich in ihrem Zimmer ein. Mama klopfte nur an, um zu fragen, ob sie einen Kaffee wünschten. Sie antworteten nicht einmal.

Als Onkel Myrto gegangen war, sprach Großmutter kein Wort. Sie öffnete ihre Truhe und zog vollkommen unnützes Zeug hervor. Wollknäuel, alte Stoffreste und vieles mehr. Dann bereitete sie sich ihren gewohnten schwarzen Kaffee zu, um sich, wie sie sagte, noch mehr zu vergiften.

Mama schwieg, sie wusste, dass Großmutter sie früher oder später rufen würde, um ihr alles zu erzählen.

Papa glaubte schon, Großmutter würde wieder mal mit ihren Toten loslegen, damit, welches Glück sie hatten, so früh zu sterben und das Durcheinander dieser Welt nicht mehr mit ansehen zu müssen.

Stattdessen setzte sie sich aufs Bett und begann zu jammern, zu fluchen und zu schimpfen. Eine Flut von Worten, die kein Mensch begriff.

»Sie ist ein Kind«, hörte ich sie sagen, »was weiß sie schon vom Leben? Aber Liebe ist eben Liebe, welche Rolle spielt es da schon, ob schwarz oder weiß? Sind die Schwarzen nicht ebenso Kinder Gottes wie wir?« Ich hätte gern gewusst, welchen Gott sie eigentlich meinte, aber es war nicht der richtige Augenblick, danach zu fragen.

Großmutter redete und jammerte, jammerte und redete.

»Ach«, fiel es Mama irgendwann ein, »jetzt weiß ich, was sie hat. Wie dumm, dass ich nicht schon vorher darauf gekommen bin. Es ist die Fernsehserie, die wir seit ein paar Monaten schauen, sie heißt *Die Sklavin Isaura*. Sie weint wegen Isaura, die eine weiße Sklavin ist, nein, sie ist gar nicht weiß, eher schwarz, aber sie sieht aus wie eine Weiße. Ihr weißer Herr verliebt sich in sie, aber da Isaura im Grunde eine Schwarze ist, weil sie nämlich aus der Verbindung ihrer schwarzen Mutter mit deren weißem Herren hervorgegangen ist …« Meine Mutter fand kein Ende mehr.

»Es reicht!«, schrie mein Vater. »Ja sind denn die Frauen dieser Familie alle verrückt? Zu viel Fernsehen tut nicht gut. Von heute an entscheide ich, was geschaut wird und was nicht.«

Es gab nur einen Sender, den staatlichen, die Sendezeit begann abends um sechs. Ich konnte mir schon denken, worauf das Ganze hinauslief: Er würde uns jeden Abend den Fernseher ausschalten.

»Und was soll ich stattdessen machen, wenn ich etwas nicht sehen darf?«, fragte ich mit leiser Stimme.

»Radio hören oder lesen, so wie ich«, antwortete er. »Dann drehst du wenigstens nicht so durch wie diese beiden.«

Papa verließ die Wohnung. Mama war ernsthaft besorgt um die Zukunft ihrer Lieblingsfernsehserie. Großmutter hatte nichts von alldem mitbekommen. Wie auch? Von wegen Isaura – sie war mit ihren Gedanken ganz woanders.

Weinend und einen schwarzen Kaffee nach dem anderen schlürfend, erzählte sie alles Mama.

Leyla, die jüngste Tochter ihres Bruders Myrto, studierte an der Universität von Tirana. Ihre Kommilitonen kamen aus ganz Albanien und nicht nur von dort. Abgesehen von den Russen und Chinesen, an die sich kaum noch jemand erinnerte, unterhielt Albanien partnerschaftliche Beziehungen zu einigen afrikanischen Staaten. Kurz und gut, Leyla hatte zwei Studienkollegen, die aus dem Sudan beziehungsweise aus dem Kongo stammten. Mit einem von ihnen hatte sie

Freundschaft geschlossen. Er hieß Sadeq. Sie bereiteten sich gemeinsam auf die Prüfungen vor, in der Mensa saßen sie nebeneinander, und oft schlenderten sie zusammen durch die Straßen von Tirana.

»Er hat Heimweh«, erklärte Leyla ihrem Vater die wenigen Male, die er sie in der Stadt besuchen kam.

Onkel Myrto war immer ein bisschen zerstreut, und die Tatsache, dass Sadeq ein Mann und noch dazu ein Schwarzer war, kümmerte ihn wenig.

Der junge Mann verbrachte den gesamten Sommer in der Hauptstadt. Sein Stipendium sah keine Sommerferien daheim vor. Für ihn gab es nur zwei Reisen: die Hinreise und fünf Jahre später die Rückreise.

Leyla hatte ihn einmal nach Kaltra eingeladen. Onkel Myrto freute sich und nahm ihn mit auf die Felder. Sadeq war richtig glücklich in Kaltra. Zusammen mit Leyla erntete er das saure Obst, dann badeten sie gemeinsam im Fluss. Er begleitete sie zum Brunnen und half ihr, den Ofen anzuwerfen. Wenn die Bewohner von Kaltra nicht gewesen wären, die wie versteinert stehen blieben, sobald sie ihm im Dorf begegneten, hätte dieser Aufenthalt den Beigeschmack einer echten Heimkehr gehabt. Die Dorfbewohner kannten Leute aus allen möglichen Ländern: Türken, Griechen, Franzosen, Österreicher, Deutsche und Italiener waren hergekommen, aber nie zuvor hatten sie einen derart schwarzen Menschen hier gesehen. Sie waren ernsthaft und aufrichtig erstaunt.

Eines Tages, als Sadeq vor der Backstube des Dorfes auf Leyla wartete, trat ein kleiner Junge auf ihn zu. Sein Händchen griff nach Sadeqs großer Hand. Dann zog er es zurück, um nachzusehen, ob es schwarz geworden war. Aber Sadeqs schwarze Farbe hinterließ keine derartigen Spuren, andere, unauslöschliche Spuren sollte er später hinterlassen.

»Siehst du«, sagte Sadeq zu dem Kind, »es ist anders als das Schwarze, das die Flammen auf den Töpfen hinterlassen, wenn Mama dir dein Breichen kocht. Ich bin immer schwarz.«

Alles in einwandfreiem Albanisch. Als der Junge seine eigene Sprache aus dem Mund eines solchen Mannes hörte, erschrak er und rannte davon.

Ich weiß nicht, ob die Leidenschaft zwischen Leyla und Sadeq erst in Kaltra erwachte oder ob sie schon vorher existierte und Kaltra nur der Auslöser war. Jedenfalls sollte sich nach der Rückkehr der beiden in die Hauptsstadt alles verändern.

Es war nicht einfach, die Nächte gemeinsam zu verbringen, denn der Zutritt zu den Schlafräumen der Frauen war Männern untersagt, aber sie trafen sich im Park am See. Sie bereiteten sich ein Lager im Gras und kuschelten sich an den kühlen Abenden eng aneinander. Es dauerte nicht lange, bis sich die Folgen dieser romantischen Treffen zeigten. In Form der üblichen Beschwerden: Schwindel am Morgen, Übelkeit beim Geruch der Bohnensuppe in der Mensa und jenes merkwürdige Müdigkeitsgefühl, das dich ständig dazu zwingt, ein Schläfchen einzulegen.

Leyla war schwanger, der schwarze Samen ihres geliebten Sadeq hatte in ihr zu keimen begonnen. Die Farbe des Samen spielt keine große Rolle. Ist der Körper der Frau nicht wie die Erde? Die Erde, sagte Großmutter Saba, nimmt alle Samen auf, egal welche Farbe sie haben.

Die beiden Verliebten waren so glücklich und begeistert über diese großartige Entdeckung, wie es nur Zwanzigjährige sein können.

»Stell dir vor«, sagte sie, »wir werden ein Milchkaffeebaby, eine Schokoladenpraline bekommen, weder weiß noch schwarz …«

Aber zuvor waren noch ein paar praktische Angelegenheiten zu regeln. Das Kind konnte schließlich nicht in einem Studentenwohnheim zur Welt kommen. Es brauchte so etwas wie ein Zuhause, etwas, wo Mama und Papa zusammenlebten. Um eine gemeinsame Wohnung zu bekommen, mussten die beiden jedoch verheiratet sein.

Bloße Formalitäten, dachte Leyla, und genauso dachte Onkel Myrto, der sich im Grunde sehr für die beiden freute. Sadeq gefiel ihm, er hatte etwas, das ihn an die Menschen aus anderen Zeiten erinnerte, vielleicht weil er so wortkarg war.

So begann der Spießrutenlauf durch die Ämter, um die nötigen Unterlagen und die Genehmigung für die Eheschließung zu bekommen.

»Deine Tochter will einen Schwarzen heiraten?«, wurde Onkel Myrto im Außenministerium ungläubig gefragt.

Als die Behörden erfuhren, dass Leyla sogar ein Kind von einem Schwarzen erwartete, wurde die ganze Sache noch schwieriger. Onkel Myrto war nun der »Vater-von-der-die-sich-von-einem-Schwarzen-ein-Kind-hatte-machen-lassen«.

Sie bekamen keine Genehmigung. Im Außenministerium hieß es, die Eheschließung sei nicht möglich. Der Sudan schickte seine jungen Leute ins Ausland, um den Aufbau im eigenen Land voranzutreiben, Ingenieur Sadeq wurde gebraucht.

Ich stellte mir die Sudanesen vor, die wütend schrien: »Diese gerissenen Albaner wollen uns der Zukunft unseres Landes berauben! Unsere Intelligenz droht nach Albanien zu fliehen! Alarm, Flucht der Hirne vom Sudan nach Albanien.«

Onkel Myrto ließ sich nicht entmutigen.

»Also gut«, sagte er mit blitzenden Augen zu dem im Ministerium zuständigen Funktionär, »Sadeq kann nicht bleiben. Dann wird eben Leyla in den Sudan gehen. Ist es normalerweise nicht ohnehin so, dass die Frauen ihren Männern folgen? Sie wird ihm folgen! Sie wird Yoruba oder Nuer-Dinka lernen oder welche Sprache auch immer sie in seinem Stamm sprechen. Sie wird mit ihm gehen.«

»Die offizielle Sprache ist Arabisch«, korrigierte ihn der Funktionär mit ruhiger Stimme.

»Was macht das für einen Unterschied? Leyla wird alle Sprachen dieser Welt lernen, wenn sie ihm dafür folgen kann«, beharrte Onkel Myrto.

»Das ist vollkommen verrückt«, entgegnete man ihm. »Du weißt, dass albanische Staatsbürger nicht ins Ausland ziehen können. Wozu, glaubst du, haben wir die beste Gesellschaft der Welt gegründet? Um unsere Kinder fortzuschicken? Alle beneiden uns, und was machen wir? Wir wollen in den Sudan! Für irgendeinen x-beliebigen Schwarzen, als sei nix dabei.«

Am Ende begann Onkel Myrto vor allen Anwesenden zu weinen.

»Was soll meine Tochter jetzt machen? Was soll sie bloß machen?«

»Als Allererstes soll sie sich ihren schwarzen Bastard wegmachen lassen.«

So wurde ihm geantwortet.

Onkel Myrto stand auf und schleppte sich zur Tür. Bevor er den Raum verließ, drehte er sich noch einmal um und sagte:

»Dafür habe ich nicht gekämpft, dafür sind meine Brüder nicht gestorben, wir haben uns anderes erträumt.«

Ohne die Antwort abzuwarten, ging er hinaus. Keine Antwort hatte noch irgendeine Bedeutung.

An einem nebligen Morgen wurde Sadeq geweckt und abgeführt, ohne sich von irgendwem verabschieden zu können. Seine Zimmerkameraden berichteten, dass zwei Männer gekommen seien und gewartet hätten, bis er sich vor ihren Augen angezogen hatte.

»Reine Bürokratie«, sagten sie. »Du sollst ins Außenministerium, um deine Angelegenheiten zu regeln.«

Sadeq spürte, dass ihm Unangenehmes bevorstand. Sie ließen ihm keine Zeit, seine Sachen zu packen.

»Du wirst bald zurückkommen«, versicherte man ihm.

Er zog die Nachttischschublade auf und holte etwas hervor: ein Foto von Leyla. Das einzige Andenken, das er aus dem Bruderland, in dem man von morgens bis abends die Gleichheit der Völker predigte, in den fernen Sudan mitnahm. Ein Foto seiner weißen Geliebten.

Großmutter Saba und Onkel Myrto, die sich stundenlang im Zimmer eingeschlossen hatten, kamen am Ende zu folgendem Entschluss: Leyla sollte eine Zeitlang bei Tante Afrodita leben, die Einzige von ihnen, die kinderlos geblieben war, weil sie mit dem Schicksal gespielt und sich »all ihre Eier verdorrt hatte«, wie Großmutter Saba sagte.

So geschah es: Leyla zog zu Tante Afrodita, zu Großmutter Sabas Schwester der »französischen Art«.

Großmutter sprach gern von dieser Tante. Sie erzählte viele lustige Geschichten über sie. Es schien, als sei es Tante Afrodita gelungen, der Tragik zu entkommen, die dem Leben aller Frauen unserer Familie anhaftete. Dass es jemand geschafft hatte, ließ mich hoffen. Großmutter Saba erzählte, Tante Afrodita sei einmal mit fast kahlrasiertem Kopf nach Kaltra gekommen. Ich war sprachlos. Tante Afrodita als Punk? Die gewaltige Matrone, die in ihren Seidenkasacks und mit eleganter Steckfrisur aus der Hauptstadt zu uns zu Besuch kam? Vielleicht, so sagte ich mir, hat jede Zeit ihre eigenen Punks.

Ob Punk oder nicht, Tante Afrodita nahm Leyla auf wie eine Tochter.

Wie schaffte es Leyla, nicht verrückt zu werden? Ihre Gesichtsfarbe, ihr Blick, ihr Lächeln, ihr Körper, alles war verändert. Nachts suchten ihre Hände die von Sadeq.

»Ich werde sterben, ich spüre, dass ich bald sterben werde!«

»Du wirst nicht sterben! Auf gar keinen Fall!«, antwortete Tante Afrodita aus dem Bett, das sie neben ihres gestellt hatte. »Niemand stirbt an der Liebe. Heute ist es der Schmerz, morgen die Erinnerung.«

Merkwürdigerweise hatte man Leyla, obwohl sie einen schwarzen Bastard in sich trug, nicht von der Universität verwiesen.

»Mein Kind«, sagte Tante Afrodita, »du wirst dein Studium beenden, du wirst eine sichere Stelle als Ingenieurin finden und dein Kind großziehen. Willst du vielleicht nach Kaltra zurück und dich zur Sklavin deiner Schwägerinnen machen lassen?«

Eines Tages, als die Tante einkaufen gegangen war, verschwand Leyla, ohne jemandem Bescheid zu sagen.

»Wir sollten die Polizei einschalten«, meinte Afroditas Mann besorgt.

»Eine großartige Idee«, antwortete sie, »so bringen wir sie garantiert in die Irrenanstalt.«

»Was sollen wir sonst tun?«, fragte er. »Einfach so warten?«

»Genau das«, erwiderte sie, »wir warten, bis sie zurückkommt.«

Sie behielt recht: Ein paar Stunden später kam Leyla zurück, im Nachthemd. Tante Afrodita stellte keine Fragen.

Leyla verließ monatelang nicht das Haus. Eines Morgens stand sie auf, frühstückte und trat auf den Schrank zu, in dem die Tante ihre wenigen Kleidungsstücke verstaut hatte. Vergeblich versuchte sie, sich in eine Hose zu zwängen. Dann probierte sie es mit einem Rock. Sie kam weder von oben noch von unten hinein.

»Es ist lächerlich«, sagte Tante Afrodita, die die Szene schweigend mitangesehen hatte. »Du bist im sechsten Monat, wie kannst du glauben, noch in deine alten Sachen zu passen?«

»Tante«, antwortete Leyla, »ich komme zu spät in die Vorlesung. Red nicht so viel herum, sondern such mir lieber was zum Anziehen.«

Tante Afrodita hatte seit Wochen auf diesen Augenblick gewartet. Schnell holte sie die Schwangerschaftskleider hervor, die sie für sie genäht hatte. Farbenfrohe Kleider mit Blumenmustern, Kleider, die mit einem Schlag die düsteren Monate dieses Mädchens verdrängten, das ganz allein ein Kind erwartete, noch dazu ein Kind, das aus weiter Ferne kam.

»Was?«, rief Tante Afroditas Mann ungläubig, als Leyla das Haus verließ. »Hatte sie nicht schon abgeschlossen mit der Welt?«

»Es liegt in der Familie«, antwortete die Tante, »unsere Frauen gehen, aber dann kommen sie zurück.«

»Von woher?«, fragte ihr Mann erstaunt.

Mit den Jahren war dieser Mann »der französischen Art«, um den sie in jungen Jahren alle Frauen beneidet hatten, ein wenig langsam geworden. Was für eine Frage. Von woher? Die Tante antwortete nicht, sondern ging in die Küche, um Kaffee zu kochen. Sie hatte noch eine Menge zu tun. Zum ersten Mal seit beinahe einem halben Jahrhundert wurde in diesem Haus ein Kind erwartet.

Siebzehn

»Ein Eiltelegramm für Sie«, rief der Postbote, während er an unsere Tür klopfte.

Der Text lautete: »Glückwünsche stopp vier Kilo schwere Enkeltochter stopp Name Kaltra stopp Afrodita«.

»Kaltra: blau, wie schön«, rief Großmutter Saba. »Ob sie blaue Augen hat, wie alle Frauen aus unserer Familie?«

»Nicht alle, Großmutter, nicht alle«, widersprach ich.

»Alle außer dir«, sagte Großmutter. »Das Schlechte hast du von deiner Mutter: dunkle Augen und dunkles Haar. Aber wenigstens deine Haut ist so hell wie unsere.«

Großmutter beschloss, das Enkelkind in Tirana zu besuchen.

»Hast du nicht gesagt, dass du keinen Fuß mehr dorthin setzen würdest?«, fragte Mama, die die ganzen alten Geschichten von Großmutter kannte. Letztlich kannten wir alle sie.

»Schon«, erwiderte Großmutter, »aber ich hab's mir anders überlegt. Die Staaten, die ständig gegeneinander Krieg führen, überlegen sich's schließlich auch immer wieder anders, wieso soll ich's mir also nicht mal anders überlegen dürfen?«

Großmutter Saba traf ihre Reisevorbereitungen. Die Kleidchen für das Mädchen waren entzückend. Mama half ihr beim Zuschneiden, Nähen und Besticken. Dann geschah etwas Unglaubliches: Großmutter fragte meinen Vater, ob ich mitkommen dürfe. Ein paar Tage mit ihr zusammen nach Tirana zu reisen, war ein aufregender Plan.

Der Augenblick der Abreise kam. Wir nahmen in dem überfüllten Zug Platz. Großmutter Saba trug ihr bestes Kleid: schwarz, wie immer, aber aus einer Seiden-Kaschmir-Mischung und schon dreißig Jahre alt.

»Schau«, sagte sie, »es ist aus der Nachkriegszeit, echte englische Ware, verstehst du? Ja, früher gab es noch gute Sachen, das waren richtige Kleider.«

Die Leute neben uns sahen sie finster an. Wollte sie etwa politische Reden schwingen? Hatte sie nicht mitbekommen, was man sich erzählte? Ein Mann aus Vlora war im Gefängnis gelandet, weil er, während er in der Schlange stand, um Unterwäsche zu kaufen, gesagt hatte: »Scheißstaat, in dem die Politiker die Unterhosen der Bürger zählen …«

Großmutter Saba sah ein, dass sie übertrieben hatte, aber sie ließ trotzdem nicht locker.

»Was guckst du so?«, fuhr sie ihren Sitznachbarn an. »Willst du mich anzeigen? Was habe ich denn gesagt? Sieh dir den Stoff dieses Kleides an, und urteile selbst: Findet man so etwas heutzutage noch?«

Der Angesprochene schwieg.

»Man kann keinen Ton mehr von sich geben, ohne Angst haben zu müssen«, schnaubte Großmutter. »Ich habe schließlich nicht gesagt, dass ich den Kapitalismus liebe, ich habe bloß von Stoffen gesprochen. Unglaublich, wir sind ein Volk von Spitzeln geworden!«

Unser Nachbar wechselte den Platz. Er wollte sich keinen Ärger einhandeln. Man hörte so viele Geschichten von Leuten, die festgenommen wurden, weil sie den Feind nicht angezeigt hatten.

Nach vier Stunden erreichten wir Tirana. Vor Tante Afroditas Wohnungstür zögerte Großmutter einen kurzen Moment, dann klopfte sie. Uns wurde sofort geöffnet.

Die kleine Kaltra erfüllte die gesamte Wohnung mit ihrem Weinen, ihrem Gestrampel und ihrem Duft. Tante Afroditas Hände zitterten jedes Mal, wenn sie sie auf den Arm nehmen musste.

»Ich habe es schon immer gewusst«, sagte Großmutter Saba später zu mir, »es gibt jemanden, der über uns wacht und die Dinge in Ordnung bringt. Wer hätte gedacht, dass Afrodita eine zweite Chance bekommen würde.«

Großmutter schlief bei Leyla im Zimmer. Sie unterhielten sich die ganze Nacht lang. Tante Afrodita sank abends, erschöpft von ihren Tagen mit Kaltra, immer gleich ins Bett.

Leyla sprach mit Großmutter Saba über viele Dinge. Auch von jener seltsamen Flucht im Nachthemd erzählte sie.

»Ich weiß nicht, Tante, ich war damals einfach außer mir. Natürlich dachte ich viel an Sadeq, aber auch daran, dass letztlich alles an mir hängen bleiben würde. Er hat's leicht, sagte ich mir, sie haben ihn ins Flugzeug gesetzt und dorthin zurückgebracht, wo er herkommt. Er wird ein paar Monate lang leiden, dann wird er von vorne beginnen, als hätte es mich nie gegeben. Ich dagegen? Was sollte aus mir werden mit einem schwarzen Kind? So bin ich eines Morgens aufgestanden und wie eine Schlafwandlerin ins Krankenhaus gegangen. Du weißt schon, dieses Krankenhaus …« Es schien, als würde Leyla mit sich selbst reden. Ihre leise Stimme zitterte. »Aber ich habe es nicht fertiggebracht, Tante Saba. Ich sah die Krankenschwester auf mich zukommen und habe mit einem Mal die Last meines eigenen Fleisches gespürt. Ich spürte die ausgestreckten, leeren Hände, die sich mit heller Erde füllten, ich kann es dir nicht erklären …«

Großmutter Saba unterbrach sie nicht. Sie wusste, dass Leyla das Bedürfnis hatte, über jenen Tag zu sprechen, sich von dem Schuldgefühl zu befreien, das in ihr aufkam, sobald sie die Tochter ansah, weil es einen Tag, wenn auch nur einen einzigen Tag in ihrem Leben gegeben hatte, an dem sie daran gedacht hatte, sie nicht zur Welt zu bringen.

»Ich bin im Nachthemd aus dem Krankenhaus gegangen«, fuhr Leyla fort. »Plötzlich stand ich vor der Ehtem-Bey-Moschee und verspürte den Drang, hineinzugehen und zu beten, einfach nur zu beten. Dann fiel mir ein, dass sie zwar nach außen hin wie eine Moschee aussieht, aber von innen ein Museum ist. Schade, dachte ich, schade.«

Leylas Liebe zu ihrem »anders gearteten« Kind hatte für alle etwas Heldenhaftes.

»Ach ja«, sagte mein Vater, »aber es ist nicht das einzige Beispiel in unserer Familie. Erinnert ihr euch noch an Tante Bedena?«

Während Großmutter Saba, wenn von Tante Esma die Rede war, einen traurigen und düsteren Ausdruck annahm, verwandelte sie sich zu Stein, sobald man Tante Bedena erwähnte. Es waren mein Vater und die übrigen Verwandten, die in ihr die Mutter Courage sahen. Großmutter sagte nichts dazu, um meinem Vater nicht zu widersprechen, oder vielleicht auch nur, um das Ansehen der verstorbenen Schwester nicht zu verletzen.

Tante Bedena war einen Monat nach ihrer Tochter Atika gestorben. Ich weiß über sie nur das, was man mir erzählt hat: Dass sie eines Tages von der Klinik kamen, um ihr die schwachsinnige Tochter wegzunehmen.

Seit man Atika eingewiesen hatte, verging keine Woche, in der Tante Bedena nicht in die Stadt fuhr, um sie zu besuchen.

Anfangs war das nicht so schwer, weil sie nur nach Vlora musste, aber dann wurde alles komplizierter: Mit der Entstehung von Fachkliniken hatte man Atika nach Elbasan verlegt. Aber Tante Bedena besuchte sie weiterhin. Jeden Freitag begab sie sich auf die Reise und kam erst montags zurück, immer mit der gleichen, mit Kreuzstich bestickten schwarzen Tasche, in der sie eine Flasche *Dhallë* mitnahm, das Lieblingsgetränk ihrer Tochter, das es in anderen Teilen des Landes nicht gab.

Die ersten Male erkannte Atika, die mit Beruhigungsmitteln vollgepumpt war, sie nicht einmal. Bedena fand sie in ihrem Metallgitterbett vor, die Stoffpuppen an sich gepresst. Die blauen Augen starrten ins Leere, aber ihre Hände bewegten sich auf unverwechselbare Weise, eine Bewegung, die entfernt an ein Streicheln erinnerte. Nach einiger Zeit gewöhnte sich Atika an die häufige Gegenwart der Mutter. Vielleicht erinnerte sie sich noch an irgendetwas aus ihrer Kindheit. Medikamente können nicht eine ganze Vergangenheit auslöschen.

Achtzehn

Ein Samstagnachmittag mit dem typischen Provinzbeigeschmack. Meine Freundin Viola und ich schlenderten durch das Viertel in der Hoffnung, ein paar Kameradinnen zu finden. Nirgendwo eine Menschenseele.

Violas Eltern sprachen nie Verbote aus oder machten Vorschriften, Viola konnte tun und lassen, was sie wollte. Die Eltern lachten bloß, das war alles. Sie arbeiteten in einer Fabrik, die Farben und Lacke produzierte, die beiden wirkten immer betrunken. Aber sie tranken nichts außer der Milch, die ihnen als Gegenmittel für all das eingeatmete Gift von der Fabrik bereitgestellt wurde.

Ich lebte an jenem Tag ganz ins Blaue hinein, da meine Eltern zu einer Hochzeit in einer anderen Stadt gefahren waren. Sie würden erst am Montag zurückkommen. Wir standen unter der Obhut von Großmutter Saba, die die meiste Zeit mit ihren eigenen Angelegenheiten beschäftigt war. Es war ein Tag ganz ohne Zwänge und Vorschriften, ein Wochenende, wie ich es nur selten erlebte.

Viola und ich beschlossen, in den Kulturpalast zu gehen. Dort gab es immer irgendwelche Veranstaltungen: ein Konzert der revolutionären Arbeiterschaft des Zementwerkes, ein Theaterstück der revolutionären Altengruppe oder eine mehrstimmige Gesangsdarbietung der revolutionären

Frauen einer landwirtschaftlichen Produktionsgenossenschaft.

Wir hatten jedoch Pech, an jenem Tag wurde nichts geboten. Als wir hinauskamen, sahen wir einige Plakate, die für die Ausstellung eines jungen Malers warben (kein Revolutionär, zumindest stand nirgendwo etwas davon). Wir beschlossen hinzugehen, Viola hatte offenbar nicht ganz begriffen, worum es sich handelte.

»Vielleicht macht er ein Gratisfoto von uns«, meinte sie.

»Er ist kein Fotograf, sondern Maler«, erklärte ich.

»Wo ist da der Unterschied?«, entgegnete sie. »Ob so oder so, er kann uns auf jeden Fall ein Gratisporträt machen.«

Der Maler hatte vor Kurzem sein Studium an der Akademie der Schönen Künste in Tirana abgeschlossen und war nun zum Arbeiten in seine Geburtsstadt zurückgekehrt. Er hatte tiefblaue Augen und war sehr schüchtern. Seine Stimme zitterte: Das hier, sagte er, sei seine erste, nur ihm gewidmete Ausstellung. Er erläuterte seine Werke mit vielen Gesten, und oft errötete er. Das Publikum folgte ihm still von einem Bild zum nächsten, ohne Fragen zu stellen. Das schweigende Publikum, das aus Viola, mir und dem mit der Organisation der Ausstellung beauftragten Mitarbeiter des Kulturpalastes bestand.

Später blieben Viola und ich mit dem Maler allein. Auf einem Tisch sah ich ein aufgeschlagenes Heft und einen Stift liegen. Ich beschloss, die Ausstellung zu kommentieren, die Heftseiten sollten nicht weiß bleiben.

»Machst du ein Porträt von mir?«, hörte ich Viola fragen.

Der Maler war ein bisschen verlegen, dann lächelte er.

»Warum nicht?«, gab er zur Antwort.

Er nahm ein weißes Blatt sowie einen Bleistift, und nach wenigen Minuten war die Zeichnung mit Violas markantem Profil fertig.

»Aber ich wollte eigentlich ein echtes, ein echtes Gemälde, so wie die, die an den Wänden hängen«, sagte Viola unzufrieden.

»Ein andermal gern, heute habe ich nichts dabei, keine Ölfarben, keine Leinwand und was man sonst noch braucht.«

Ich schrieb immer noch. Ich füllte Seite um Seite, denn ich wollte einen guten Eindruck hinterlassen. Außerdem wollte ich den Maler trösten.

Es fiel mir nicht schwer, über Malerei zu schreiben. Mein Vater hatte mir eine Reihe von Biografien über berühmte Maler geschenkt: Van Gogh, Goya, Rembrandt und eine Anthologie mit Werken von Van Eyck, Leonardo da Vinci, Pieter Bruegel dem Älteren, Rubens …

Ich trug ziemlich dick auf. Der junge Maler stellte das Leben auf dem Land dar, also rief ich Bruegel den Älteren auf den Plan. Ich schrieb grauenhafte Sätze wie: »Ich bin tief beeindruckt, da uns der Maler, einem echten albanischen Bruegel gleich, das Landleben und das immerwährende Band zwischen den Bauern und der Erde beschreibt.« Ich wählte Bruegel, weil ich gelesen hatte, dass er der einzige flämische Maler war, der nicht im Auftrag der Kirche gearbeitet hatte, und für seine dämonischen Gemälde sogar »der Teufel« genannt wurde. Er war, mit anderen Worten, ein echter Revolutionär.

Als der Maler las, was ich geschrieben hatte, lächelte er.

Es war bereits spät, wir mussten gehen.

»Komm morgen wieder«, sagte er zu mir, »dann male ich ein richtiges Portrait für dich.«

Als wir draußen waren, beschwerte sich Viola, die ihre Zeichnung sorgfältig zusammengerollt hatte:

»Für dich malt er ein echtes Gemälde, ich bekomme nur eine Zeichnung. Vielleicht weil du hübscher bist als ich.«

Hübscher? Ach was, Viola, hätte ich ihr am liebsten erwidert, mit Äußerlichkeiten hat das nichts zu tun. Vielleicht sieht er etwas ganz anderes in mir, vielleicht …

Ich war euphorisch und konnte es kaum erwarten, am nächsten Tag wieder zu ihm zu gehen.

Nachdem ich Großmutter am Sonntag ein wenig bei der Hausarbeit geholfen hatte, schaute ich bei Viola vorbei, aber es war niemand zu Hause.

Ich beschloss, dem Maler allein einen Besuch abzustatten. Er wartete schon auf mich, ich sollte für ihn Modell stehen.

Er war sehr freundlich, ließ mich Platz nehmen und begann mit seiner Arbeit. Ich rührte mich nicht, schließlich war ich sein Modell – sein absolut regloses Modell.

»Hast du schon mal für einen Maler Modell gestanden?«, fragte er mich.

»Nein, nie«, antwortete ich, »ich kenne keinen Maler.«

»Würdest du nackt für mich Modell stehen?«, wollte er gleich darauf wissen.

War er verrückt? Nackt? Ich? Vollkommen unbekleidet, ohne Slip und BH?

»Macht nichts«, fuhr er fort, »mir war schon klar, dass die Mädchen aus der Provinz zu manchen Dingen nicht bereit sind.«

Wollte er damit etwa sagen, ich sei rückständig im Vergleich zu den Mädchen aus der Hauptstadt, wo er studiert hatte? Ich hätte die Mentalität meiner Großmutter? Ich sei wie eine Fünfzehnjährige?

Natürlich konnte ich nackt Modell stehen wie die echten Modelle, die ich aus den Romanen kannte. Es ging um die Kunst, das war mir schon klar.

»Warum nicht?«, sagte ich nach einer langen Pause. »Ich lebe zwar in der Provinz, aber ich bin alles andere als provinziell. Es macht mir nichts aus, nackt für dich Modell zu stehen, wirklich nicht. Kunst bleibt Kunst.«

Er lächelte mit seinen kleinen blauen Augen, die er während der Arbeit halb geschlossen hielt. Er hängte ein Schild außen an die Tür, damit uns niemand stören konnte, dann bereitete er eine neue Leinwand vor.

Ich war verlegen, ich wusste nicht, wo ich mich umziehen sollte. Freundlich zeigte er auf eine Ecke, die sich als Umkleide anbot. Als ich mich ausgezogen hatte, trat ich auf ihn zu, die Kleider auf dem Arm: Was ich nur konnte, bedeckte ich. Er nahm mir die Sachen ab und legte sie auf den Tisch, wo das Heft lag. Ich setzte mich und zog die Knie bis zur Brust an, aus Scham.

»Nein«, sagte er, »du musst dich hinstellen. So!«

Schweigend stand ich da, in meine Nacktheit gehüllt. Ich konnte nicht erkennen, ob er mich ansah oder nicht. Seine Augen waren immer halb geschlossen, er wirkte sehr konzentriert.

Allmählich gewöhnte ich mich an alles. Ich entspannte die Schultern und machte mich mit jener seltsamen Atmosphäre vertraut, die für mich der Inbegriff von Kunst, Emanzipation, Romanwelt und überbordendem Leben war.

Nach einiger Zeit wurde es mir jedoch langweilig. Es schien, als würde er mich gar nicht wahrnehmen. War ich als sein Modell nicht die Hauptperson? Der Maler sah mich nur flüchtig an und führte die Hand mit nervösen, schnellen Bewegungen über die Leinwand. Nichts von dem, was ich in meinen Büchern gelesen hatte, geschah.

Allmählich wurde es dunkel.

»Machen wir morgen weiter«, sagte er endlich.

»Ich weiß noch nicht, ob es geht. Morgen kommen meine Eltern wieder, sie lassen mich nie aus den Augen.«

»Komm einfach heimlich«, meinte er. »Du wirst schon irgendeine Freundin haben, die dich decken kann. Die von gestern zum Beispiel.«

»Ich werd's versuchen«, sagte ich.

Kaum hatte ich sein Atelier verlassen, war ich auch schon bis über beide Ohren in ihn verliebt. Er kannte bereits alles an mir, er hatte mich auf einer Leinwand verewigt, nackt. Ich dachte daran, dass mein Vater vielleicht doch recht hatte, dass ich, ebenso wie Tante Esma, zu einem abenteuerlichen Leben unter Männern verdammt war.

Die Luft an jenem Abend war von einem seltsamen Duft erfüllt, dem Duft nach Moschus und Liebe.

Ich schaute noch einmal bei Viola vorbei, aber es war immer noch niemand da. Enttäuscht ging ich nach Hause, ich hätte ihr gerne von meiner Liebesaffäre mit einem echten Maler erzählt.

Am nächsten Morgen auf dem Weg zur Schule sah ich einige Leute vor Violas Haus stehen. Sie sprachen leise miteinander, ihre Augen waren müde und gerötet. Ich trat näher, um herauszufinden, was vorgefallen war, aber ein Polizist versperrte den Weg und ließ niemanden durch. In der Schule teilte man uns mit, dass sich der Vater einer Klassenkameradin das Leben genommen hatte – durch einen Schuss in den Mund. Keiner von uns durfte zur Beerdigung. Suizid galt es zu bekämpfen, ein derart feiger Akt wurde von der Partei nicht geduldet.

Violas Vater hatte in der Fabrikküche gestohlen. Jede Woche fehlten ein paar Dosen Bohnen, Tomaten oder Marmelade. Er hatte sich am Gemeinschaftseigentum vergriffen. Sein Vorgesetzter hatte es bemerkt und ihn am Samstagabend auf frischer Tat ertappt.

»Klassenfeind«, schrie er ihn an, »ich werde sofort den Parteisekretär verständigen, du bist entlarvt. Du wirst ihm alles gestehen, und am Montag berufen wir eine außerordentliche Versammlung der revolutionären Arbeiterschaft ein. Wenn du nicht ins Gefängnis wanderst, kannst du zumindest deine Koffer packen und mit deiner Familie die Felder umgraben gehen. Man wird dich internieren, damit du begreifst, was es heißt, unsere Gesellschaft zu bestehlen.«

Violas Vater wartete die für den Montag geplante Versammlung nicht mehr ab. Noch am selben Abend nahm er sich mit einem Pistolenschuss das Leben.

Der Leichenzug bestand nur aus Viola, der Mutter, der Schwester und dem Bruder. Sonst nahm niemand daran teil.

Am Mittwoch kam Viola wieder zur Schule. Sie hatte Angst, für immer alleine sitzen zu müssen, sie dachte, dass keiner mehr mit ihr sprechen würde. Stattdessen lief alles weiter wie bisher: Wir verbrachten gemeinsam die Pausen und teilten uns das Pausenbrot. Ich erzählte ihr von meinem Abenteuer mit dem Maler. Letztlich war es eine Geschichte, die uns alle drei betraf: mich, sie und den Maler.

Natürlich bin ich nie wieder zu ihm gegangen.

Neunzehn

»Ich möchte, dass du diese Truhe nimmst, wenn ich nicht mehr bin«, sagte Großmutter Saba zu mir. »Sie ist mir wichtig. Sie gehörte meiner Schwester, die früh gestorben ist. Meine restlichen Sachen könnt ihr ruhig weggeben oder verbrennen.«

Großmutter öffnete die große Truhe, und Quittenduft erfüllte den Raum. Sie nahm eine kleine, mit Kreuzstich bestickte Tasche heraus und löste den schwarzen Riemen. Vorsichtig faltete sie einen feinen roten Schleier auseinander, in den zwei lange, goldene, mit roten Steinen verzierte Ohrringe gewickelt waren.

Mir blieb vor Staunen der Mund offen. Es waren Zeiten, in denen man außer ein paar Eheringen nicht allzu viel Schmuck zu sehen bekam.

»Es ist das einzige Stück, das mir noch geblieben ist«, sagte Großmutter. »Während des Krieges habe ich sehr viel Schmuck verkauft, aus dem Rest habe ich die Eheringe für meine sechs Kinder machen lassen. Wenn man bedenkt, dass meine Mutter von oben bis unten mit Gold behängt war. Aber es waren andere Zeiten.«

Großmutter betrachtete die Ohrringe mit sehnsüchtigem Blick, sanft strich sie über die baumelnden Steine, als wolle sie sich vergewissern, ob es immer noch dieselben waren. Dann streckte sie mir die Hand entgegen.

Ich konnte es kaum fassen, sie wollte sie mir schenken.

»Nein, Großmutter, das kann ich nicht annehmen, wirklich nicht«, hauchte ich.

»Du musst«, erwiderte sie. »Ich habe sie ein Leben lang aufgehoben, ohne sie je zu tragen. Ich konnte nicht, aber du kannst. Sie haben eine Generation übersprungen, der Zauber, der sie verschlossen hielt, ist vorbei, endgültig vorbei ...«

»Waren es deine, Großmutter?«, fragte ich.

»Nein, sie gehörten einer jungen Braut, die keine Zeit hatte, mit ihnen zu prunken, weil sie gestorben ist.«

»Einer Braut, Großmutter. Aber ich habe noch nicht vor zu heiraten, ich geh nur an die Uni. Gib sie mir, wenn es so weit ist.«

»Zu meiner Zeit gingen die Mädchen nur einmal von zu Hause fort und auch nur aus einem Grund: um zu heiraten. Die Zeiten haben sich geändert, für dich ist der Augenblick gekommen. Außerdem, wer weiß, ob ich bei deiner Hochzeit dabei bin, vielleicht sterbe ich vorher, oder du heiratest so weit weg, dass ich, hinfällig wie ich bin, nicht kommen kann.«

Jahre später, am Tag meiner Hochzeit, sollte ich mich an diese Worte erinnern. Großmutter Saba konnte nicht kommen. Sie litt an der Krankheit, die alle Frauen unserer Familie befällt: Ihr Kopf spielte nicht mehr mit. Außerdem fand meine Hochzeitsfeier tatsächlich auf der anderen Seite des Meeres statt.

In jener Nacht, der Nacht bevor ich mein Elternhaus verließ, um an die Universität zu gehen, tat ich kein Auge zu. Als ich am nächsten Morgen aufstand, sah ich blass aus, käseweiß. Meine Wangen waren feucht wie Blätter im Morgentau. Beim Frühstück sah mich Großmutter Saba forschend an. Wir umarmten uns, für einen kurzen Augenblick presste sie sich ganz und gar an mich, einer Möwe gleich, die der Wind an unbekannte Ufer geschleudert hat. Ich dachte, dass ich für sie ein unbekanntes Ufer werden würde, wie alle Menschen, die ihr Leben verändern. Wie alle, die fortgehen.

Mama begleitete mich zum Bahnhof. Sie drückte mich ganz fest. Mein Gesicht war von ihren Tränen benetzt. Aus dem Zugfenster sah ich sie mit einer Hand winken, während sie sich mit der anderen das rabenschwarze Haar aus den Augen strich. Dann ließ sie die Arme sinken, die Hände mit den langen Fingern. Einen kurzen Moment lang schien es mir, als würden diese Finger immer länger und durchquerten wie feine Lichtstrahlen den Raum, um noch vor dem Zug, vor mir, in Tirana anzukommen – um mich noch einmal in die Arme zu schließen.

Die Ohrringe der verstorbenen Braut waren in dem braunen Lederkoffer verstaut, den mein Vater durch die Straßen der Hauptstadt schleppte, während wir in Richtung Studentenstadt liefen.

Mein Vater hatte einen Weg gewählt, der an dem künstlichen See von Tirana entlangführte. Wir hätten auch eine Abkürzung über die Elbasan-Straße nehmen können, aber Papa wollte lieber so gehen. Die Elbasan-Straße, die die meisten unter dem Namen Botschaftsstraße kannten, galt es seiner Meinung nach zu vermeiden. Dort war seit Monaten das albanische Heer stationiert und rührte sich nicht vom Fleck. Zumindest bisher.

In dieser Straße war es am 2. Juli 1990 drunter und drüber gegangen. Zuerst war ein großer Wagen gegen die Mauer gefahren, die das Gelände der deutschen Botschaft umgab. Es war kein Unfall, der Wagen hatte zurückgesetzt und das Manöver so lange wiederholt, bis die Mauer in sich zusammenfiel. Schließlich war damals die Zeit der fallenden Mauern. Wenigstens ein Mal hielten wir Schritt mit unserer Welt, oder besser gesagt mit der Welt, die wir für die unsere hielten. Die Nachricht verbreitete sich wie ein Lauffeuer: Die Menschen strömten in die deutsche Botschaft! Später auch in die italienische, die französische, die griechische … bis alle überfüllt waren. Tirana war in jenen Tagen zweigeteilt, 2700 Leute drinnen und die anderen draußen, jenseits der Mauer. Verzweifelt weinende Frauen, die versuchten, ihren glücklichen Ehemännern über die Mauer zu folgen, Mütter, die ihren heranwachsenden Söhnen nachschrien: »Denkst du gar nicht an uns? Sie werden deinem Vater den Parteiausweis wegneeeehmen!!«

Würde das albanische Heer schießen?

Nein, so weit sollte es nicht kommen.

Die 2700 Personen wurden zum Hafen von Durazzo gebracht und von dort außer Landes, sie waren frei. Aber die Leute hofften noch auf ein zweites Wunder, oft erwachte Tirana morgens mit der Nachricht, die Botschaften hätten wieder eröffnet. Alle stürzten sich aus den Betten und sahen sich wenig später im Nachthemd dem Heer gegenüber.

Ich weiß nicht, weshalb mein Vater nicht bei den Botschaften vorbeiwollte, vielleicht um zu vermeiden, dass ich auf dumme Gedanken kam. Sie sollten mir dennoch kommen, gleich am nächsten Tag.

In dem großen Park, durch den wir liefen, waren überall Pärchen, die miteinander flirteten, und es war ziemlich peinlich, ihn mit einem Vater zu durchqueren, der dich mit dem braunen Lederkoffer in der Hand zur Uni bringt. Ich ließ mir nichts anmerken und lief schweigend weiter. Doch plötzlich schien es, als erinnere sich Papa an etwas, und so kam es denn, leider, zum zweiten Teil meiner Sexualerziehung.

»Siehst du«, sagte er, »siehst du diese Mädchen? Ich rate dir, wenn dir jemand vorschlägt, hier spazieren zu gehen, lass dich niemals darauf ein. Die Unglückseligen, sie sind verführt worden.«

Ich sah nirgendwo Unglückselige, im Gegenteil, sie strahlten alle und sahen glücklich aus, während sie sich mit verträumten Augen an ihre Verlobten schmiegten. Du bekamst sofort Lust, auch verführt zu werden.

Zwanzig

Die Nachricht, dass die internationale Koalition nach Ablauf des Ultimatums den Irak angegriffen hatte, erreichte mich am 17. Januar 1991 im Treppenhaus zu unserer Wohnung in Vlora. Es war ein sehr kalter Januar, und in dem Zimmer ohne Heizung in Tirana hätte ich mich nicht auf meine erste Prüfung vorbereiten können. Der eisige Wind aus den Bergen traf auf die etwas wärmere Luft, die vom Meer herüberwehte, sodass sich die Bäume in beide Richtungen bogen. Es war ein seltsamer Tag, und unser Treppenhaus schien mir der einzige ruhige Zufluchtsort zu sein.

Ich lief in die Wohnung, um Großmutter zu informieren, die gleich darauf mit ihren Totenklagen begann. Sie waren jedoch nicht den Helden aus Kuwait oder den gefallenen Irakern gewidmet, es war etwas anderes geschehen. Bei einer großen Verwandtschaft gibt es immer irgendwo Probleme, das wusste ich bereits. Der Enkel von Großmutters zweitältestem Bruder war zum Studieren nach Schweden gegangen. Ein Stipendium für vier Jahre. Er war im letzten Jahr und hatte beschlossen nicht zurückzukehren, von einem Tag auf den anderen. Er hatte bei den Behörden politisches Asyl beantragt, und dem Antrag wurde stattgegeben. Er würde nie wieder einen Fuß nach Albanien setzen.

Großmutter Saba sagte nichts dazu, aber sie fühlte sich verpflichtet, ihrem Bruder alles zu erzählen. Eine unvorhergesehene Totenklage, doch ihr Bruder hatte das Recht, es zu erfahren. Der Wind blies so heftig, dass man unmöglich nach Kaltra hinaufkonnte. Sie würde ein andermal in Ruhe dorthin gehen, zum Friedhof. Das Wichtigste jetzt war, dem Bruder alles zu erzählen. Was spielte es für eine Rolle, ob bei sich zu Hause oder auf dem Friedhof? Auf derlei Dinge achten sie im Jenseits nicht, im Jenseits haben die Dinge und ihre Bedeutung ganz einfach eine andere Ordnung.

Großmutter Saba stellte ein Foto des verstorbenen Bruders vor sich auf. Sie zündete ein kleines Lämpchen an, nahm auf dem Boden Platz und begann:

Welch Wetter mag es bei dir sein?
Bei uns beginnt es bald zu schneien.
Der Frost hält Einzug hier ins Land,
woanders ist der Krieg entbrannt…

Großmutter hielt inne. Sie war angestrengt und keuchte. Die Jahre vergehen nicht nur für die, die fortgehen. Nachdem sie den Bruder bezüglich des Wetters und des aktuellen Geschehens auf den neusten Stand gebracht hatte, musste sie nun zu der Geschichte von seinem Enkel kommen. Zum ersten Mal hörte ich sie Verse sprechen, die sich nicht reimten. Reime waren unnütz, sie nahmen den Worten nicht ihr Gewicht. Vielleicht hatten die Dinge und ihre Bedeutung aber auch für Großmutter eine andere Ordnung bekommen. So etwas kann ebenso im Diesseits geschehen. Sie begann erneut, aber ihre Stimme klang anders. Ich saß auf der Truhe in ihrem Zimmer und hörte schweigend, wie erstarrt zu:

Ich frag mich bisweilen, wie deine Tage vergehen.
Ich lausche der Nachtigall, die nicht ahnt, dass du fort bist.
An heißen Sommertagen dringt der Klang deiner Oboe zu mir.
Im letzten Licht der Abendsonne kehren die Ziegen heim.

Die Welt hat sich verändert – keine Ziegen mehr und keine weißen Wölfe
Sie sind mit Kaltra an den Grenzen der Zeit zurückgeblieben.
Was geht, ist auf ewig fort,
wie die Spuren deiner Schritte in dem großen Haus.

Sie hatte aufgehört zu weinen, ihre Klage ähnelte nunmehr einem Bericht für jemanden, der sein Zuhause seit langem verlassen hat und niemals zurückkehren wird. Aber auch eine Rückkehr hätte wenig Sinn: Die Welt verändert sich. Der Klang der Glocken, die man den Ziegen um den Hals hängt, verändert sich ebenso wie die Stimme der geliebten Frau, es verändert sich die Mondsichel, die sich in den Augen der ausgehungerten Wölfe widerspiegelt, die Weinrebe, die sich an der Ulme hinter dem Haus emporrankt, das Licht auf einsamen Straßen und auch jede Wiederkehr, zu jeder Jahreszeit, in tiefer Einsamkeit.

Großmutter sprach nicht über den Enkel, der in Schweden nach Demokratie verlangte. Was hätte es ihrem Bruder gebracht? Und ihr selbst? In all den Jahren hatte sie immer alles erzählt. Aber es hatte ihr unglaublich gefehlt, sagte sie, bei einer Neuigkeit die Gesichter ihrer Lieben zu sehen, die Sorgenfalten, die Hände, die sich bewegten wie im Flug getroffene Vögel. Ihre Klagen waren wie ein Licht, das sie in einem verlassenen Haus entzündet hatte, um zu warten, zu warten, zu warten …

Ich verließ das Zimmer, aus Anstand. Vielleicht hatte Großmutter das Bedürfnis, etwas zu sagen, ohne dass ich dabei war.

Ich zog mich mit meinen Freunden in das Treppenhaus zurück, das taten wir öfters. Manchmal gesellte sich eine der alten Frauen aus dem Haus zu uns, die aus Langeweile aus ihrer Wohnung kam, um ein paar Worte zu wechseln. Auch diesmal dauerte es nicht lange, und die Tür von Mukades ging auf.

Von allen alten Frauen war Mukades die sympathischste. Sie hatte drei Enkelkinder. Wir hörten sie schreien: »Drina, Drina, verflucht seist du und mein Schicksal, das mich dazu zwingt, auf ein böses Mädchen wie dich aufzupassen.« Wenn sie dagegen gut gelaunt war, bedachte sie den Jungen mit zärtlichen Worten: »Oh du mein kleiner Kosovare!« Eines Tages fragte ich sie:

»Mutter Mukades, warum nennst du ihn Kosovare?«

»Weil er schön ist«, antwortete sie. »Sieht man das etwa nicht? Er ist schön wie ein Kosovare.«

»Wo hast du denn Kosovaren gesehen?«, forschte ich weiter.

»Was für eine Frage«, erwiderte sie. »Im Film, wo sonst? Sie sind schön, stattlich, mutig, haben dichte Bärte, ach, die Besten von uns sind draußen geblieben …«

An besagtem Tag war Mukades jedoch schweigsam. Sie setze sich auf eine der Stufen und starrte auf die Tür.

»Wo ist deine Großmutter?«, fragte sie mich.

»Zu Hause«, gab ich zur Antwort. »Wenn du Lust hast, geh auf einen Kaffee zu ihr. Weißt du, sie ist ein bisschen traurig heute, ein Besuch von einer Freundin …«

»Nein, ich kann nicht, ich habe diese drei Teufelsbraten,

die gerade Mittagsschlaf halten. Ich muss auf sie aufpassen. Vielleicht nachher, wenn mein Sohn und die Schwiegertochter zurück sind.«

Ihr Sohn war Unteroffizier bei der Marine, und ihre Schwiegertochter arbeitete als Archivarin für dieselbe Militärbasis. Einfache Leute, die vor ein paar Jahren aus ihrem Dorf nach Vlora gezogen waren.

Einige Zeit später hörte ich die Tür zu unserer Wohnung. Ich glaubte, sie würden mich suchen. Es war mein Vater. Er hatte sein Mittagsschläfchen beendet, die Nachrichten im Radio gehört und war nun unterwegs in den Schachklub. Papa grüßte die alte Mukades.

»Guten Tag, Herr Lehrer«, antwortete sie. »Wie geht's? Was gibt es Neues in der Stadt und in der Welt? Erzählen Sie einer alten Analphabetin, die zwischen ihren vier Wänden versauert, mal ein bisschen.«

»Nun ja«, sagte Papa, »in der Stadt gibt es nichts Neues, auch in Albanien nicht. Aber außerhalb des Landes schon. Krieg, es gibt Krieg. Alle sind wütend auf Saddam, weil er in Kuwait einmarschiert ist, Mutter Mukades.«

»Und wo liegt dieses Kuwait?«, erkundigte sie sich. »Ist es weit von hier? Sind es nicht unsere Freunde, denen wir zu Hilfe eilen müssen?«

»Wir sind Freunde von Saddam. Er will nur sein Land zurückhaben«, erklärte Papa.

Er konnte mal wieder seinen schwarzen Humor nicht im Zaum halten und begann, sein Spiel mit Mutter Mukades zu treiben.

»Wir werden ihm natürlich beistehen. Die ersten U-Boote sind schon startbereit.«

»Und mein Mussa? Oh ich Ärmste«, schrie die alte Mukades außer sich.

»Er wird sicher unter den Ersten sein, die aufbrechen«, sagte Papa, »so tüchtig wie er ist, und noch dazu aus guter kommunistischer Familie. Wen sollen sie sonst schicken, wenn nicht ihn?«

Dann ging Papa fort und ließ die arme Mukades in ihrer Verzweiflung zurück.

»Mussa, Mussa, hättest du bloß auf mich gehört, dann wärst du jetzt sicher und gesund in unserem Dorf. Aber du wolltest unbedingt zur Marine, du wolltest in die Stadt. Wer wird für deine Kinder sorgen? Mussa, oh Mussa, wer weiß, ob ich dich jemals wiedersehe. Was sollen wir nur deinem Sohn sagen, der ohne Vater aufwachsen wird?« Ihr Jammern glich einer Totenklage.

Großmutter Saba öffnete die Tür und eilte die Stufen hinab. Sie glaubte, bei Mukades sei jemand gestorben.

»Mussa, mein Mussa, sie haben ihn in den Krieg geschickt.«

Großmutter fasste sie unterm Arm und führte sie in unsere Wohnung.

»Du bleibst hier und passt auf, ob ihre Enkel wach werden«, befahl sie mir.

Als meine Freunde und ich allein waren, bogen wir uns vor Lachen.

»Aber sie kann einem schon leidtun«, sagte ich, »wir sollten hingehen und ihr erklären, dass alles ein Scherz war.«

»Ach was, lass sie nur, es ist zu komisch. Unsere Soldaten in Kuwait«, meinte einer meiner Freunde höhnisch.

Großmutter Saba versuchte, die alte Mukades so gut es ging zu trösten, aber sie hatte keine Ahnung von Außenpolitik und konnte ihr deshalb nicht sagen, dass man sie nur auf den Arm genommen hatte. Sie sagte nur, dass Mussa heil und gesund zurückkehren werde, dass die Kriege nicht mehr so seien wie früher, als man den Feind noch mit dem Gewehr in der Hand an der Front bekämpfte. Nein, jetzt war alles modern. Es gab Schiffe, Flugzeuge, Bomben … Ihr Mussa würde diesem Saddam, oder wie er hieß, helfen, sein Land zurückzugewinnen, das ihm Kuwait gestohlen hatte, und würde dann als wahrer Held zurückkehren.

Die Geschichte von der alten Mukades und ihrem Mussa, der auszog, um Saddam zu helfen, machte im ganzen Viertel die Runde.

Mukades blieb ziemlich lange bei Großmutter Saba, dann ging sie in ihre Wohnung hinunter, um sich weiter ihrer Verzweiflung hinzugeben. So fanden sie am Abend ihr Sohn Mussa und die Schwiegertochter.

Mussa kam zu uns. Er war richtig wütend.

»Auch wenn du Lehrer bist – als Mensch taugst du gar nichts«, sagte er zu Papa. »Solche Späße gehen zu weit.« Dann ging er hinaus.

»Mit dem Krieg spaßen nur diejenigen, die seine Klauen nicht am eigenen Leib zu spüren bekommen«, sagte Großmutter Saba, als der Sohn der alten Mukades die Tür hinter sich zugezogen hatte.

Einundzwanzig

Ich träumte von einer Wohnung im Zentrum einer Hauptstadt, von einer Arbeit am Theater und von vielen eleganten Kleidern, die ich jeden Abend, wenn mein Mann mich zum Essen ausführte, tragen würde. So wie Tante Afrodita. Aber darüber hinaus wollte ich auch Kinder haben.

Während meines ersten Studienjahres ging ich Tante Afrodita oft besuchen. Sie gab mir Ratschläge, wie ich mich in der Hauptstadt verhalten sollte, ihr Wohnzimmer wurde zu einer Lehrstätte für Benimmunterricht. Sie las mir auch aus dem Kaffeesatz: Ich würde einen Ausländer heiraten, sagte sie immer.

»Ausländer« – allein schon das Wort gefiel mir, es klang so schön. Ich hatte die Vorstellung, dass Ausländer ihre Zeit damit verbrachten, ständig ins Theater oder Kino, in Ausstellungen oder Opernpremieren zu rennen. Ich war davon überzeugt, dass mein Leben an der Seite eines Ausländers ganz anders verlaufen würde als das meiner Mutter. Tante Afrodita machte nie nähere Angaben zur Nationalität meines Zukünftigen, so blieb er hinreichend unbestimmt und somit für alles offen.

Ich würde nach Italien reisen, um Carla Fracci tanzen zu sehen und Tullio de Pisco, den ich damals bewunderte, live zu hören. Mein Bräutigam würde mich natürlich nach Lateinamerika begleiten, um mich mit Gabriel García Márquez oder Isabel Allende bekannt zu machen, die beide zu meinen Lieblingsautoren gehörten. Und selbstverständlich würde ich auch auf ein Konzert meiner geliebten Dire Straits ehen.

Damals lernte ich meinen ersten Freund kennen. Ich war mir nicht sicher, ob er als Ausländer gelten konnte, und wusste daher nicht, ob er der Mann war, den Tante Afrodita im Kaffeesatz sah. Seine Eltern gehörten zu der griechischen Minderheit, die seit 1913 innerhalb der Landesgrenzen lebte. Ein seltsames Land, das sich mal öffnete, mal wieder schloss, ohne Rücksicht auf die Schicksale seiner Bewohner. Wer draußen blieb, verging vor Sehnsucht nach etwas, das unerreichbar war. Die Dringebliebenen konnten sich dagegen keine melancholischen Gefühle leisten. Sie vergingen in der sengenden Sonne auf den Feldern oder in der Hitze der Bergwerke, wo sie Zwangsarbeit leisten mussten, sie vergingen, und Schluss.

Romeos Eltern waren Griechen, also konnte auch er sich als Grieche bezeichnen. Aber er war in Albanien geboren und hatte unsere Staatsbürgerschaft, also war er streng genommen vielleicht doch kein »Ausländer«. Tante Afrodita konnte mir meine Zweifel nicht nehmen. Bürokratische Angelegenheiten oder ethnische Zugehörigkeiten blieben bei ihren Kaffeesätzen außen vor. Wahrscheinlich wollte sie keine Scherereien haben. Um herauszufinden wie die Dinge standen, beschloss ich daher, mich auf ihn einzulassen.

Ich hatte ihn zufällig kennengelernt. Eines Tages, als ich auf dem Weg zur Vorlesung über griechische und römische Literatur war, hatte er mich angehalten und um eine Auskunft gebeten. Dann sagte er mir, dass ich große Ähnlichkeit mit einer Schauspielerin aus einer Fernsehserie hätte, die er im italienischen Fernsehen verfolgte.

»Sie heißt Esther, du musst sie dir anschauen: Sie hat genauso langes lockiges Haar wie du, dasselbe Gesicht, wirklich beeindruckend …«

Ich kannte diese Serie nur zu gut, ich glaube, es gab damals kaum einen Albaner, der sich nicht vor den Fernseher klemmte, um Kommissar Cattani zu sehen. Der Erfolg dieses Krimis war enorm: Die kleinen Kinder nahmen ihre Spielzeugpistolen in die Hand und schrien: »Ich bin Kommissar Cattani!«, und die Frauen waren ganz verrückt nach Tano Cariddi. Man weiß ja, dass sich Frauen immer in die Bösewichter verlieben.

Nun behauptete dieser Junge, ich sähe genauso aus wie Esther, die Frau des bösen Tano. Ob ein Land so zu ist wie ein Laden am Feiertag oder so offen wie frische Austern auf dem Vorspeisenteller, die Methoden, eine Frau anzubaggern, bleiben überall die gleichen.

Die Geschichte mit Romeo ging einige Monate später, an einem Herbstabend zu Ende. Wir saßen plaudernd auf dem Balkon seiner Wohnung und beobachteten die Leute, die vorbeiliefen. Plötzlich sah er seinen Vater kommen, packte mich an einer Hand und zog mich hinein.

»Der Alte darf dich nicht sehen«, sagte er. »Bleib in meinem Zimmer und sei leise. Keine Sorge, er wird sich bald in sein Arbeitszimmer verziehen, um zu lesen.«

Er gab mir einen flüchtigen Kuss, stieß mich in sein Zimmer und schloss mich ein. Das war zu viel für mich.

Ich hörte Geräusche aus der Küche, Geräusche eines Abends, den ein verwitweter Vater nach einem langen Arbeitstag mit seinem Sohn verbringt.

Ich hatte auch Hunger, und das Klappern des Geschirrs

während ihrer gemeinsamen Mahlzeit half mir nicht weiter. Diese Mahlzeit zog sich endlos in die Länge.

Zwischendurch hatte ich immer wieder das Gefühl, gleich in die Hose machen zu müssen.

Durch die Mauern des Zimmers, in dem ich wartete, drang leise Musik. Ich ließ mich von ihr einlullen und empfand dabei nur umso stärker meine Einsamkeit. Ein Nachbar spielte etwas unbeholfen *Let it be* auf dem Klavier. Unser Lied, dachte ich, bevor ich die Augen schloss.

Irgendwann spürte ich eine Hand, die mich sanft rüttelte.

»Wach auf, Schlafmütze, wir haben die ganze Nacht für uns.«

Mühsam öffnete ich die Augen. Ich sah, wie sich Romeo auszog, um zu mir ins Bett zu kriechen. Nur in Unterhose hob er die Bettdecke an und sagte mit der Selbstverständlichkeit und der Gestik eines Mannes, der seit zwanzig Jahren mit seiner Frau schläft:

»Brr, wie kalt es heute Abend ist.«

Vielleicht hätte ich als Frau, die ihren Mann seit zwanzig Jahren reden hört, antworten müssen:

»Das ist ganz normal, Liebling, es ist Herbst, hm, du hast immer so kalte Füße …«

Vielleicht hätte ich ihn auch in den Arm nehmen müssen. Aber ich wusste schließlich nicht, wie Romeos Füße normalerweise waren. Ich wusste es nicht und sollte es nie erfahren.

»Oh nein, mein lieber Romeo«, sagte ich, »du schläfst auf dem grauen Teppich am Fußende des Bettes. Ich werde darauf warten, dass die Welt wieder erwacht.«

Ich ging nie wieder zu Romeo. Er kam manchmal, um unter meinem Fenster *Let it be* zu pfeifen. Unser Lied – das einzig uns Gemeinsame.

Zweiundzwanzig

»Heute geh ich keinen Schritt vor die Tür, ich kann nicht, es ist kalt, und außerdem regnet es. Eins von beiden wäre ja noch zu ertragen, aber beides zusammen? Abgesehen davon habe ich nicht einmal die passenden Schuhe…« Tina, die Engländerin, mit der ich mir das Zimmer teilte, redete wie ein Wasserfall.

Sie war als Erste aufgestanden, auf den Balkon hinausgegangen und mit klaren Vorstellungen über das Programm des Tages wieder hereingekommen: Sie würde faulenzen.

Ich beschloss, ebenfalls dazubleiben. Bisher hatten wir kaum eine Vorlesung geschwänzt. Wir legten uns wieder ins Bett, aber an Schlaf war nicht mehr zu denken. Wir Studenten, oder besser gesagt, wir Bewohner der Studentenstadt, waren dazu gezwungen, unser Studentenradio zu hören.

»Guten Morgen, Leute, der neue Tag hat begonnen. Das Studentenradio wünscht euch für heute viel Erfolg.«

Welch Glück, dass uns jemand an den Beginn des neuen Tages erinnerte und daran dachte, uns mitzuteilen, dass alles von vorne begann. Wir Studenten waren so beschäftigt, dass wir das glatt hätten vergessen können.

Das Radiogerät in unserem und den anderen Zimmern war ein mit mehreren Öffnungen versehener, rechteckiger, schwarzer Kasten, der über unseren Köpfen an der Decke hing. Dieser Kasten fing morgens um halb sieben an zu krächzen.

Oft weckte uns die damals sehr beliebte Parashqevi Simaku mit so einfallsreichen Texten wie:

Wo auch immer auf der Welt
Du weilen musst,
das Wort Mutter erfüllt dir
mit Liebe die Brust.

Ob einem das Lied nun gefiel oder nicht, das schwarze Gerät an der Decke ließ sich nicht abstellen. Die Kulturverantwortlichen der kleinen, von Studenten bewohnten Stadt hatten das Problem der Einschaltquoten auf diese Weise gelöst.

Tina und ich hörten also Radio, als plötzlich jemand an die Tür klopfte. Ein zartes Klopfen, das mich wenig später in andere Zeiten versetzen, alte Familiengeschichten wieder aufleben lassen sollte. Das Schicksal geht seltsame Wege: Du befindest dich an einem Ort, an dem die Vergangenheit ausgelöscht zu sein scheint, und an einem verregneten Morgen holt sie dich mit einem Schlag ein.

Tina stand widerwillig auf, um zu öffnen. Küsschen und Umarmung, es war Besuch für sie. Ich zog mir die Decke über den Kopf, um niemanden begrüßen oder mich gar unterhalten zu müssen. Ich glaubte, es sei eine von Tinas Verwandten, die ihr ein Paket von den Eltern vorbeibringen wollte. Ich stellte mir vor, dass wir zwei, drei Tage nicht in die Mensa gehen würden und kostete in Gedanken schon alle möglichen Leckerbissen.

Ich hörte ihr Gespräch und im Hintergrund das Radio. Zuerst waren es nur ein paar belanglose Worte, dann sprachen sie über eine Zugfahrt, eine nächtliche Reise, mit der ihre Freundschaft begonnen hatte.

Besser wär's, in die Uni zu gehen, dachte ich unter meiner Decke. Ich tat so, als würde ich gerade erwachen und begann, mich langsam zu rühren. Ich streckte mich und rieb mir die Augen. Als ich sie öffnete, dachte ich: Du träumst. Nur wenige Meter von mir entfernt stand eine Gestalt, die unmittelbar meiner Kindheit entsprungen war, und plauderte mit Tina. Aus purem Zufall war diese für die gesamte Familie so befremdliche Verwandte in meinem Zimmer im Herzen Tiranas gelandet.

Ich vergrub mich wieder unter meiner Decke und blieb dort, bis Tina ihre Freundin an die Tür begleitete.

»Wer war das?«, fragte ich in gespielt gleichgültigem Ton.

»Wir haben uns im Zug kennengelernt«, erklärte Tina. »Ich bin in Fier ausgestiegen, sie ist weiter nach Vlora gefahren.«

»Wie nett, dass sie dich einfach besuchen kommt«, sagte ich.

»Ja«, erwiderte Tina, »sie braucht Hilfe. Sie hat in allen möglichen Zeitungen eine Heiratsannonce aufgegeben, jetzt hat ihr ein Engländer geschrieben. Aber sie kann die Sprache nicht so gut, deshalb soll ich ihr den Brief übersetzen und dann auf Englisch antworten.«

»Der Stimme nach war sie über das heiratsfähige Alter schon hinaus«, sagte ich zögernd.

»Sie ist ein bisschen älter als wir«, antwortete Tina.

Ein bisschen älter als wir? Bubi? War Tina vollkommen blind? Bubi war so alt wie mein Vater. Aber ich brachte es einfach nicht über mich, Tina zu sagen, dass ihre Freundin eine meiner Verwandten, die Tochter von Tante Esma war – von Tante Esma der *Kurva*.

Trotz allen guten Willens des Vaters und der näheren Verwandtschaft waren Tante Esmas Töchter ledig geblieben. Die Geschichte kam allen sehr merkwürdig vor. Sie waren nicht die einzigen Töchter, deren Eltern getrennt lebten, dennoch wuchsen die anderen heran und heirateten irgendwann. Wer weiß, was in den Köpfen der beiden vorgegangen war, dass sie jenen Hass gegen alle Männer dieser Erde entwickelten.

Als der Eiserne Vorhang fiel, hatten sie bereits die vierzig überschritten und waren ganz allein auf der Welt. Vater, Mutter und Stiefmutter waren nacheinander gestorben. Zuerst Tante Esma, die ihre Augen an dem Tag für immer schloss, an dem der Nachfolger des Diktators die ersten Signale für eine Öffnung des Landes gab. Die Öffnung gegenüber der Welt begann mit den Kühen: Unsere Wirtschaft wurde liberaler, die Bauern bekamen das Recht, eine eigene Kuh zu besitzen. Blinde Kühe, die jahrelang in düsteren Ställen gehaust hatten, strömten begierig nach Licht auf die Straßen. Als Tante Esma die Nachricht im Fernsehen hörte, sagte sie, sie müsse ihre Kuh holen gehen. Sie sagte, die Schwiegermutter rufe sie. Die Schwiegermutter war seit zwanzig Jahren tot, aber offenbar hatte sie Esma nicht vergessen, da sie sogar aus dem Jenseits nach ihr rief.

Allein auf sich gestellt hatten Delfina und Bubi angefangen, Fremdsprachen zu lernen. Angesichts der Öffnung des Landes mussten sie sich darauf einstellen, mit der Welt zu kommunizieren.

»Lass uns abhauen, lass uns ins Ausland gehen«, hatte Bubi ihrer Schwester vorgeschlagen. »Wir müssen nur einen Weg finden, der zwei Damen wie uns angemessen ist. Schließlich können wir uns nicht mit all dem Lumpenpack auf ein Schiff flüchten …«

Gesagt, getan: »Schöne, reife und unberührte Frau sucht ausländischen Ehemann, möglichst wohlhabenden Engländer.«

Alles auf Englisch geschrieben.

»Aber warum nur Engländer und keine Italiener oder Griechen, die viel dichter dran wohnen?«, wollte Delfina wissen.

»Deine Naivität erstaunt mich, Delfina. Willst du etwa die Engländer mit den Italienern gleichsetzen? Oder gar mit den Griechen, die den ganzen Tag nur trinken und abends in den Kneipen über Tische und Bänke gehen?«

Es blieb nur noch abzuwarten, bis sich jemand auf die Annonce meldete. Und tatsächlich meldete sich jemand: der besagte Engländer.

Das war alles, was ich an dem Tag, an dem Bubi zu Besuch kam, von Tina erfuhr.

Eine Woche später hatte ich meine merkwürdigen Verwandten bereits wieder vergessen. Ich hatte genug eigene Probleme, war ich nicht selbst im heiratsfähigen Alter? Sie waren nicht die Einzigen, die einen Ausländer zum Mann haben wollten! Im Übrigen stand meine Zukunft, nach Tante Afroditas Vorhersagen, bereits fest …

Es vergingen Monate, bis ich etwas Neues über die Geschichte von Delfina und Bubi erfuhr. Der Engländer, der sich auf die Annonce gemeldet hatte, war nicht der übliche Ausländer, der eine Frau aus Osteuropa für seine seit Jahren gelähmte Mutter suchte. Er war auch kein Verrückter, der, glücklich darüber, dass die Welt nicht weniger verrückt war als er, auf alle seltsamen Annoncen antwortete.

Auf Bitten von Bubi war Tina zu dem Treffen mit dem englischen Heiratsanwärter gefahren, bei dem natürlich auch Bubis Schwester Delfina nicht fehlen durfte. Der Engländer war sehr höflich und zuvorkommend, aber er trank eindeutig zu viel Whisky.

Sie luden ihn zum Essen ein, ein schweigsames Essen, bei dem Tina die ganze Zeit im Mittelpunkt der Aufmerksamkeit stand. Tina, meine Freundin, die Dolmetscherin, die Bubis Schicksal in der Hand hatte.

Nach dem Abendessen hätte der Engländer eigentlich in sein Hotel zurückkehren müssen, aber es waren seltsame Zeiten, in denen alle eine Waffe bei sich trugen, alle außer die Polizei, die den Banditen keinen Schrecken einjagen wollte, um nicht selbst mit einer Kugel im Kopf zu enden. Sie beschlossen daher, den Engländer bei sich schlafen zu lassen.

Delfina und Bubi ließen ihn im Wohnzimmer zurück und holten zur Verstärkung zwei Freundinnen aus dem Haus, zwei alte Jungfern. Falls der Engländer versuchen sollte, über Bubi herzufallen, würde Delfina alleine sie nicht beschützen können. Und Tina war zwar eine fleißige Studentin, aber ansonsten …

Vor die Tür zum Wohnzimmer schoben sie eine Truhe, auf die sie einen Sessel und andere schwere Gegenstände stellten, die sie in der Wohnung fanden.

Als der Engländer den Lärm hörte, trat er an die Tür, um zu horchen.

»Ist alles in Ordnung?«, erkundigte er sich.

»Ich hab's gewusst«, sagte Delfina mit zitternder Stimme. »Jetzt tritt er die Tür ein.«

Die Freundinnen sahen Bubi verängstigt an.

»Der Kerl wird sich erst über dich hermachen, und dann über uns alle«, rief die älteste von ihnen.

»Ja, es ist alles in Ordnung«, sagte Tina auf Englisch, um

ihn zu beruhigen. Der Engländer zog sich zurück und trank seinen Whisky, bis er irgendwann auf dem Sofa einschlief.

Am nächsten Morgen rückten die Frauen die Möbel beiseite, um nach ihm zu schauen.

»Er ist ein Säufer, dem werde ich meine Schwester niemals anvertrauen«, sagte Delfina.

»Kaum zu glauben, mit fünf attraktiven Frauen im Haus hat der nichts anderes zu tun als zu trinken«, kommentierte eine der Jungfern.

»Schlag ihn dir aus dem Kopf«, meinte die andere, »die ausländischen Männer sind alle seltsam.«

»Wenn ich schon mit einem Säufer vorliebnehmen soll, kann ich ebenso einen aus Albanien nehmen«, befand Bubi.

Tina und ich bogen uns vor Lachen, als wir in der kleinen Bar vor dem Institut für Philologie zusammensaßen. Wir hatten Tränen in den Augen. Ich habe ihr nie meine Verwandtschaft zu den beiden Schwestern gestanden, und nicht nur ihr nicht. Ich kann mir meine Zurückhaltung nicht erklären, auch für mich war es eine neue Erfahrung. War es aus Rücksicht auf Großmutter Saba? Vielleicht wollte ich anders sein als die Frauen aus meiner Familie. Aber in welchem Sinne anders? Wie es schien, war in der Kette dieser riesigen Frauensippe ein Riss entstanden.

Dreiundzwanzig

Ich hatte Henna im Haar, um es rot zu färben. Das Licht war ausgefallen, wie so oft, und ich wartete die Einwirkungszeit bei Kerzenschein ab.

Wir hörten Lärm, Schreie, die von der Straße hinaufdrangen. Wir traten auf den Balkon: Junge Männer mit Fackeln in den Händen.

»Kommt herunter, Schwestern. Lasst uns nicht allein!«, schrien sie uns aus Leibeskräften zu.

Ihr Protestmarsch, der zwei Stunden zuvor begonnen hatte, hielt vor den Gebäuden, in denen wir Frauen wohnten.

»Es reicht, Schwestern, es reicht mit diesem Leben. Wir wollen Licht, wir wollen Heizung, wir wollen wie normale Menschen leben!«

Ihre Slogans waren einfach. Sie forderten bessere Lebensbedingungen. In dieser von Fackeln erhellten Nacht wurde nichts weiter als der Wunsch nach elektrischem Licht laut.

Aber am nächsten Tag waren die jungen Männer wieder auf der Straße. Ich hatte viele Revolutionen im Fernsehen gesehen, nun konnte ich endlich selbst eine erleben. War das etwa kein Grund, sich dem Zug anzuschließen? Mit meiner neuen flammenroten Mähne ging ich hinaus. Wir waren bloß zwei Frauen, beide aus Vlora.

Die Tage vergingen, die Slogans veränderten sich. Anfangs

bemerkte ich die Veränderung gar nicht, vielleicht begriff ich sie nicht. Es kamen neue Leute hinzu, Leute, die anders waren als wir. Ich erinnere mich noch an ihre weißen, vom Wind aufgeblähten Regenjacken. Später erzählte man uns, es seien einflussreiche Leute, die der Regierung schon immer sehr nahegestanden hätten. Dann hieß es, sie seien Dissidenten, und noch später, dass unsere gesamte Regierungskaste seit jeher aus Dissidenten bestanden hätte, besser gesagt, das ganze Volk: drei Millionen Dissidenten. Es hatte nur einen Diktator gegeben, er hatte den Kommunismus eingeführt und die neue Gesellschaft geschaffen, er ganz allein.

Niemand schrie mehr nach Licht oder Heizung, man forderte nunmehr die Freiheit.

Die Massen brachten die riesige Statue des Diktators im Zentrum der Hauptstadt zu Fall. Die Botschaften wurden gestürmt, Schiffe und alte Schlepper geentert, die noch aus den Zeiten der Freundschaft mit der Sowjetunion stammten, und … der Rest ist bekannt. Arme Dissidenten, die wir vom Schicksal in die Welt getrieben wurden.

Ich erlebte diese Zeiten mit Staunen, Angst, Schmerz und mit Bedauern.

Unsere Männer hatten es eilig, sich von der sexuellen Unterdrückung, unter der sie so lange gelitten hatten, zu befreien. Man ging nicht mehr aus wie früher: nur noch tagsüber und immer in Gruppen. Die Frauen schlenderten über die neuen Basare, die in den Zeltlagern der Roma entstanden waren. Kleider, die direkt aus dem Westen kamen: die neueste Mode. Nicht nur das, wenn man meinen Freundinnen Glauben schenkte, waren es Kleider, die von den Topmodels bei den Modenschauen getragen und anschließend von den großen Modehäusern auf den Märkten in aller Welt, in der Dritten Welt verkauft wurden. Natürlich, sobald Linda Evangelista oder Cindy Crawford sie abgelegt hatten. Die Designer füllten ganze Container und schickten sie in Länder wie Albanien, in das nur wenige Kilometer von der Hauptstadt entfernte Roma-Lager von Fushë-Kruja. Da die Roma in der Gegend von Tirana *Gabel* genannt werden, hatten diese Zelte den Namen »Firma Gabi« bekommen, und die Schlangen, um bei der Firma Gabi Kleider zu kaufen, waren oft kilometerlang.

Auch meine Freundinnen und ich gingen eines Tages hin. Es schien, als ströme ganz Tirana auf den Platz mit diesem Roma-Lager. Vielleicht auch nur halb Tirana – die andere Hälfte war nämlich damit beschäftigt, Sali Berisha beizustehen, der die Fundamente des Kommunismus niederriss. Oder das, was davon übrig geblieben war. Mein Volk war hin- und hergerissen zwischen Plätzen, auf denen man darauf wartete, dass die Verheißungen von Luxuskarossen und allgemeinem Wohlstand in Erfüllung gingen, und anderen, weniger schönen Plätzen, auf denen man in schwarzen Plastiksäcken nach Kleidern wühlte, denen ein Hauch von Westen anhing.

Ich hatte kein Glück mit der Firma Gabi. Meine Freundinnen und ich durften nicht die *Haute Couture*-Kleider tragen, die Karl Lagerfeld für Linda, Cindy, Carla und all die anderen entworfen hatte. An besagtem Tag sahen wir zu unserem Bedauern den Westen vor unseren Augen davonschwimmen. Schuld daran war ich allein. Ich hatte einen etwas zu kurzen Jeansrock angezogen, er reichte nicht ganz über die Knie. Während ich geduldig in der Schlange stand, sah mich eine der *Gabel* und kam wütend auf mich zu. Was habe ich bloß verbrochen?, fragte ich mich erschrocken.

»Du da«, brüllte sie, »raus aus der Schlange, ich will nicht, dass du irgendetwas kaufst. Schämst du dich nicht? Ich lasse keine *Kurva* in mein Haus. Hinterher beschwerst du dich, wenn mein *Gabel* über dich herfällt. Er ist ein echter Mann, verlass dich drauf, und was kann er dafür, wenn sich ihm eine *Gaxhia* derart zur Schau stellt? Verschwinde hier, und das nächste Mal, wenn du Kleider kaufen willst, sieh zu, dass du dir die Schenkel bedeckst.«

So sah 1992 die kapitalistische Wirtschaft in Albanien aus.

Überall in Tirana hatten Bars und Diskotheken eröffnet, Diskotheken, die niemals schlossen, vierundzwanzig Stunden lang nonstop Unterhaltung, Musik, Alkohol. Albanien musste schleunigst all das nachholen, worauf die Jugend bis dahin verzichtet hatte.

In jenen Jahren sah ich ein mir unbekanntes Land, ich lebte mit einem Volk von Fremden. Mein häufigster Gedanke war: Der Diktator muss seine Pappenheimer gekannt haben.

Vierundzwanzig

Endlich kam der Zeitpunkt, ab dem Religion nicht mehr als Opium des Volkes galt. Wir entdeckten, dass das echte Opium etwas war, das sich wunderbar an Stelle von Mais und Weizen anbauen ließ.

Als die Kirchen und Moscheen in den Neunzigerjahren wiedereröffnet wurden, waren Großmutter Saba (in Vlora) und ich (in Tirana) uns vollkommen einig. Beide zeigten wir gleich unser Interesse. Ein bisschen Religion schadet letztlich niemandem, sagte Großmutter, es bringt Frohsinn.

Auf dem Hügel von Kuz Baba gab es eine *Teqe,* in die man nach dem Sturz des Regimes den Leichnam eines bekannten Derwisches gebracht hatte. Großmutter schaffte es nicht mehr bis hinauf, aber oft schickte sie Mama mit Geschenken und Bitten hin.

Sonntags ging sie nun immer zur Messe in die orthodoxe Kirche, die in der Nähe unserer Wohnung lag. Aufmerksam verfolgte sie die Predigt, dann zündete sie für all ihre Lieben Kerzen an. Sie ging aber auch in die Moschee, am Gebetstag, dem *Xhuma.* Sie zog sich die Schuhe aus – die sie jedoch in die Tasche steckte, denn angesichts der wirtschaftlichen Krise traute sie sich nicht, sie am Eingang der Moschee stehen zu lassen – und stieg hinauf zu den Frauen, die einen von den Männern getrennten Bereich hatten.

»Ein bisschen unbequem«, sagte sie, »jedes Mal wenn der Imam was sagt, musst du deinen Hintern hochbringen, aber im Grunde ist es eine gute Sache.«

»Aber du kannst doch nicht zu beiden gehen«, wandte meine Mutter ein. »Du musst dich entscheiden.«

»Ich bitte dich«, erwiderte Großmutter, »soll ich mich als alte Frau entscheiden, wo ich mich schon als junge nicht entscheiden konnte? Ich habe keine Zeit, darüber nachzudenken, zu welcher Religion ich gehöre, und solange ich es nicht weiß, ziehe ich sie alle in Betracht. Welche auch immer die richtige ist, ins Paradies wird man mich schon lassen, denn mein Gesicht ist weder hier noch da ganz unbekannt ...«

Das Einzige, was Großmutter Saba noch nie betreten hatte, war eine Synagoge. Nicht dass sie etwas gegen Juden gehabt hätte, es gab merkwürdigerweise einfach keine Synagoge in der Stadt. Ich sage merkwürdig, weil tatsächlich eine kleine jüdische Gemeinde existierte. »Judengasse« nannte sich die Straße, in der sie lebten. Bei den Albanern hieß sie »*Çifut*-Straße«.

»Du rechnest wie die *Çifut*«, hörte ich in meiner Kindheit sagen.

Oder:

»Zum Glück haben wir Enver Hoxha, sonst müssten wir ruhelos durch die Welt ziehen, wie die *Çifut.*«

Man wusste nicht recht, woher diese Redensarten eigentlich kamen, ich glaube nicht, dass wir irgendetwas mit Hitlers Plänen zu tun hatten. Aber in jenen Jahren galt es als Enver Hoxhas Verdienst, dass die Vernichtung bei uns fehlgeschlagen war.

Die albanischen Juden hatten den Holocaust tatsächlich überlebt: Sie kamen aus Griechenland, andere aus Jugoslawien und Bulgarien. Nach der Konfiszierung ihres Besitzes waren sie alle darauf eingestellt, an die Nazis ausgeliefert zu werden. Die meisten von ihnen hatten sich in Vlora niedergelassen, aber auch hierher kamen die Deutschen und verlangten sofort nach den Listen mit den Juden.

»Nein«, antworteten die Albaner, »hier gibt es keine Juden, und hier waren auch noch nie welche.« Als die Deutschen während der Besatzung alle Namen der Einwohner überprüften, fanden sie keinen einzigen jüdischen Namen. Alle Davids waren zu Dauts geworden, alle Saras zu Sarijes. Nach dem Krieg nahmen sie wieder ihre alten Namen an, obwohl sie nun in jeder Hinsicht zu Albanern wurden. Das Land wurde abgeriegelt, und sie blieben drin. Sie waren eingesperrt, aber sie lebten.

Als Heranwachsende war ich von einem Mädchen aus der Judengasse fasziniert. Sie hieß Sara, ich fand ihren Namen hinreißend wie alles andere an ihr. In meinem nächsten Leben wollte ich unbedingt Sara heißen, aber um nicht so lange warten zu müssen, nannte ich später meine Tochter so.

An dieser kleinen Gemeinde bewunderte ich vor allem die Ruhe, die rücksichtsvolle Art der Verständigung. Sie erhoben nie die Stimme, und ihre Frauen bekamen nie »die harte Hand zu spüren«.

Saras Vater war Schneider, meine Mutter ließ sich öfters Kleider von ihm nähen. Ich trat auf die Stoffe zu und sog den eigentümlichen Geruch nach Neuware in mich ein, der sich mit dem nach Mottenkugeln vermischte. Ich sah diesen vornehmen Herren mit seiner eleganten Brille und blieb in seiner Werkstatt, in der Hoffnung, ein wenig von jener Luft mit fortnehmen zu können. Ich lief in dem düsteren Raum herum, betrachtete die schwarzen, weißen und blauen Stoffe und hörte das fröhliche Geplauder der Frauen im Hintergrund. Sie trugen sorgfältig gekämmtes Haar und schmale Gürtel um die Taille. Mit ihren lebhaften Augen blickten sie sich in dem geschlossenen Raum um, so wie sie insgesamt fast ein halbes Jahrhundert lang auf geschlossene Türen geblickt hatten. Ich weiß nicht, warum sie nach dem Krieg nicht gegangen waren, sie hätten es gekonnt. Vielleicht aus Dankbarkeit oder aus Protest gegen die Welt, die sie nicht hatte retten wollen oder können. Vielleicht fühlten sie sich einfach sicher, so vollkommen abgeschieden würde sie niemand mehr finden. Nach dem Ende des Regimes gingen sie ebenso wie die anderen fort.

Im ersten Jahr nach dem Zusammenbruch des Kommunismus durchlebte ich eine spirituelle Krise. Das riesige Angebot an Religionen verwirrte mich. Es war ein regelrechter Jahrmarkt, auf dem alle versuchten, ihren Glauben als den besten feilzubieten.

»Nehmt uns«, schienen die Protestanten zu sagen, »wir sind ganz offen. Schaut euch unsere Pfarrer an, sie sind alle verheiratet.«

Tatsächlich heiratete der Pfarrer aus der Kirche in der Elbasan-Straße später meine Freundin Tina. Ich trieb mich ebenfalls ziemlich oft in der Gemeinde rum in der Hoffnung, über ihn einen anderen Pfarrer kennenzulernen: Auch ich wollte einen Amerikaner heiraten. Aber es klappte nicht. Keiner seiner Kollegen war auf der Suche nach einer Frau, sie waren alle verheiratet.

In der von Saudi Arabien finanzierten Moschee wurden anfangs Seidentücher verschenkt, die so schön waren, dass die Frauen Schlange standen, um hineinzukommen. Die Tücher dienten dazu, sich während des Gottesdienstes das Haar zu bedecken, aber danach konntest du damit machen, was du wolltest. Eine Freundin hatte mir außerdem gesagt, dass wir, wenn wir nur oft genug in die Moschee gingen, früher oder später einen echten Scheich zum Mann bekommen würden. Im Unterschied zu dem Pfarrer, der nur Tina geheiratet hatte, hätte in diesem Fall der Scheich gleich uns beide heiraten können.

Aber mir wurde die Warterei bald langweilig, und ich begab mich auf die Suche nach neuen spirituellen Erfahrungen. Ich lernte einen sehr netten Kreis von Leuten kennen, die aus dem Iran kamen: Sie nannten sich *Bahai.* Sie verschenkten nichts und stellten auch keine guten Partien in Aussicht. Sie sangen, lachten und organisierten schöne Picknicks.

Die katholische Kirche war besser besucht als alle anderen. Die Nonnen waren freundlich, sie verteilten jeden Tag Lebensmittel und Kleider: alles umsonst. Sonntags füllte sich die Kirche: Die Italiener, die wegen der Mission Pellicano vor Ort waren, kamen alle. Mit einigen von ihnen schloss ich Freundschaft, und gleich am ersten Abend landeten wir zusammen in der Diskothek. Meine Kommilitonin Lora verlobte sich mit einem von ihnen. Sie waren ständig zusammen. Er versprach, sie zu heiraten und sie mit nach Italien zu nehmen. Dann wurde Lora schwanger, und er nötigte sie zur Abtreibung, weil er bereits verheiratet war. Loras Geschichte machte mich richtig wütend.

Schließlich kam ich auch noch in Kontakt mit den Zeugen Jehovas, aber sie waren mir von Anfang an unsympathisch. Diese jungen Männer, die in Anzug und Krawatte herumliefen, erinnerten mich an die unerfahrenen Parteisekretäre der Kommunistischen Jugend. Ihre Broschüren mit Darstellungen von anständig gekleideten Leuten auf grüner Wiese und spielenden Kindern am Fluss glichen den Postkarten aus meiner kommunistischen Kindheit. Nach beinahe fünfzig Jahren hatte jedoch niemand mehr Lust auf diese zuckersüßen Bildchen.

Fünfundzwanzig

Die ersten Jahre nach der politischen Wende schienen mir im Galopp zu verfliegen. Ein Galopp, bei dem man sich nicht umsah, sich nicht vorsah. Aber ich weiß nicht, ob wir wirklich vorwärtskamen. Wer war schon in der Lage, irgendetwas zu begreifen? Es geschahen viele Dinge, mit mir, mit meiner Familie, mit meinem Land und dem Rest der Welt. Aber der Rest der Welt interessierte mich damals nicht. Noch nicht.

Onkel Timo war von einem Tag auf den anderen entlassen worden. Er hatte beim Geheimdienst gearbeitet, das wog schwer. Er blieb jahrelang arbeitslos. Die Kommunisten sollten sterben, genauso wie sie selbst unzählige Menschen im Gefängnis hatten sterben lassen. Mit solchen Dingen wird bei uns nicht gescherzt: 1991 brannten wir sogar die Olivenhaine nieder, die man während des Kommunismus gepflanzt hatte. Wir zerstörten Fabriken, Maschinen, Raffinerien, Bergwerke, Schulen und alles, was unter kommunistischer Herrschaft entstanden war. »Tod dem Kommunismus« hatten wir uns geschworen, und wir nahmen es damit sehr genau. Muss man nicht, um zu erschaffen, zunächst zerstören? Alles war von der kommunistischen Ideologie verseucht. Nehmen wir zum Beispiel die Olivenhaine: Hätten wir etwa in aller Seelenruhe eine mit »kommunistischem« Öl zubereitete Bruschetta essen sollen?

Amerika würde uns von goldenen Löffeln essen lassen. Auch James Baker hatte das versprochen, als er im Herzen der Hauptstadt, umringt von einer nach ein bisschen Westen gierenden Menge, verkündete: »Amerika mit euch, und ihr mit Amerika.« Er selbst schien es zu sein, der nach einem halben Jahrhundert Finsternis endlich ans Licht trat. Der typisch amerikanische Enthusiasmus, den wir später noch Zeit und Gelegenheit bekommen sollten, genauer kennenzulernen.

Onkel Timo, der beobachtete, was in unserem Land geschah, meinte:

»Sie sind in Massen über das Meer geflüchtet. Schluss mit dem Regime, Schluss mit dem ruhigen Leben. Sie sind losgezogen, um uns in ganz Europa in Misskredit zu bringen, und haben dabei vergessen, wie oft uns diese alte Hure schon übers Ohr gehauen hat. Sie sind ausgezogen, um den Italienern ihre Klos zu putzen.«

Der arme Onkel sah verbittert auf die Leute aus Vlora, die irgendwelchen Siebzigerjahre-Zeitschriften entsprungen zu sein schienen. Junge Männer, die gekleidet waren wie die Cugini di Campagna.

»Sollen wir so Einzug in Europa halten?«, fragte er oft. Aber er sagte auch:

»Jede Sau lassen sie rein nach Europa, nur wir sollen draußen bleiben. Aber sie werden schon sehen, was sie davon haben. Wenn du darüber nachdenkst, fragst du dich ohnehin: Wozu überhaupt? Um dir von den Belgiern erklären zu lassen, wie man ein Glas Wasser trinkt?«

Er wusste, dass sich niemand ernsthaft für derart kleine Länder wie unseres interessierte. »Wir sind bloß drei Millionen«, sagte er oft, »viel zu wenig, um das Weltgeschehen zu beeinflussen.«

»Onkel Timo«, erwiderte ich, »wenn wir noch nicht einmal in der Lage sind, das Geschehen im eigenen Land zu beeinflussen, was haben wir dann in Europa zu suchen?«

»Mein Kind«, rief er verärgert, »ich weiß, dass du kurz vor Abschluss deines Studiums stehst, aber politische Probleme überlasse lieber mir, denn du hast absolut keine Ahnung davon.«

Die Dinge liefen nicht immer schlecht für den Onkel. Ein paar Jahre später fasste er wieder Fuß. Nach dem Chaos der »Finanzpyramiden« gewann die sozialistische Partei, und der Onkel bekam erneut eine Anstellung. Sein Auftrag galt dem Hafen von Vlora. Er hatte sich um die mit Cannabis oder illegalen kurdischen und chinesischen Einwanderern beladenen Schiffe zu kümmern.

Einmal entdeckte er eine Gruppe illegal eingereister Chinesen, die nach Italien weiterwollten. Er behielt sie tagelang im Auge, und als sie schließlich ihr Versteck verließen und auf das Schlauchboot stiegen, alarmierte er die Küstenwache, die in den exterritorialen Gewässern darauf wartete, sie auf frischer Tat zu ertappen. Aber trotz der strengen Patrouillen wurde niemand auf dem Meer gesichtet. Was war mit ihnen geschehen? Waren sie vielleicht gekentert? Unmöglich, das Meer war spiegelglatt, kein Lüftchen wehte. Ein Rätsel. Aber nach ein paar Tagen kam Onkel Timo, der sich viel in den Kneipen der Bootsleute herumtrieb, hinter den Betrug. Die Bootsbetreiber ließen Kurden und Chinesen in die Schlauchboote steigen. Zuvor sammelten sie jedoch das Geld ein (bevor man in ein Schiff oder Flugzeug steigt, muss man schließlich auch erst das Ticket bezahlen, oder?). Aber statt Italien anzusteuern, fuhren sie mit voller Geschwindigkeit die Küste von Vlora hinunter, etwa zwanzig Kilometer weit, bis nach Orikum, dann wieder zurück, ein paar Stunden lang immer hin und her. Am Ende liefen sie in die Bucht von Vlora ein, und sobald die ersten Lichter zu sehen waren, fingen sie wie die Irren an zu schreien: »Italien, Italien, es lebe Italien!« Die Begeisterung übertrug sich auf die armen Chinesen oder Kurden, die beim Anblick der fernen Lichter gar nichts mehr begriffen und ebenfalls anfingen »Italien, Italien« zu schreien. Die Kerle suchten einen einsamen Strand ein paar Kilometer von Vlora entfernt aus, hielten einige Meter vor der Strandlinie, stellten den Motor ab und ließen die Unglückseligen einen nach dem anderen aussteigen.

Onkel Timo war oft mit seinem Dienstwagen unterwegs. Bevor er sich hinters Steuer setzte, kippte er ein paar Gläser Grappa hinunter. »Das hält mich wach«, sagte er, »sonst schlafe ich noch ein.« Dann unternahm er seine Kontrollfahrten durch die Küstendörfer. Wenn er Durst bekam, hielt er unterwegs in einer der Bars.

»Guten Tag«, begrüßte er die Anwesenden. »Wie sieht's aus in der Gegend?« Und wenn sie ihn fragten, ob er irgendeinen Wunsch habe, zog er seine Dienstmarke und antwortete: »Geheimer Staatsauftrag, ich wollte nur sehen, ob alles seine Ordnung hat.« Oder: »Guten Tag, ich bin der Staat, alles in Ordnung?«

Obwohl seine Stimme sehr freundlich klang, wirkten diese Worte für alle wie eine Drohung. Um keine Missverständnisse aufkommen zu lassen, füllten sie dem Onkel zwei Taschen, eine mit Bierflaschen, die andere mit Lebensmitteln. Der arme Mann, er war der Staat, und er arbeitete für sie. Onkel Timo verstand nicht, warum sie sich so verhielten, er wollte doch nur dafür sorgen, dass sie ihre Ruhe hatten.

So kam er zwischen einer Kontrolluntersuchung und der nächsten jeden Abend betrunken nach Hause. Er war der Staat, nicht wahr?

Sechsundzwanzig

An meinem zwanzigsten Geburtstag gab ich abends ein großes Fest mit allen meinen Freunden aus der Uni. Wir zogen stockbetrunken durch die Straßen und kamen auf die großartige Idee, die Pyramide des Diktators hinaufzuklettern und schreiend hinunterzurutschen. Die Pyramide war als Grabmonument für Enver Hoxha nach dessen Tod errichtet worden, aber man weiß nicht, ob es sein letzter Wille war. Allerdings hatte der Diktator zeitlebens eine Schwäche für Bunker. Früher hätte es niemand gewagt, sich der Pyramide zu nähern, außer um den Diktator zu beweinen. Jetzt trauten sich dagegen Rüpel wie wir, bis auf die Spitze zu klettern, um von dort hinunterzurutschen.

Ein schöner Geburtstag, wirklich. Irgendjemand hatte die Polizei alarmiert, und wir landeten alle auf der Wache. Tina und mir hatte es, während wir über den Marmor schlitterten, die Hosen zerrissen. Wir versuchten, die Löcher mit den Händen zuzuhalten, aber wir mussten dabei derart lachen, dass wir kaum laufen konnten. Da wir nicht einmal aufhörten zu lachen, als die Polizisten mit ihren Fragen begannen, drohte der älteste von ihnen, unsere Eltern zu benachrichtigen. Stille. Das hätte uns gerade noch gefehlt, wo wir schon jeden Monat dieselbe Leier über die großen Opfer zu hören bekamen, die sie erbrachten, um uns Unterkunft, Verpflegung und Studiengebühren zu bezahlen. Still und brav blieben wir in den düsteren, schmuddeligen Fluren der Polizeiwache sitzen, bis man uns bei Morgengrauen endlich gehen ließ. An jenem Morgen regnete es.

Wir begegneten uns im Regen. Ein zarter, frischer Aprilregen, der nach feuchten Rosen duftete. Er bot mir an, mich mitzunehmen. Ich war todmüde und nahm an. Ein Kaffee in einer nahegelegenen Bar, wo er verzweifelt und unter Tränen erzählte. Ich war jung, ich spürte den Duft der vom Regen schweren Rosen und den Puls der Welt zwischen den Blütenblättern. Seine blonde Freundin, die in der französischen Botschaft als Köchin arbeitete, hatte ihn verlassen. Er war so verzweifelt, dass ich ihn nach dem Kaffee in ein Pub begleitete, um ihn nicht alleine zu lassen.

Er erzählte mir, dass sie sich im letzten Jahr auf der Oberschule ineinander verliebt hätten. Sie waren so verliebt, wie man es nur mit achtzehn Jahren sein kann, bis über beide Ohren. Nach der Oberschule hatten die Eltern des Mädchens einen Jungen aus guter Familie als Zukünftigen für sie ausgesucht. Er sprach nicht davon, wie sie darauf reagierte. Er sprach nur davon, wie sehr er selbst litt. Von den Dummheiten, die er begangen, von den Unmengen an Alkohol, die er in sich hineingeschüttet hatte. Bei solchen Geschichten fallen immer dieselben Worte. Wenn du eine von ihnen kennst, kennst du bereits alle.

Zehn Jahre später waren sie sich zufällig wiederbegegnet. Er saß zusammen mit seinem Freund Neri, der auf seine Verlobte wartete, im Park des ehemaligen Regierungsviertels. Eine Gegend, die seit Kurzem für alle zugänglich war: Obwohl sie im Zentrum der Hauptstadt lag, hatte früher niemand die Straßen und Parks dort zu Gesicht bekommen, ganz zu schweigen von den großen Häusern, die so ganz anders waren als alle anderen in der Stadt. Von außen wirkte das Ganze wie ein riesiger grüner Park, aber innen hatte das Herz der Partei gelegen, das nur für das Volk schlug. Unterdessen waren die Villen zu Lokalen und Restaurants umfunktioniert worden.

Neris Verlobte war mit einer Freundin gekommen, und während er an seinem Aperitif nippte, hatte er sich in jener so vertrauten blonden Mähne verloren. Die Zufälle des Lebens.

Sie hatte Karriere gemacht, war Köchin bei der französischen Botschaft geworden. Sie hatte auch zwei Kinder, so hübsch und blond wie die Mutter. Die Ehe war friedlich, vielleicht sogar glücklich. Der Mann, den sie geheiratet hatte, war ein anständiger Kerl und ausgezeichneter Vater.

Sie hatten sich erneut getroffen, regelmäßig und mit ganzer Leidenschaft, als hätten sie sich niemals getrennt, als wären nicht zehn lange Jahre vergangen. Manchmal, sagte er, weiß man ganz genau, dass man nicht zurück kann: Die Leidenschaft wird zu einem Requiem der vergangenen Liebe, so traurig wie alle Requien.

Er erzählte mir, dass er jeden Morgen zur französischen Botschaft ging, nur um sie einen Augenblick lang zu sehen, dass er jeden Abend auf sie wartete, um sie nach Hause zu begleiten. Tag für Tag, bis diese Augenblicke zu Stunden, zu Abendessen, zu ganzen Wochenenden wurden. Das ging ein Jahr so. Er erzählte mir, dass er sie zu Silvester, während sie das Festessen zubereitete, angerufen und sie unter Tränen gebeten hatte, sich nur für einen kurzen Moment mit ihm zu treffen, da er ihr wenigstens alles Gute wünschen wollte. Sie war in Pantoffeln aus dem Haus gegangen, auf ihn zugetreten und hatte ihren Kopf an seine Brust geschmiegt. Sie hatte geweint und geweint, die warmen Tränen waren ihr die Wangen hinabgelaufen. Sie hatte die Blicke ihrer Kinder gespürt, die aus dem Fenster sahen. Er bat sie, in sein Auto zu steigen, sie würden zusammen fliehen, ganz weit fort, dorthin, wo ihr Schmerz gelindert würde. Sie hatte den Kopf gehoben, sie konnte nicht.

Ich war beeindruckt von dieser Liebesgeschichte ohne Happy End. Mit meinen zwanzig Jahren erschien sie mir als das höchste der Gefühle. So kamen wir zwischen Geschichten und Jammerklagen, Erinnerungen und Tränen schließlich nach einiger Zeit zusammen.

Er liebte mich, aber wir waren nicht glücklich. Er hatte zu viele Sorgen: Er wollte unbedingt reich werden. Wie denn reich?

»Einfach reich«, antwortete er mir. »Was für eine dumme Frage, reich wie in Italien, in Amerika, in Frankreich … Reich durch Autos, durch Häuser oder Geschäfte.«

»Aber was für eine Arbeit wirst du machen?«, fragte ich.

»Ich werde ganz einfach reich sein, der Chef, verstehst du?«, erklärte er.

Anfangs verstand ich es wirklich nicht.

Ich verstand es noch nicht einmal, als ich ihn mit einer großen Tasche auf die Hügel der Hauptstadt begleitete. Wir taten so, als seien wir ein Pärchen, das nach einem Liebesversteck sucht. Dann holte er das Werkzeug heraus: zwei Steigeisen, wie sie die Telefontechniker verwenden. Er legte sie an und kletterte einen der Telefonmasten hinauf. Er zog sein Messer hervor, kappte eine Leitung und steckte sie in das schwarze Telefon, das er in einem Rucksack auf dem Rücken trug. Er telefonierte mit seinen Freunden, ich stand derweil Schmiere.

Wir arbeiteten daran, reich zu werden.

Dann bekam er die goldene Gelegenheit, wie er sagte. Es kamen Luxuswagen, die man im Westen gestohlen hatte und die er bloß weiterzuverkaufen brauchte. So fuhr ich ständig mit anderen Autos zur Uni: Mercedes, Porsche, Range Rover … Aber auch damit schaffte er es nicht, auf die Schnelle reich zu werden.

Er wechselte erneut das Betätigungsfeld. Ich schnappte halbe Sätze auf, die irgendetwas mit Tabak zu tun hatten. Das Wort Montenegro fiel, und er verschwand für ein paar Tage. Blass und müde kehrte er zurück. Er war nur noch ein Schatten. Es ist bald alles zu Ende, sagte er.

Ich verstand überhaupt nichts mehr, ich wollte nicht verstehen. Eines Morgens, während er im Bad war, berührte meine Hand etwas Kaltes unter seinem Kissen. Ich erschrak.

Ich wollte mich von ihm trennen.

»Du gehörst mir«, schrie er außer sich.

Das war keine Liebe mehr, es war ein Tümpel voller versunkener Träume, ein Brunnen, in dem ich ertrank, die Lache, in der sie ihn eines Morgens mit einem Genickschuss fanden.

Siebenundzwanzig

Wenige Tage nach Abschluss meines Studiums hielt ich zwei Papiere in den Händen: das rote, feste Papier meines Diploms und ein anderes, dünnes, glattes Papier, das genauso glänzte wie die Zukunft, die ich mir erträumte, während ich den Zielort las. Es war ein einfaches Flugticket, ohne Rückflug. Zweiundzwanzig Jahre, und all meine Hoffnungen ruhten auf diesem Flug. Wer weiß, ob der Pilot jemals etwas Schwereres als mich transportiert hatte.

Als ich aus dem Flugzeug stieg, war alles schneebedeckt. Das viele Weiß ließ mich an die Quittenblüten in Großmutter Sabas Garten denken.

Ich war aus reinem Zufall hier gelandet. In den Neunzigerjahren war die Auswahl größer geworden. Die Nachbarländer waren für mich von Anfang an nicht in Frage gekommen. Ich wollte ein Land außerhalb des Balkans, ein Land frei von balkanischem Temperament. Auch Italien fiel mir nicht im Traum ein: Aus irgendeinem Grund waren meine Gefühle für dieses so nahe gelegene Land sehr widersprüchlich, ein von Liebe und Hass geprägtes Verhältnis.

Die Wahl fiel auf die Schweiz, aber es hätte ebenso gut Frankreich, Neuseeland oder Australien sein können. Einer meiner Verwandten, der im Zuge des Sturms auf die Botschaften geflüchtet war, lebte hier. Ich könne ein Einreisevisum bekommen, hatte er mir gesagt. Freudig nahm ich das Angebot an: Die Alternative wäre das Schlauchboot gewesen.

Nach ein paar Monaten in Zürich musste ich feststellen, dass diese Stadt, obwohl sie so aussah, gar keine Hauptstadt war. Enttäuscht stopfte ich meine Sachen in den Koffer und fuhr auf dem schnellsten Weg nach Bern. Bern war die echte Hauptstadt, wie konnte man nur so dumm sein?

Drei Jahre lang blieb ich dort. Ich gewöhnte mich an den Schnee, den Frost und die Tage ohne Sonne. Meine Haut wurde blass und durchscheinend.

Schon bald hatte ich es satt. Mein Hunger nach glänzenden Hauptstädten, hell erleuchteten Straßen und nachts geöffneten Geschäften war gestillt, mehr als gestillt. Dabei hatte ich keine einzige Person von »meiner Liste« getroffen. Allerdings war der einzige Schweizer, den ich »kannte«, Friedrich Dürrenmatt. Ich war mir nicht einmal sicher, ob er noch lebte. Mir kam der Gedanke, dass er in Albanien bekannter war als in der Schweiz. Alle Schweizer, die ich nach ihm fragte, zuckten nur mit den Schultern. Vielleicht sprach ich aber auch seinen Namen falsch aus.

Ich nahm die Weltkarte, schloss die Augen und setzte den Finger blind auf… Rom! Was tun? Die Albaner wurden in Italien von allen verabscheut. Aber ich war anders, gebildet, hübsch, und Großmutter Sabas Peppini würden schon nichts gegen mich haben. Wenn es in Rom nicht gut laufen sollte, dann zum Teufel mit Europa! Dann ab nach Amerika! Mir fiel der Trottel aus unserem Viertel in Vlora ein, der an heißen Sommertagen auf dem Mäuerchen saß und schrie:

»Ich geh nach Washington Post, nach New York Times, ich hau ab, verdammte Scheiße, ich hau ab hier.«

Er ist wirklich abgehauen, nach New York. Er hat sich damit zufriedengegeben, auch ohne Times, so wie sich alle zufriedengeben, die fortgehen.

Auf diese Weise landete ich in Rom. Ich, die Weltenbummlerin, Tochter eines Lehrers und ehemaligen Bauern aus Kaltra, dessen Schicksal durch die Ankunft des Kommunismus eine Wende nahm. Wer weiß, was für ein Leben er ohne jene Zeit der totalen Abriegelung gelebt hätte. Ein sehr viel schlechteres Leben, wenn man Großmutter Saba Glauben schenkte. Wer weiß, wer weiß es schon. Es sind nur verschiedene Sichtweisen, Vermutungen.

Unterdessen denke ich über eine weitere Flucht nach. Die Welt erscheint mir genauso begrenzt wie meine Erinnerungen. Die Landschaft meines Planeten beschränkt sich bloß auf die Hauptstädte. Aber mein Mann, der in Rom geboren ist, hat nicht dieses verzweifelte Bedürfnis, ständig nach neuen Hauptstädten zu suchen. Ganz zu schweigen von meinen Kindern. Manchmal sagen sie, sie würden gerne aus Rom flüchten, aber sie sagen es nur so, mit einer Leichtigkeit, die einen schwindlig macht.

»Los, wir hauen ab, wir lassen alles sausen«, platzt mein Mann heraus. »In Rom kann man nicht mehr leben, bei dem Verkehr, dem ganzen Chaos …«

»Lasst uns einen Bauernhof in Kenia kaufen«, schlägt meine Tochter vor.

In Kenia? Zu was bin ich denn aus Albanien aufgebrochen, zu was habe ich mich auf die Suche nach dem Mittelpunkt der Welt begeben?

Ich betrachte die Linien auf meiner Hand. Während einer meiner Streifzüge mit Großmutter Saba hatte mir eine Wahrsagerin prophezeit, dass ich zeitlebens auf Reisen sein würde.

Um meinem Schicksal zu entfliehen, hatte sie hinzugefügt. Aber als wir draußen waren, hatte mir Großmutter Saba erklärt, dass diese Wahrsagerin keinen Heller wert sei. Vielleicht um zu verhindern, dass sich ihre Worte bewahrheiteten.

Großmutter Saba hat mich mit der Vorstellung aufwachsen lassen, dass der Tod ebenso wie das Leben kommt, wann immer es ihm beliebt.

Epilog

Großmutter Saba starb am 1. Februar 2003, am selben Tag, an dem mein Sohn geboren wurde. Sie wurde in Kaltra bestattet, neben ihrer Mutter Meliha. Sie hatte sich gewünscht, nicht neben Omer und Sultana beigesetzt zu werden. »Ich will meiner Schwester das zurückgeben, was ihr gehörte. Außerdem möchte ich, dass der arme Omer seinen Frieden findet, ohne länger zu glauben, er müsse sich zwischen zwei Frauen aufteilen.« Ihr Wille wurde respektiert.

Sie war heiter, als sie die Augen für immer schloss, genauso wie ihre Mutter, wie alle Frauen der Familie. Ich weiß nicht, ob sie bemerkt hat, dass ich nicht bei ihrer Beerdigung war, sie hat es mir auf jeden Fall verziehen. Ich musste ihr ein Versprechen geben:

»Bring mir keine Blumen, lass nicht zu, dass mir jemand Blumen aufs Grab legt. Das ist ein dummer Brauch, was soll ich mit Blumen? Sie würden nur die Esel anlocken, die in der Nähe des Friedhofs nach frischem Gras suchen.«

Ich warte seit Jahren auf Nachricht von ihr. Früher glaubte ich, ihr Bote hätte Mühe, bis zu mir vorzudringen, weil ich mich am falschen Ort befände. Er wird sich in Erinnerungen verstrickt haben, sagte ich mir, so wie die Worte, die mich zu ihr führen sollten, Worte, die noch lebendig sind in mir. Dann habe ich an ihren Stätten nach ihr gesucht, bin während der Maisernte auf ihre Felder gegangen: Sie waren für sie der Mittelpunkt der Welt. In ihrem Haus nahe dem Fluss, wo der Nordwind an die Fenster der großen, nunmehr leeren Zimmer schlägt, reicht mir ihr Schatten ein Glas Raki.

Ich denke an ihr Leben, an all die von ihr gelebten Jahre, die ich nicht kenne. Saba hat nicht viel bekommen vom Leben, aber immerhin genug, um zu begreifen, dass es schon ein Geschenk ist, wenn du an einem Herbsttag vor dem Spiegel stehst, um die Falten in deinem Gesicht zu zählen.

Ich bin in diesen Jahren zufällig ihrer Katze begegnet. Die Katze, die ich niemals gesehen habe, die sie an einem fernen Nachmittag unterm Schnee begraben hatte. Sie sah genauso aus, wie sie sie mir beschrieben hatte. Sie ließ sich streicheln. Sie hat meine Hand, ihre Hand wiedererkannt, unsere leeren Hände, am Geruch.

Vielleicht, so dachte ich, ist nicht der Ort falsch, sondern die Sprache. Ich spreche eine ihr unbekannte Sprache, und so versuchen wir vergeblich, uns gegenseitig zu erreichen. Vielleicht hofft sie, mich an den Worten zu erkennen, an der farbenfrohen, reich schattierten Sprache, die sie mich gelehrt hat, an den seltsamen Reden, die niemand außer uns verstehen konnte. Aber ihre je nach der Jahreszeit auf ihren Feldern blau, grün, gelb gefärbte Sprache, die sie von mir hören möchte, ist nicht mehr meine.

Ich habe zweimal entbunden, beide Male sprach man eine andere Sprache, keine davon war meine eigene, ihre. Eigentlich möchte ich ihr nur sagen, dass es bei mir kaum anders war als bei ihren zahlreichen Geburten, die Kinder kamen gesund und munter zur Welt, alle beide.

Was mir von ihr geblieben ist, habe ich mit mir genommen, unübersetzt, unverfälscht. Auch die Ohrringe mit den roten Steinen, die ich nur zu ganz besonderen Anlässen trage.

Es sind schwere Ohrringe, und es ist nicht nur das Gold, das wiegt.

In meinem Schlafzimmer steht ihre alte, wurmstichige Holztruhe. Wenn ich sie öffne, steigt mir mit einem Schlag der Duft von Quitten in die Nase. Das wundert mich, denn ich habe nie welche hineingetan. In der Stadt, in der ich lebe, lässt sich diese Frucht, die vor rund viertausend Jahren aus dem Kaukasus über Anatolien zu uns gelangte, um die Sehnsüchte und Hoffnungen unserer Frauen mit ihrem Duft zu durchtränken, nicht so leicht auftreiben. Aber der Duft ist da, es ist der Duft nach glücklicher Mutterschaft, aber auch nach Müttern, die verlassen wurden, nach Müttern, die ihre Kinder zu Bett bringen und nach denen, die den Stoffpuppen ein Schlaflied singen. Es ist auch der herbe Geruch der Muttermilch, der Mutterbrust, die von der übergroßen Liebe der Großmutter verdrängt wird. Der Geruch der Brautkleider, die von den verträumten Blicken der noch unverheirateten Mädchen gestreift werden, der Geruch, den die Alten wahrnehmen, während sie ergeben ihre besten Kleider betrachten, jene, die sie bei ihrem Tod tragen werden. Mit dem Duft der Quitten dringen die Lebensalter der Frauen meines Landes in mein neues, fernes Leben ein.

Ich wollte nicht mehr länger warten und habe ihr als Erste geschrieben, jene wirren Seiten, auf denen ich von ihr, von uns, von anderen erzähle. Ich erzähle von dem, was sie erlebt hat, und von dem, was ich allein erlebt habe, von Liebe und Verrat, von Blut und Kriegen, von Kindern, die geboren wurden, und von denen, die niemals geboren werden sollten. Ich erzähle auch vom Wahn, dem Wahn der Frauen unserer Familie, der mich, um ehrlich zu sein, ein wenig beunruhigt. Als ich klein war, habe ich nie gewagt zu fragen: »Großmutter, ist der Wahn unserer Frauen erblich?« Vielleicht wollte ich sie nicht verletzen.

Ich habe ihr in der Sprache geschrieben, die ich mit meinen Kindern spreche, das wird ihr genügen. Ich bleibe ihrem Fluss verbunden, und auf den weißen Steinen meiner Kindheit warte ich auf ihre Berührung. Ich weiß, dass sie kommen wird.

Nur etwas bleibe ich ihr schuldig: die Verse ihrer Totenklagen, die Verse, die ohne Unterlass den Weg vom Leben zum Tod nehmen, um zu berichten, wie das Leben ohne uns, nach uns ist. Denn wir haben ein Recht, es zu erfahren. Letztlich standen wir alle einmal auf derselben Seite.

Dank

Ich möchte einige Zeilen des Dankes anfügen, obwohl sie auf mich, wenn ich sie in anderen Büchern lese, oft befremdlich wirken: Es kommt mir immer so vor, als werde etwas wahrhaft Großes in ein paar knappe, belanglose Worte gepresst.

Ich werde mich, diesem Eindruck entsprechend, kurz fassen. Mein Dank gilt Carlo, Sara, Davide, Mariolina, Dalia, Angela und Paola. Ich danke euch allen, jedem Einzelnen von euch, ihr wisst selbst wofür.

Ich hoffe, dass meine stille Dankbarkeit zu euch dringt wie der leise Schlag der Zeiger einer Uhr, die unaufhaltsam vorrücken und als treue Begleiter unseres Schicksals unweigerlich zum Ausgangsort zurückkehren.

Anmerkungen und Glossar

S. 24 *Kaltra* – aus alb.: »kaltër«, blau.

S. 27 *Quefin* – Leichentuch (muslimisch).

S. 28 *Kanun* – mündlich überliefertes Gewohnheitsrecht der albanischen Bevölkerung, das sich in den entlegenen, von der Außenwelt abgeschotteten Gebirgsdörfern oft bis in jüngere Zeit halten konnte. Der *Kanun von Lekë Dukagjini* (benannt nach dem Fürsten Lekë Dukagjini) und der *Kanun der Labëria* waren jeweils regionale Varianten dieses Rechts.

S. 28 *ein Priester aus dem Exil in Amerika …* – gemeint ist der orthodoxe albanische Bischof Fan Noli, der 1924 für kurze Zeit albanischer Ministerpräsident war.

S. 30 *Quilim* – Teppich, Webteppich, Kelim.

S. 30 *Xhuma* – Freitag, also der Tag, der im muslimischen Glauben dem christlichen Sonntag entspricht.

S. 34 *Nur* – Gesichtsausdruck, Glanz.

S. 39 *Minder* – Sofa, Diwan, Polsterbank.

S. 51 *Dhallë* – traditionelles buttermilchähnliches Getränk.

S. 64 *Revania* – süßer Grießkuchen.

S. 70 *Haram* – das Sündige, Verbotene, Widerwärtige.

S. 84 *Petulle* – albanische Krapfen, die sowohl süß als auch herzhaft sein können.

S. 86 *Kurvëria* – Prostitution, sittenloses Verhalten.

S. 91 *Kurva* – Dirne, Prostituierte, sittenlose Person.

S. 99 *Kulak* – Großbauer, der im Zuge der Agrarreform enteignet wurde.

S. 113 *Hajër* – freudiger Ausruf im Zusammenhang mit erfreulichen Ereignissen, dem deutschen »Welch Glück!« vergleichbar.

S. 121 *Llokum* – süße Gelee-Pralinen.

S. 129 *Tesbih* – islamische Gebetskette.

S. 158 *Byrek* – mit Fleisch, Schafskäse oder Gemüse gefülltes Blätterteiggebäck.

S. 186 *Teqe* – Derwischkloster (zeremonieller Rückzugsort), Tekke.

S. 189 *Kompekai* – albanischer Reispudding.

S. 215 *Gurabie* – süßes Maismehlgebäck.

S. 215 *Kadaif* – der türkischen Küche entlehntes Dessert aus dünnen, glasnudelartigen Teigfäden mit unterschiedlicher Füllung.

S. 215 *Bakllava* – sehr süßes Blätterteiggebäck mit Nuss-, Mandel- oder Pistazienfüllung.

S. 221 *Magjyp* – ursprünglich aus Ägypten stammende ethnische Minderheit, die seit dem Osmanischen Reich in Albanien geblieben war.

S. 239 *Graf Ciano* – Gian Galeazzo Ciano, Graf von Cortellazzo und Buccari (*1903, †1944) war italienischer Politiker und Diplomat. Seit 1939 mit Mussolinis Tochter Edda verheiratet, hatte er unter Mussolini das Amt des Außenministers inne. Er wurde 1944 in Verona hingerichtet, da er für die Absetzung Mussolinis gestimmt hatte.

S. 290 *Gaxhia* – Bezeichnung der *Gabel* für die Nicht-*Gabel.*

S. 292 *Çifut* – eher abfällige Bezeichnung für Juden.

S. 295 *Bahai* – im 19. Jh. durch den Perser Mirsa Husain Ali gegründete humanitär-aufklärerische, monotheistische Religionsgemeinschaft, die heute weltweit ca. 5 Millionen Anhänger hat.

S. 295 *Mission Pellicano* – Hilfsmission des italienischen Militärs in Albanien (1991–1993), um nach dem Sturz des kommunistischen Regimes die Versorgung der Bevölkerung sicherzustellen und eine weitere Massenflucht zu verhindern.